国家社科基金重大委托项目
"中国少数民族语言与文化研究"

中国社会科学院创新工程学术出版资助项目

中国社会科学院民俗学研究书系
中国少数民族语言与文化研究

朝戈金 主编

口头传统文类的界定：
以云南元江哈尼族"哈巴"为个案

Defining Oral Traditional Genre: Xapa among the Hani People in Yuanjiang as A Case

刘镜净 | 著

中国社会科学出版社

图书在版编目（CIP）数据

口头传统文类的界定：以云南元江哈尼族"哈巴"为个案 /
刘镜净著 . —北京：中国社会科学出版社，2018.4
（中国社会科学院民俗学研究书系）
ISBN 978 - 7 - 5203 - 2264 - 5

Ⅰ. ①口⋯ Ⅱ. ①刘⋯ Ⅲ. ①哈尼族—民歌—文学研究—中国
Ⅳ. ①I207.72

中国版本图书馆 CIP 数据核字（2018）第 059499 号

出 版 人	赵剑英
责任编辑	张　林
特约编辑	郑成花
责任校对	郝阳洋
责任印制	戴　宽

出　　版	中国社会科学出版社
社　　址	北京鼓楼西大街甲 158 号
邮　　编	100720
网　　址	http：//www.csspw.cn
发 行 部	010 - 84083685
门 市 部	010 - 84029450
经　　销	新华书店及其他书店

印　　刷	北京明恒达印务有限公司
装　　订	廊坊市广阳区广增装订厂
版　　次	2018 年 4 月第 1 版
印　　次	2018 年 4 月第 1 次印刷

开　　本	710×1000　1/16
印　　张	14
插　　页	2
字　　数	235 千字
定　　价	66.00 元

凡购买中国社会科学出版社图书，如有质量问题请与本社营销中心联系调换
电话：010 - 84083683

"中国社会科学院民俗学研究书系"编委会

总　序

　　自英国学者威廉·汤姆斯（W. J. Thoms）于 19 世纪中叶首创"民俗"（folk-lore）一词以来，国际民俗学形成了逾 160 年的学术传统。作为现代学科意义上的中国民俗学肇始于五四新文化运动，近百年来的发展几起几落，其中数度元气大伤。从 20 世纪 80 年代开始，这一学科方得以逐步恢复。近年来，随着国际社会和中国政府对非物质文化遗产（其学理依据正是民俗和民俗学）保护工作的重视和倡导，民俗学研究及其学术共同体在民族文化振兴和国家文化发展战略中，都正在发挥着越来越重要的作用。

　　中国社会科学院曾经是中国民俗学开拓者顾颉刚、容肇祖等人长期工作的机构，近年来又出现了一批较为活跃和有影响力的学者，他们大都处于学术黄金年龄，成果迭出，质量颇高，只是受既有学科分工和各研究所学术方向的制约，他们的研究成果没能形成规模效应。为了部分改变这种局面，经跨所民俗学者多次充分讨论，大家都迫切希望以"中国民俗学前沿研究"为主题，以系列出版物的方式，集中展示以我院学者为主的民俗学研究队伍的晚近学术成果。

　　这样一组著作，计划命名为"中国社会科学院民俗学研究书系"。

　　从内容方面说，这套书意在优先支持我院民俗学者就民俗学发展的重要问题进行深入讨论的成果，也特别鼓励田野研究报告、译著、论文集及珍贵资料辑刊等。经过大致摸底，我们计划近期先推出下面几类著作：优秀的专著和田野研究成果，具有前瞻性、创新性、代表性的民俗学译著，以及通过以书代刊的形式，每年择选优秀的论文结集出版。

　　那么，为什么要专门整合这样一套书呢？首先，从学科建设和发展的角度考虑，我们觉得，民俗学研究力量一直相对分散，未能充分形成集约效应，未能与平行学科保持有效而良好的互动，学界优秀的研究成果，也较少被本学科之外的学术领域关注，进而引用和借鉴。其次，我国民俗学至今还没有一种学刊是国家级的或准国家级的核心刊物。全国社会科学刊物几乎都没有固定开设民俗学专栏或专题。与其他人文和社会科学的国家级学刊繁荣的情形相比较，学科刊物的缺失，极大地制约了民俗学研究成果的发表，限定了民俗学成果的宣传、推广和影响力的发挥，严重阻碍了民俗学科学术梯队的顺利建设。再次，如何与国际民俗学研究领域接轨，进而实现学术的本土化和研究范式的更新和转换，也是目前困扰学界的一大难题。因此，通过项目的组织运作，将欧美百年来民俗学研究学术史、经典著述、理论和方法乃至教学理念和典型教案引入我国，乃是引领国内相关学科发展方向的前瞻之举，必将产生深远影响。最后，近年来，随着国内外非物质文化遗产保护工作的大力推进，也频频推动着国家文化政策的制定和实施中的适时调整，这就需要民俗学提供相应的学理依据和实践检验成果，并随时就我国民俗文化资源应用方面的诸多弊端，给出批评和建议。

从工作思路的角度考虑，"中国社会科学院民俗学研究书系"着眼于国际、国内民俗学界的最新理论成果的整合、介绍、分析、评议和田野检验，集中推精品、推优品，有效地集合学术梯队，突破研究所和学科片的藩篱，强化学科发展的主导意识。

为期三年的第一期目标实现后，我们正着手实施第二期规划，以利我院的民俗学研究实力和学科影响保持良好的增长势头，确保我院的民俗学传统在代际学者之间不断传承和发扬光大。本套书系的撰稿人，主要来自民族文学研究所、文学研究所、世界宗教研究所和民族学与人类学研究所的民俗学者们。

在此，我代表该书系的编辑委员会，感谢中国社会科学院文史哲学部和院科研局对这个项目的支持，感谢"国家社会科学基金"，以及"中国社会科学院哲学社会科学创新工程"。

朝戈金

目　录

图表目次

引　言

一　问题意识的由来

哈尼族是我国西南一个具有悠久历史的民族，从民族志地理（Ethno-geography）来看，她还是一个跨境而居的民族，主要分布在中国、越南、泰国、老挝和缅甸等国家。国外哈尼族一般被称为"阿卡"（Akha），综合近年的官方数据及田野材料，人口约为50万人；国内人口总数163万人位居云南省少数民族人口第2位，是云南省所特有的15个少数民族之一①。行政区划上主要分布于云南省红河州的红河、元阳、绿春、金平四个边境县；普洱市的墨江、江城、澜沧、宁洱、镇沅和景东；西双版纳州的景洪、勐腊、勐海；玉溪市的元江、新平、峨山。以上地区集中了哈尼族95%以上的人口。除此之外，昆明市、楚雄市、曲靖市等地也有哈尼族分布。

从自然地理的角度看，哈尼族生息繁衍于红河与澜沧江流域、哀牢山和无量山之间海拔800—2000米连绵起伏的群山之中，他们依山而住，脚踩天梯，顺山造田，在大山的脊梁上耕作、收获、生息与发展，创造并传承了本民族丰富多彩、蕴藉深厚的口头文化。

---

① 据"云南省2010年第六次全国人口普查主要数据公报"，云南省排名前四位的少数民族及人口数量分别为：彝族人口为502.8万人，排名居第一位；哈尼族人口为163.0万人，排名居第二位；白族人口为156.1万人，排名居第三位；傣族人口为122.2万人，排名居第四位。中华人民共和国国家统计局官方网站：http://www.stats.gov.cn/tjsj/tjgb/rkpcgb/dfrkpcgb/201202/t20120228_30408.html。

表1   哈尼族人口达5000人以上的20个县（市）人口分布

排名	县（市）名	人口（人）	占该县（市）总人口比例（%）	排名	县（市）名	人口（人）	占该县（市）总人口比例（%）
1	红河	231919	78.22	11	澜沧	49715	10.1
2	墨江	222174	61.63	12	宁洱	45998	24.77
3	元阳	206336	52	13	个旧	28555	6.21
4	绿春	196040	87.8	14	思茅	27393	9.2
5	金平	93330	26.2	15	镇沅	25394	12.17
6	元江	89510	41.17	16	建水	14431	2.72
7	景洪	83704	16.1	17	新平	12500	4.4
8	勐腊	68373	24.27	18	景东	12477	3.47
9	勐海	63357	19.09	19	峨山	12054	7.4
10	江城	57473	47.29	20	孟连	9585	7.07

资料来源:《哈尼族研究》编辑部:《哈尼族人口及分布状况》,《哈尼族研究》2011年第3期,第63页。

由于历史上没有形成过自己的民族文字,哈尼族丰富多彩的文学艺术形式大多以口头传承的方式保存下来,许多重要的民俗文化、民间智慧和地方知识都承载于各种口头传统中。"哈巴"（$xa^{33}pa^{31}$）就是其中最为重要的一种口头艺术形式。"哈巴",又有"拉巴"（$\mu a^{31}pa^{33}$）、"惹咕"（$ze^{33}ku^{33}$）、"数枝"（$\mathbb{C}u^{31}t\mathbb{C}i^{33}$）等不同的称谓,民间通常释为"山歌""曲子"或"调子",被广泛地应用于哈尼族的民俗生活场合,在传统哈尼族社会长大的哈尼人没有不知道"哈巴"的。作为哈尼族文学世界里的一朵奇葩,"哈巴"在世世代代的口耳相传中凝结着哈尼人的文化传统、族群记忆和民众智慧,对我们研究哈尼族的历史和文化都具有重要的意义。但如此重要的口头传统,在民间的存在也是一种自在状态,民众只是自然而然地承袭它,并未对其进行更多的思考,甚至连

"哈巴"这个名称具体是什么意思都众说纷纭。而在学界，由于"哈巴"产生和形成年代十分久远，再加上既缺乏书面史料的相关记载，也缺乏来自民族志诗学的田野观察与理论研究，致使"哈巴"研究有较大困难，迄今为止对这一重要的口头传承，尚未做出较为精准的概念界定，相关的文类阐释也大多停留在民间文学的传统分类体系中。要继续诸如族源、历史、文化等的下一步研究，我们首先就必须对"哈巴"这个名称的释义及其文类进行探究。这就需要我们从语义学的角度来分析"哈巴"这个特定的术语，尤其是需要我们结合具体的传播语境，在不同表演情境中界定"哈巴"在民间的演唱实践中应归属为哪些具体的文类。

二　田野研究过程

我的家乡就是我本人的田野点——云南省元江县。元江哈尼族彝族傣族自治县位于云南省中南部，隶属于玉溪市，东与石屏县毗邻，南与红河县相连，西与墨江县接壤，北与新平县紧邻。元江是哈尼族聚居的县域，全县共辖3街道2镇5乡：澧江街道、红河街道、甘庄街道，因远镇、曼来镇，羊街乡、那诺乡、洼垤乡、咪哩乡、龙潭乡。2012年末全县户籍人口205744人，少数民族人口166532人，占总人口的80.9%，其中，哈尼族87307人，占全县总人口的42.43%。

我父母都是哈尼族，外婆家也在传统的哈尼族村寨，因此我也算是传统中的一分子。对我而言，"哈巴"并不陌生，从小到大只要是过年过节一般都会听到有人演唱。但在接触口头传统相关知识之前，我从未考虑过"哈巴"究竟具有怎样的传统属性这个问题。待到我产生这种学术自觉意识时，又发现手边的著述中并没有谁能给出现成答案。经过导师的指导，我意识到只有回到民间，回到自己的传统中才能找寻到问题的答案。于是，我带着回答问题的愿望，采取田野研究的方法，通过实地调查掌握民间话语系统和分类体系，再结合课堂学到的理论方法对其进行学理性阐释。

根据研究方向，我最终所要掌握的是一种民众知识，一种当地百姓对于自身传统的本土分类法，因此，较之于具体的表演事件，我的田野研究重点更应当放在多层次的访谈上。通过对传统社会中不同年龄、不同性别、不同身份的民众进行详略不一的民族志访谈，期望达到以下目的——发现传承人的传统曲库，通过个人的传统曲库了解"哈巴"的传统曲库；看不同类别的莫批（$mo^{33}phi^{33}$）① 所掌握的曲目有无不同；大莫批是否就一定是"哈巴"能手；注意关键词的出现；掌握当地一个基本的文类分类法；收集关于"哈巴"一词语义阐释的资料；了解不同场境下"哈巴"的具体演唱情况；看"哈巴"在一般民众心目中是什么，其地位如何；关注代际差别；"哈巴"在传统社会中的生命力怎样、发挥着什么样的作用。

在进入中国社会科学院研究生院学习之前的 2004 年 7 月，我就"哈巴"的名称释义和其中的分类体系问题到元江县因远镇乌布鲁冲村进行过初次的探查工作。进入硕士研究生阶段的学习以后，在导师的要求和指导下，我又利用寒暑假时间，于 2005 年 2 月及 7 月两次在元江县因远镇卡腊村委会三合寨村民小组和那诺乡那诺村委会潘郎壳村民小组进行了多点田野调查，每次为期均不少于两周。这两次田野调查所围绕的中心也都是"哈巴"一词的释义情况和"哈巴"的内部分类体系。

2006 年寒假，经过一学期的学习后，我结合课堂所学拟定了一份较为详细的田野研究大纲，做了充分的案头准备工作，于 2 月 2—24 日再次在元江县进行了为期 17 天的田野研究。此次研究的田野点是羊街乡垤霞村委会水龙村民小组、浪支村委会塘房村民小组；因远镇卡腊村委会拉力村民小组、乌竜村民小组；咪哩乡咪哩村委会；羊岔街乡旦弓村委会小拉史村民小组。主要任务依然是围绕"哈巴"的名称释义和其中的分类体系进行系列访谈。访谈分有深浅不一的层次：（1）对于采访的重点对象——莫批，我采用的是深入访谈的方法（本次田野中我采访过的莫批共有 11 位，其中水龙 5 位、拉力 3 位、乌竜 1 位、咪哩 1 位、小拉史 1 位）；（2）针对传统中的一般民众，我采用了较浅一些的访谈方法（本次田野共采访一般民众 19 位，其中水龙 9 位、塘房 1 位、拉力 6 位、咪哩 1 位、小拉史 2 位）。

---

① 莫批（$mo^{33}phi^{33}$），即哈尼族祭司，元江汉语方言将其称为"贝玛"（$pe^{31}ma^{21}$）。《哈尼族文学史》中有论述说"莫批"和"贝玛"是莫批体系中的不同等级，一批莫批学徒中最后继承师傅衣钵的，学艺最精的那个才叫"贝玛"，其余学徒都叫"莫批"。我在田野访谈中曾多次询问过这一问题，但得知元江并无这种说法，当地哈尼族群众认为"莫批"和"贝玛"就是一回事，不同的是前者是哈尼语表述，后者是汉语的叫法。

图1　乌竜访谈

2006年暑假,我第三次抵达那诺乡那诺村委会潘郎壳村民小组,在那里进行了为期近一个月的定点田野研究。期间,我进一步掌握了当地哈尼族口头传统概况,了解了与"哈巴"相邻近的各种文类的情况。田野过程中我参加了一次婚礼,之后还到因远镇卡腊村委会三合寨村民小组参加了我外祖父的葬礼,亲历了"哈巴"演唱的自然场境,对自己的研究对象有了直观的认识。此次田野研究对本书写作起到了关键作用,其中所获得的不少第一手材料都直接运用到了本书中。

图2　我也梳妆去迎亲

在具体的研究步骤中，我采取了如下技术路线：梳理、归纳国内有关"哈巴"研究的文献资料和国内相关研究成果；选择元江哈尼族各支系中有代表性的村落作定点的实地田野研究；根据田野研究所获取的第一手材料，结合相关理论依据，分阶段写作田野研究报告，以最终完成本书。

三　本书写作方法

在一系列田野实践的基础上，本书借鉴了民族志的叙事阐释方式进行文化书写，与此同时，运用了下述理论和方法论的视角进行学理分析。

首先，要将"哈巴"一词的释义弄清楚，就必须要运用语言学方面的相关理论知识。语义学（Semantics）是研究语言中的意义的学科。在传统语言学上，语义学专门研究词汇的意义和词义变化，是广义词汇学中的一个重要部门。在现代语言学中，语义学是语言分析的一个重要分支或平面，着重研究包括语素、词、短语、句子以及句群在内的"一段语音系列"是如何包含信息的，等等。语义学方法之外，还须参照语用学知识，并结合具体的传播语境来探究"哈巴"名称的意义，因为"哈巴"是一种口头艺术交流形式，是仍然具有生命力的口头传统。

图3　迎亲路上

　　其次，国内民俗学研究一直缺乏行之有效的方法论，我自己在梳理"哈巴"的内部分类体系时也总是找不到合适的切入点。这一方面，我们或许可以借鉴美国学者戴尔·海姆斯（Dell Hathaway Hymes）的"言说模型"（SPEAKING model）。

　　海姆斯是著名的语言人类学家，讲述民族志的创始人，"民族志诗学"（Ethnopoetics）学派①的代表人物之一。他的研究旨趣在于语言的运用、口头叙事与口头诗歌、人类学与语言学的历史、美洲本土印第安人和宗教学等方面。近年来，他也开始关注口头叙事的分析。在所有的研究领域中，他认为自己最积极关注的还是美国俄勒冈州和华盛顿州的口头传统及语用研究，且在研究中调用了人类学、语言学以及民族学的知识。海姆斯提出的著名"言说模型"由以下八个基本概念的首字母构成，恰恰对应于"言说"二字的英文"SPEAKING"，故称为"言说模型"：S（Setting and Scene）——场景和情境；P（Participants）——参与者；E（Ends）——目的；A（Act Sequence）——行动次序；K（Key）——基调；I（Instrumentalities）——手段；N（Norms）——规范；G（Genre）——文类②。

　　以上八个概念工具可谓研究言语行为的八个维度，既可应用于话语分析，也可应用于田野观察。其中任何一个维度都可以独立运用于所有的言说行为。在对一次具体表演的考察中，人们或许不会关注所有项目，但它仍然是十分有效的参照框架。在本书的写作过程中，我将这种框架放大到一个传统中，以其为考察维度，对"哈巴"进行全面而具体的分析。

----

　　①　在口头程式理论（Oral-Formulaic Theory）和讲述民族志（Ethnography of Speaking）的影响下，为推动口头艺术文本呈现的新实验，美国一些有人类学、语言学兴趣的诗人与一些对诗歌颇有研究的人类学家和语言学家之间产生了共识，强调要将讲述、经颂、歌唱的声音还原给谚语、谜语、挽歌、赞美诗、寓言、公开演说和叙事等口头表达文化。丹尼斯·泰德洛克（Dennis Tedlock）和杰诺姆·鲁森伯格（Jerome Rothenberg）联手创办的《黄金时代：民族志诗学》（Alcheringa：Ethnopoetics）在1970年面世，成为民族志诗学学派崛起的标志。其核心人物是泰德洛克和海姆斯。"民族志诗学"的创立，体现了口传文学的再发现对文学文本概念和英语世界中的散文与韵文二分法的挑战和更新。详见巴莫曲布嫫、朝戈金《民族志诗学（Ethnopoetics）》，《民间文化论坛》2004年第6期。

　　②　Hymes, Dell, *Foundations of Sociolinguistics：An Ethnographic Approach*, Philadelphia：University of Pennsylvania Press, 1974；另参见［美］杜兰蒂（Duranti, Alessandro）《语言学的人类学阐释》（西方语言学丛书，原版影印），北京大学出版社2002年版，第288—290页。

再者，民族志访谈是本项研究得以深进的主要工作方式，也是进行叙事阐释的重要依据。访谈录的文本誊写（transcripts）格式采用了朝戈金和巴莫曲布嫫提出的试验方案：（1）楷体字段落表示访谈者（interviewer）的话语；而宋体字段落则为受访者（interviewee）的话语；（2）方括号"［ ］"内的字段表示动作、体态或副语言的表达；（3）斜体字部分表示访谈语言之外的"第二语言"（如方言、民族语、外语等），本次采用的访谈语言是元江方言，第二语言为哈尼语；（4）字与字之间的短横线"－"表示强调的语气，如拖长的音节；（5）省略符号"……"表示叙述中的省略；（6）黑体字部分表示讲述人的强调；（7）"---"表示突起的停顿；（8）"＼"表示他人打断或插话，而"＼＼"则表示几个人同时打断或插话；（9）"＿＿＿"表示无法听清或不能辨别的话语①。

总之，我将基于手中掌握的田野资料与文献资料，参照国内外语言学理论、言说模型理论和民族学、史诗研究的相关成果，通过对云南元江哈尼族传统村落的实地田野作业，取得有关"哈巴"的第一手资料，进而对其中具代表性的个案作重点探析。在田野调查与文献研究的基础上，从语言学中语义学和语用学的角度出发，对"哈巴"一词进行分析；在具体阐释过程中，也会多少参照"演述理论"（Theory of Performance）等工作模型，结合表演，以海姆斯提出的"SPEAKING"模型为考察维度来具体解读"哈巴"这一特殊的文类。

我还需要在这里对本书的研究范围做出框定：

文类界定本身就是较为困难的工作，对"哈巴"进行文类界定尤为不易，这主要是由于"哈巴"牵涉到哈尼族传统文化的许多方面。也就是说，除了要对哈尼族各类口头传统有较为深细的了解外，还须掌握其民族文化中的许多传统事项，唯有这样才能从更大的语境出发，对"哈巴"在整个哈尼族传统中的属性问题进行准确把握。而要做到上述诸条，则有赖于田野研究工作的进一步深入开展。本书所做的语义分析仅以云南省元江县几个哈尼族支系的方言为基础，不能用来说明其他哈尼族方言支系的情况；古音古义的流变问题等也不在考量范围之内。换言之，举凡涉及方言和音变及其相关的问题，均超出了本书研究范围。

---

① 朝戈金、巴莫曲布嫫：《民俗研究的行为视角：迈克尔·欧文·琼斯教授访谈录》，《民间文化论坛》2005 年第 2 期。

　　因此，本书关于"哈巴"文类问题最终所得出的结论，是基于我在元江县的田野研究之上的，或许在其他哈尼族地区会有与此不相对应的情况。如果继续这一课题的研究，我接下来的一个任务，便是扩大自己的田野范围，将其他哈尼族地区的"哈巴"传承情况也纳入研究视野，以使研究更为全面。

　　最后，我们就国际音标注音作简短说明：

　　本书的田野研究定点于云南省元江县，文中涉及的哈尼语词汇和专用术语，以元江当地哈尼、布孔、堕塔等支系方言的语音特点进行注音。本书统一采用国际音标进行注音，具体可参照以下两个方言音系。

　　1. 元江羊街依垤话（戴庆厦主编：《元江县羊街乡语言使用现状及其演变》，商务印书馆 2009 年版）

　　声母（28 个）

p	ph	m	f	v
t	th	n	l	ɬ
ts	tsh	s	z	
tʂ	tʂh	ʂ	ʐ	
tɕ	tɕh	ɕ	ʑ	
k	kh	ŋ	x	ɣ
h				

（m̩ n̩ 能自成音节）

　　韵母（28 个）

ɿ	i	e	ɛ	a	ɑ	ɔ	o	v	ɯ	ɤ	y	ø
um̩	iŋ	ɛŋ	aŋ	ɑŋ	ɔŋ	uɛŋ	uaŋ	iɛŋ	iaŋ	iɛ	iɔ	ua	ui	ei

（m̩ n̩ 能自成音节）

　　声调（4 个）

调值	55	31	33	24

2. 元江那诺话（杨世华、白碧波主编：《玉溪哈尼族文化研究》，云南民族出版社 2003 年版）

声母（26 个）

p	ph	m	f	v	
t	th	n	l	μ	
ts	tsh	s	z	w	
t»	t»h	Â	»	—	
k	kh	Ð	x	1/2	è

韵母（33 个）

i	¡	y	e	O	Q	a	°	M	u	o	C
i̠	¡̠	e̠	Q̠	a̠	°̠	M̠	u̠	o̠	C̠		
mÓ	nÓ	an	aÐ	eÐ	CÐ	ua	ue	ie	iC	ia	

声调（5 个）

调值	55	53	33	31	214

第 一 章

"哈巴"研究的学术走向

　　作为一个人口众多的跨境民族，哈尼族已经走过了漫长的发展历程，创造并传承了丰富多彩、蕴藉深厚的民族文化和口头传统。但是由于种种历史的原因，过去的学术研究比较薄弱。经过近三十年的辛勤耕耘，哈尼族文化研究取得了一定的成就。

　　自20世纪80年代中期开始，我国建立了几个以哈尼族文化为主攻方向的专业学术机构，一个多学科、跨领域的学者群体逐步形成，也出现了一批质量较高的学术专著。尤其是近几年来，随着"梯田文化"研究的推进，哈尼学在国内外受到越来越多学者的关注，到目前为止已成功举办了七届"国际哈尼/阿卡文化学术研讨会"，很多国外学者已经不再仅局限于在泰国等地进行田野调查和研究，而开始与中国学者合作，深入国内哈尼地区。在热心研究哈尼文化的专家学者们的帮助和指导下，一批本民族的青年学者也成长起来。他们全身心投入哈尼学这一研究领域，并在许多方面取得了卓有见地的成果。但是，关于本人的研究对象——哈尼族口头传承中的"哈巴"，虽然之前有不少学者关注过，他们也许在专著或在论文里触及过这个话题，可要论细致到"哈巴"一词的语义分析及其文类归属方面的问题，便少有明晰的阐释了。目前国外的哈尼学研究者暂未涉及"哈巴"这一课题，因此我们下面要谈论的将是国内的"哈巴"研究状况。

　　20世纪80年代早期，随着人们对民族文化、对哈尼文化的逐渐关注，出现了不少有关"哈巴"的体裁较为短小的介绍性文字。它们多居于报纸或杂志上民俗风情一类的栏目中，或是作为《中国戏曲曲艺词典》《中国大百科全书》《中国音乐词典》等词典中的词条出现。与此同时，关于"哈巴"研究的学术著述也随着这些词条式文字陆续出现了。这些著述集中涌现于 20 世纪 80 年代, 几乎都是以单篇文章的形式出现。就连出版于 20 世纪 80 年代末的迄今为止唯——本关于"哈巴"研究的专著, 也是由同一位作者的 5 篇文章汇集而成的。20 世纪 80 年代应该说是"哈巴"研究最兴盛的时期, 代表性学者有李元庆、毛佑全、孙官生和赵官禄等人。此后发表的相关文章在提到"哈巴"时, 普遍沿用或引述的都是这一时期出版物中的说法。也就是说, 20 世纪 90 年代以后的"哈巴"研究没有得到深拓和发展, 理论探讨可谓停滞不前。因此, 这里让我们围绕这一特定的学术时期, 以"哈巴"研究著述的发表时间为线索, 对 20 世纪 80 年代早期和中晚期的"哈巴"学术走向进行梳理, 从而说明本书的形成和立论的起点。

一　前期研究:从概观到结构

这一时期开始出现了一些关于"哈巴"的概述性文字, 如李元庆的《哈尼族哈吧》①《哈尼哈吧》②《哈巴》③《哈吧》④ 以及鞭及的《哈尼哈巴》⑤。但要论学术性文章, 最为重要的还应数当时任职于红河州艺术创作研究所的李元庆所写的《哈尼族的哈巴》⑥ 一文。文章对"哈巴"的名称释义、产生原因、演唱者、演唱形式、唱词结构以及其中的演唱内容划分等多方面问题进行了探讨, 其观点至今还为众多学者所引用。

《哈尼族的哈巴》一文中, 作者称红河州境内的哈尼族对于"哈巴"主要有两种称呼:"哈巴"或是"拉巴"⑦, 而对于"哈巴"的演唱则有

---

① 李元庆:《哈尼族哈吧》, 载《云南戏曲曲艺概况》, 云南人民出版社 1980 年版。
② 李元庆:《哈尼哈吧》, 载《中国戏曲曲艺词典》, 上海辞书出版社 1981 年版。
③ 李元庆:《哈巴》, 载《中国大百科全书·戏曲曲艺》, 中国大百科全书出版社 1983 年版。
④ 李元庆:《哈吧》, 载《中国音乐词典》, 人民音乐出版社 1984 年版。
⑤ 鞭及:《哈尼哈巴》,《云南日报》1980 年。
⑥ 李元庆:《哈尼族的哈巴》, 原载《民族文化》第 2 期, 云南民族出版社 1981 年版。笔者未能找到这一期文章, 参阅了另一本文集中所载的《哈尼族的哈巴》一文 (红河哈尼族彝族自治州民族研究所编《哈尼族研究文集》, 云南大学出版社 1991 年版, 第 88—96 页)。
⑦ 李元庆的文章中谈到"哈巴"时用的都是"吧"字, 但目前学界已约定俗成采用了"巴"字。本书在论述中将统一使用"巴"字, 但为了尊重作者, 在引用的文字中仍然用的是"吧"。

"哈巴热""哈巴卡""哈巴兹""拉巴咿"等几种不同的叫法。他认为，"哈巴""拉巴"是"歌"的意思，"热""卡""兹""咿"等是"唱"的意思，连起来就译为"歌唱"。我们都知道，哈尼语语法与汉语不同，在动宾词序上，哈尼语是宾语前置的。因此，从这一点上就能判断将"哈巴"译为"歌唱"是不妥当的，这只是汉语对哈尼语的直译。退一步讲，就算我们接受了"哈巴"是"歌"，"热"是"唱"的解释，也应将"哈巴热"译为"唱歌"。此外，作者也不同意"酒歌"这种译法，认为它是错误的①。

关于"哈巴"的起源，李元庆认为是先于各种劳动场合产生了"阿茨"（a³¹tshi²⁴）②，而后，因为"阿茨"不能在家里和大庭广众之下随便演唱，为了适应一些仪式活动、宣讲哈尼人的古规古理，便产生了与"阿茨"不同的另一类歌唱传统——"哈巴"。"哈巴"的演唱内容被划分为"十二奴局"③：咪的密地（开天辟地）、咪坡谜爬（天翻地覆）、炯然若然（飞禽走兽）、阿撒息思（杀鱼取种）、阿兹兹德（砍树计日）、阿卜鱼徐阿（三个能人）、然学徐阿（三个弟兄）、阿然然德（穷苦的人）、咪布旭布（男女相爱）、目思咪拔（生儿育女）、搓摸把堵（安葬老人）、伙结拉借（四季生产）。这些奴局所唱述的内容涉及哈尼族关于天体自然、人类发展、族群历史、历法计算、四时节令、生老病死、宗教信仰、风俗习惯等方面的种种知识。一个大的奴局中还包含着若干可以独立成段的内容。十二个奴局间没有严格的先后次序，常根据不同场合的需要选唱其中的相关部分。这里的顺序只是李元庆为了自己文章叙述的方便所做的编排。这种划分法几乎影响了之后所有的"哈巴"研究者，但凡提到其演唱内容，列举的便是这十二奴局。

相较于之后的几篇文章，李元庆在这里尚未展开更深入的探讨，不过

---

① 李元庆：《哈尼族的哈巴》，载红河哈尼族彝族自治州民族研究所编《哈尼族研究文集》，云南大学出版社1991年版，第88—96页。

② "阿茨"（a³¹tshi²⁴）即山歌、情歌，是除了"哈巴"之外最为重要的一种哈尼族歌唱传统，哈尼族青年男女便是通过"阿茨"来传情达意，互许终生的。"阿茨"的演唱有严格的场合和对象限定，它不能在家中唱，不能在长辈面前唱，也不能在同一宗族的人面前唱。"阿茨"是红河州哈尼族的方言，在我的田野点元江，它被叫作"阿白"（a³³pɣ³¹）。

③ "奴局"，据李元庆文中表述，是各地"哈巴"歌手都承认的共同的路子，意为唱歌的"方向""路子"或"题目"，相当于汉族曲艺的曲目，著述和诗歌中的"篇""章"。

他此时已经注意到了几个对于"哈巴"研究来说较为重要的维度:文中提到了哈尼族对于不同歌种的唱法有不同的称呼——大声唱的情歌叫"茨玛谷","谷"的原意是"叫";小声唱的情歌有的叫"茨然甲","然"是"小"的意思,"甲"是"讲"的意思;而只有对"哈巴"的演唱才叫"唱",这里所用的"热""兹""唧""卡"等词,都有"哼唱"或"咏唱"之意。此外,他还谈道,"哈巴"演唱"以餐桌前坐唱居多。演唱者有男有女,男的居多;有老人有青壮年,以老人和壮年居多。没有表演动作,也没有乐器伴奏,是一种叙事性很强的无伴奏说唱。其中又有两人对歌、听众伴唱和一人主唱、听众伴唱两种情形"①。这种偶发的描写性议论虽然简略,但应当肯定的是,作者已经开始关注到民俗生活中的"哈巴"演唱传统和文化语境。

二 后期研究:从分类到歌种

20世纪80年代中晚期是"哈巴"研究史上最为重要的时期。这一阶段出现了几篇质量较高的学术论文,对"哈巴"的各个方面都进行了较为深入的探讨,并取得了较大进展。这其中,以民族音乐编辑部1986年所编的《探索神奇土地上的说唱艺术之花》一书和李元庆1989年结集出版的《哈尼哈吧初探》最为重要。

在《探索神奇土地上的说唱艺术之花》一书中,收入了孙官生《论哈尼族说唱艺术发展的历史分期》《哈尼说唱文学——美学的聚光镜》,赵官禄《试论哈巴的源流、形式及发展》,徐效《少数民族曲艺长短谈》,以及李元庆《论云南少数民族说唱音乐的改革创新》等一批较早对哈尼族音乐及"哈巴"进行学术探讨的文章。其中,以赵官禄和李元庆的两篇文章最为详细深入。

赵官禄的文章认为,"哈巴"源于远古的对偶婚制时代。哈尼先民进入农耕社会后,出现男女分工,对偶婚制代替了群婚制,男女双方需要选择一种合适的方式来互相接触,表意传情。"哈巴"就承载了这种社会功

---

① 详见李元庆《哈尼族的哈巴》,载红河哈尼族彝族自治州民族研究所编《哈尼族研究文集》,云南大学出版社1991年版,第88—96页。

能,"倾吐内心炽烈爱情的歌唱是哈巴形成的精神支柱"①。文中的溯源缺乏确实的证据,难以令人信服。赵官禄还认为,"哈巴"是哈尼族民歌里的一类——传统歌。这种观点把"哈巴"定位为一类歌种。所谓"传统歌",则是与"阿茨"相对的划分。也就是将哈尼族民歌从整体上分为两大类——"哈巴"和"阿茨"。"哈巴可在家中寨里唱,多见于节日、喜庆、祭祀、婚丧等隆重场合,由老人唱。形式比较固定,调子庄重严肃低沉缓慢。""阿茨"是"只能在山野里唱的歌。它主要歌唱生产和爱情,而以情歌为多。以男女问答式的对唱为主,也有独唱","一般声调粗犷豪放,嘹亮高亢"②。显然,这里所说的"传统",是因其演唱者、演唱场境、演唱内容而言,以"传统"去定义显得过于随意,因为"山歌"同样也属于传统中的歌。赵赵官禄还按演唱内容将"哈巴"分为六大类:节日歌("奴泽和哈巴")、祝贺歌("沙拉比得哈巴")、祭祀歌("脚奴奴哈巴")、哭嫁歌("松咪依哈巴")、哭丧歌("米刹威哈巴")、诉苦歌("撒呃哈巴");并将"阿茨"分为情歌("约莫约沙阿茨")、生产调("火培拉培阿茨")、习俗歌("约里约苏阿茨")三类。实际上,如果按演唱场境或是功能来划分,此处所说的祭祀歌、哭丧歌等(姑且先借用作者的表述)并不应该被划归为"哈巴"的子项。它们与"哈巴"和"阿茨"应该是"平级"的,相互之间并没有统属关系。这些传统的民间文类共同构成了哈尼族源远流长的口头传承和绚丽多彩的口头艺术。

在《论云南少数民族说唱音乐的改革创新》一文中,李元庆认为"哈巴"是叙事歌种③。这是从"哈巴"的演唱内容出发,也把"哈巴"定位为一类歌种。确实,"哈巴"的演唱题材虽然极为广泛,无所不包,但民间认为"哈巴"的基本功能是"说故事和讲道理的"。过节时,唱的是这些年节的来历;盖房子时,唱的是房子是怎么盖的,最先盖房子的是谁,是谁最早到本村安家的;婚嫁时,唱的又是男女如何相爱如何生儿育女;等等。就算两位歌者初次见面互相询问家门来历的唱词,也都是具有叙事性的。但是,"叙事歌种"这种称谓直接套用了一般民间文艺学"传

---

① 赵官禄:《试论哈巴的源流、形式及发展》,载民族音乐编辑部编《探索神奇土地上的说唱艺术之花》,云南民族出版社1986年版,第87—93页。

② 同上。

③ 李元庆:《论云南少数民族说唱音乐的改革创新》,载民族音乐编辑部编《探索神奇土地上的说唱艺术之花》,云南民族出版社1986年版,第120—133页。

统分类法"中的"叙事歌"或"叙事长诗"的说法，以单一化的界定标准来衡量"哈巴"，无疑消解了这一演唱传统的丰富性。

另一位哈尼族学者毛佑全也对哈尼族歌唱传统关注颇多，并对"哈巴"一词有着自己的阐释："'哈巴卡'，有的地方称作'哈巴热'。'哈巴'即哈尼古规或哈尼路子（历史）之意，'卡'或'热'为吟唱，也有顺序清点、梳理、延伸路子的含义，全意为'顺序吟唱哈尼族的古规（路数）'或'沿着哈尼祖先开辟的路子走去'。"[①]这种说法也有一定的道理，但仅只是作者从民众知识出发所做的阐释，并未涉及语言学分析。文中，毛佑全还把红河哈尼族的歌唱传统分为了七类：哈巴卡、阿茨古、多甲白、松米威、米刹威、你哈拖以及约拉枯。"卡""古""白""威""拖""枯"均为动词，分别意为"唱""叫""讲""哭""吟诵着驱赶""召唤"，宾语前置，修饰前面的名词。且不论这种划分方法还有进一步商榷的余地，就按构词法来说，也是不可取的。既然是歌唱类别，就应当是名词，不应把作为宾语的动词也放入名称中。

1989 年底，李元庆的五篇文章结集出版了，全书名为《哈尼哈吧初探》，收编有《哈尼族民间歌曲的传统分类》《哈尼族民间诗歌格律——哈尼族民间歌曲的唱词结构》《哈尼哈吧初探》《红河哈尼族民间习俗与音乐歌舞活动》《坚持不懈地向民族民间音乐学习》五篇写作年代间隔十载的文章[②]。其中前三篇与"哈巴"研究关系甚密。

按照成文的时间，我们首先来看《哈尼哈吧初探》一文。此文写于1979 年，虽然直到 1989 年才得以公开出版，但也应算是目前可见的最早对"哈巴"进行专题研究的文章。文章开篇提出了其后来在《哈尼族的哈巴》中谈到的"哈吧热"要译为"歌唱"的说法，此处便不加以赘述了。随后，作者还对"哈吧"和"哈吧热"、"哈吧"和"酒歌"几种说法做了辨识，并介绍了"哈吧"的流布情况和演唱形式。接下来，作者用三十余页的篇幅论述了"哈吧"的演唱内容，以"奴

---

① 毛佑全：《哈尼族民间诗歌分类》，《思想战线》1987 年第 4 期（本文在公开发表前曾被收入元江哈尼族彝族傣族自治县文化馆编《元江民族民间文学资料》第五辑，内部资料，1985 年，第 229—247 页。当时的文章名为《哈尼族民间歌谣探析》，应是作者最初写就的无删节版）。

② 李元庆：《哈尼哈吧初探》，云南民族出版社 1989 年版。书中的五篇文章依次写于1988 年、1985 年、1979 年、1986 年以及 1987 年。

局"区分演唱的大方向，再在这十二奴局之下细分出各个不同的有具体歌名的"哈吧"唱段。"奴局"据歌手反复比喻说像"路子、方向"或"题目"。作为一种歌唱传统而言的"哈吧"与"奴局"的关系，就好比一部著述之于其中的"篇""章"。到特定民俗场合里该怎么唱，只需及时调用记忆中的"哈吧"知识，并灵活对应到这些"奴局"里就出口成章了。所以，了解"哈吧"的人只要一听就知道你唱的"路子"对不对。如果连"路子"都不对了，那这段"哈吧"就唱错了。若是比赛的话，这一方就输了。这里所划分的"十二奴局"与上文所列举的一致，只是标音的汉字有所不同而已。作者还附有一张"红河哈尼哈吧十二奴局一览表"，根据自己所掌握的资料列出了七十九个"哈吧"（其中有两个重复）。

《哈尼族民间诗歌格律——哈尼族民间歌曲的唱词结构》成文于 1985 年。文中所说的"民间诗歌"主要指的是民歌的唱词。作者认为它们在形式上具有四个特点：（1）诗必能歌，歌诗合一；（2）歌分曲牌，各有旋法；（3）诸多差别，最重引句；（4）韵法对偶，备而不拘。关于第二点，作者阐释道："歌有许多不同的曲牌，以其于不同的场合演唱不同的诗。故民间诗歌的传统分类与音乐曲牌的类别同一。各类曲牌又有严格的区别，内容、形式、曲调、唱法均有差异而各有其妙，不可混淆。"① 由此，作者便将"哈吧""阿茨"② 然阿咪界③ "阿尼托"④ 然阿咕纳差昌⑤

---

① 李元庆：《哈尼哈吧初探》，云南民族出版社 1989 年版，第 32 页。

② "阿茨"（$A^{31}tʂi^{55}$），即"阿茨"。本页②③④⑤以及下页脚注①②③都详见《哈尼族民间诗歌格律——哈尼族民间歌曲的唱词结构》一文。

③ 对于找不到合适汉字进行音译的哈尼语，作者便以切韵的方式表示，此处的"然阿"便是"然""阿"切的发音。下面的"然阿咕纳差昌"也是同样的情况。"然阿咪界"（$zA^{55}mi^{55}pi^{31}$），"然阿咪"是"姑娘"的意思，"界"是"给"，全意为"嫁姑娘"。后文在论述元江哈尼族"哈巴"的内部分类体系时对此也有涉及。

④ "阿尼托"（$a^{31}ni^{55}tho^{33}$），据李元庆的解释，"阿尼"是对幼儿的爱称，"托"有"领""哄"之意，"阿尼托"即为"领小孩"，是长辈哄领幼儿时所唱的歌，与儿童游戏时所唱的儿歌不同，相当于摇篮曲。其中还有同辈儿童所演唱的（多为女童）。

⑤ "然阿咕纳差昌"（$za^{55}ku^{55}na^{31}tʂha^{55}tʂhan^{33}$），"然阿咕"即泛指男女孩童，"纳差昌"意为"玩着唱"，即儿童游戏时所唱的歌，常以边歌边舞或拍掌击节的方式齐唱或对唱。

"罗作"①"谜剎围"②及"莫批差"③当作曲牌，以曲艺研究的方法对它们进行分析研究。然而，我根据本土传统知识仔细掂量，又反复查证相关资料，发现"曲牌"或"歌调"大抵上是偏于演唱形式上的简单推理，即使是从演唱的声音特点而言，"哈巴"演唱虽往往以开头的程式化风格而定"调"，但其曲牌或歌调也不仅仅只有一种或一类。在声腔曲调上，同一地区、同一支系的基本曲调、旋律虽大致相同，然而在不同地区、不同支系或不同村寨，其曲调、旋律常有差异。正如作者自己的调查所表明的，元阳县全福庄阿罗支系的"哈巴"与红河县期尼支系的"哈巴"，在声腔曲调上同属五声宫调式，而旋法各不相同。绿春县大兴、元阳县哈播一带的"哈巴"与红河县浪堤一带的"哈巴"，又同属五声徵调式，而其风格迥然各异：前者优美之中略有压抑，后者则高亢明亮、活泼开朗。而离浪堤当萨村不过二三十里的树罗村的"哈巴"，却又是另一种五声宫调式曲调。多数地方的"哈巴"伴唱，由一句近似口语的单声"萨——萨！"呼应而起。而元阳县阿罗支系的"哈巴"伴唱，则是旋律性颇强的一句长腔："索呃！索拉机！索！呃！西喱喱索！"并在说唱中常常与主唱者的声腔形成自由和谐的多声部。红河县的"哈巴"还有以"梅帕"（即以姜叶卷成管状吹奏，俗称"吹叶"）伴奏的，显得浑厚沉郁而悲凉④。况且，用"曲牌"这一称呼就意味着将"哈巴"默认为了一种曲艺形式，而"哈巴"其实并不能算作曲艺音乐，它在很多方面与曲艺音乐有着根本的不同。因而，以曲牌或歌调来界定"哈巴"依然不能概括其文类特征，其间倒是有探讨民歌"音乐性"的旨趣。

在 1988 年完成的《哈尼族民间歌曲的传统分类》一文中，作者开篇便对"传统分类"这一表述进行了界说，认为其与以汉族民歌为代表的"传统分类法"或是民歌的学者分类不同，就自己文章的研究对象和范围

---

① "罗作"（lo³¹tso³¹），舞蹈歌曲，边舞边唱，常有乐器伴奏，其中又有齐唱、男女对唱、主唱伴唱几种形式。由于它从属于一定的舞蹈，哈尼族习惯上就以同名的舞蹈总称"罗作"为这些舞蹈歌曲的统称。

② "谜剎围"（mi⁵⁵ ʂa³¹ŋui³³），"谜"指姑娘，泛指女人；"剎"是难过、悲伤；"围"即哭。直译为"女人伤心而哭"，专指亲人去世而哭的歌。后文也有论及。

③ "莫批差"（mo³¹phi⁵⁵tsha⁵⁵），意为"贝玛唱"，又叫"贝玛突"等。用于各种祭祀场合，系哈尼族祭祀歌的总称。

④ 李元庆：《哈尼哈吧初探》，云南民族出版社 1989 年版，第 259—265 页。

而言，"民族民间歌手以自己的习惯通用的方式对其民间歌曲所作的分类，即为民间歌曲的传统。简言之即民歌的民间分类"①。

接着，李元庆指出了哈尼族民间歌曲的传统分类在原则和方法上的三个重要特征：

其一，以习俗功能为主的多元化分类标准。"在各地哈尼族民间歌手看来，民歌属于哪一类，首先要看它在什么习俗场合演唱、起着什么样的功能、满足什么样的要求。这是至关重要的。在某一个习俗场合，有时虽然会出现若干个歌种都需要演唱的情形，但其中必定至少有一种是那一种习俗场合所特有的歌种，并且只要习俗场合相近，这个歌种就会出现。"②节日聚宴与嫁女娶媳的场合产生了"哈巴"和"然阿咪界"；祭祀祈祷与丧葬礼仪场合产生了"贝玛突"和"谜刹围"；领哄幼儿与儿童游戏产生了"阿尼托"和"然阿咕纳差昌"；山野劳动与谈情说爱产生了"阿哧"；歌舞娱乐与社交往来产生了"罗作"。作者还以场合功能、演唱主角、所唱对象、声音状态、演唱内容以及备注为表项制作了一张"哈尼族民间歌曲传统分类表"。此表以演唱内容作为"哈巴"一、二级子项的划分标准，先从大方向上将其分为"十二奴局"或"二十四窝果"，再依各个奴局中的演唱内容划分出有着具体歌名的"哈巴"唱段③。

其二，以独特的民族语言表达的约定俗成的歌种概念。在这里，作者做出了迄今为止唯一对"哈巴"二字进行过的粗浅的语义分析："哈"有气、力、舌头颤动等多种释意；"吧"有抬、捧诸多意思，直译"哈吧"可为搊贺的声气，转意为颂歌、赞歌（有的直呼为桌子上的歌)④。

其三，以开腔引句唱词为首要的明白无误的类别标志。"各种开腔引句唱词不单是给歌唱开腔助兴，同时兼有出于伦理道德规范、忌讳不祥等考虑而将场合、歌种乃至演唱者身份加以严格区分的作用。"⑤例如红河州流传的哈尼谚语"萨伊是哈巴，伊鸣是阿哧"，即人们听到"萨伊"就知道接下来要唱的是"哈巴"，而听到"伊鸣"就知道要唱"阿哧"了。

---

① 李元庆：《哈尼哈吧初探》，云南民族出版社1989年版，第2页。

② 同上书，第3页。

③ 同上书，第10—12页。

④ 同上书，第13页。"搊"字使人难解，笔者推测此字或许为云南方言，音"cōu"，意思就是前面所说的"抬、捧"。

⑤ 同上书，第14页。

文章最后，作者还对哈尼族民间歌曲传统分类的不可取代性进行了简单论述，认为哈尼族歌手的本土分类准则对于本民族的民间歌曲而言"具有普遍的适用性、相对的科学性、系统性和完备性"，不能被他民族的分类所取代，尤其不能以经典化了的汉族民歌分类法去统括①。

进入 21 世纪以来的十余年间，能查询到的以"哈巴"为主要研究对象的文章仅有三篇：张志宇的《哈尼族哈巴民歌的功能特征》②、左代楠的《哈尼族民歌"哈巴"研究》③和《浅析哈尼族民歌"哈巴"演唱风格特点》④。这两位作者都是音乐学院的老师。

张志宇的《哈尼族哈巴民歌的功能特征》一文从"哈巴"的演唱内容及演唱者两方面出发，认为"哈巴"具有纪事性、教育性和表现性三个功能特征。文中把"哈巴"称作"歌""颂歌""古歌"，称"因为'哈巴'只在餐桌上演唱，所以可以理解为哈尼族的'酒歌'"。但在文章的叙述中，可以看到"哈巴"并非只能在餐桌上演唱，这就和文章开头的表述相矛盾了。

左代楠的《哈尼族民歌"哈巴"研究》是西南大学音乐学院 2010 年的硕士学位论文，《浅析哈尼族民歌"哈巴"演唱风格特点》一文是从其硕士论文中析出的内容。论文以"哈巴"为研究主线，从哈尼族的迁徙史及其音乐资源引入对"哈巴"音乐风格特点的分析研究，并论述了"哈巴"在整个哈尼族社会群体中的功能及其价值，最后就"哈巴"的保护、继承和发展做了一些思考和分析。文章将哈尼族民间音乐资源分为民歌、歌舞音乐、器乐和民间舞蹈四大类，其中，又将民歌按其不同的演唱场合和社会功能分为"哈巴"（叙事歌）、"阿哧"（山歌）、"然咕差"（儿歌）、"阿尼托"（摇篮曲）、"然咪比"（婚礼歌）、"迷煞维"（丧歌）、"约拉枯"（喊魂歌）和"莫丕差"（祭祀歌）八个类别。可以看到，作者是将"哈巴"当作一种民歌体裁来进行研究，认为其是一种"吟"和"唱"相结合的叙事歌。

综观国内外哈尼学研究成果，我们会很遗憾地发现，自 20 世纪 90 年

---

① 李元庆：《哈尼哈吧初探》，云南民族出版社 1989 年版，第 17—20 页。

② 张志宇：《哈尼族哈巴民歌的功能特征》，《民族音乐》2008 年第 3 期。

③ 左代楠：《哈尼族民歌"哈巴"研究》，硕士学位论文，西南大学音乐学院，2010 年。

④ 左代楠：《浅析哈尼族民歌"哈巴"演唱风格特点》，《音乐时空》2013 年第 3 期。

代以来的二十余年间关于"哈巴"的专题研究论文寥寥无几,更多的只是在论述哈尼族民间文学或是传统音乐,更广一点,在论述哈尼族文化时会对"哈巴"有所提及。而且,这些相关研究中提到"哈巴"时,也都是沿用之前的观点,草草几句便带过了。在学术研究工作不断向前推进,而我们对自身民族文化的了解也愈发加深的这一时期,对"哈巴"这一哈尼族重要文类研究的忽略不能不说是哈尼族文学研究中的一大缺憾。

三 "体裁"研究:局限性与张力

在文学界或是音乐学界,与"文类"相当的概念是"体裁"。

在《民间文学体裁学的学术史》一文中,董晓萍为我们梳理了现代民俗学意义上的民间文学体裁学理论成果,并在文中讨论了什么是民间文学的体裁学这一问题。按钟敬文先生主编的《民间文学概论》所确定的范围,作者认为中国民间文学的体裁可分为神话、传说、故事、歌谣、史诗和民间叙事诗、谚语和谜语、民间说唱、民间戏曲等十类。而学界通常又把神话、传说和故事划为散文类,泛称其为民间故事;把歌谣、史诗和民间叙事诗、谚语和谜语划为韵文类;民间说唱和民间戏曲则被划为表演艺术类。谈到韵文类的歌谣、史诗和民间叙事诗体裁时,作者说,它们近年被国际学界统称为"民族志诗歌"。旨在强调其以音乐文学的方式,表达某一民众集团普遍认同的思想、情感、审美价值观和生活习俗的特征。民族志中的民间诗歌体裁,还含有运用民间音乐之意。西方学界对此有不少研究成果,而我国民俗学界则仍然以歌词内容研究为主。在文中,作者多次提到"民族志诗歌""民族诗学"(Ethnopoetics)[1] 等概念。民间诗歌的概念中便包含了运用民歌的见解,而"民族诗学"则更进一步指出不要平面地,而要分层次地研究民间文学体裁与民族志文化生活资料的关系的必要性。作者认为,我们要从民众观念或这种研究角度出发,去把握

---

[1] "民族诗学"(Ethnopoetics),今译作"民族志诗学"。

对体裁的认定问题,其间还要注意民间文学体裁的使用语境①。

此外,西村真志叶近两年来也开始关注民间文艺学体裁学这一课题,其《反思与重构——中国民间文艺学体裁学研究的再检讨》一文便探讨了我国民间文艺学体裁学研究中的一些问题。体裁研究是以某类体裁为对象的一切研究所必需的步骤,就民间文艺学这一学科而言,自张紫晨在1989 年发表的《从系统论看民间文艺学的体系和结构》一文中首次提出"体裁学"一词后,其在中国民间文艺学界的发展已经历了体裁系统的确立与失效、当代学者对其进行反思与重构等几个阶段。早期的国内学者专注于有关特定体裁的起源、含义、特点、功能等基本问题,却很少有人对体裁概念本身给予充分关注。近年来,随着研究范式的转变,众多学者开始困惑于现象的多样性,他们以往所坚信的体裁概念和现有体裁系统也不断遭到攻击,并引出了一些质疑的声音:继续固执于体裁概念有何意义?体裁学研究还有没有必要作为民间文艺学研究的重要组成部分存在下去?西村真志叶认为,目前的体裁学研究正面临着诸多困境:由于某些研究对象总是介乎于二者之间,使得一些学者在分类上遭到了失败或陷入困境,体裁难以区分的问题使体裁概念成了体裁学研究最为人质疑的部分;随着田野研究工作的进一步开展,除了传统的神话、传说、故事等体裁外,出现了越来越多的地方性体裁和民族性体裁,而现有的体裁系统对这些新出现的体裁几乎无所适从;过去的体裁学研究忽略被研究者主体有关体裁的话语,这也让体裁在很大程度上成为研究者主体强加给被研究者主体的事实,体裁分类成了前者的单向行为②。

要认识如今出现的地方性体裁和民族性体裁,就要解决体裁研究的非主体性问题。民间文艺学或是民俗学有"文化的和生活的两种学术取向",要解决这个问题,我们可以考虑从生活的层面重新关注体裁概念。

西村真志叶在《作为日常概念的体裁——体裁概念的共同理解及其运作》一文中就此提出了以下观点:"从生活层面关注作为日常概念的体裁,这意味着研究者主体回到体裁概念得以流通的特定社会文化语境,倾

---

① 董晓萍:《民间文学体裁学的学术史》,《北京师范大学学报》(社会科学版)1999 年第6 期(总第 156 期)。

② 详见［日］西村真志叶《反思与重构——中国民间文艺学体裁学研究的再检讨》,《民间文化论坛》2006 年第 2 期。

听被研究者主体有关体裁的话语，并观察他们在不自觉的日常经验中如何运用有关体裁的理解。正如日本社会学家西阪仰所言，假如是物理学，研究者不需要他们的研究对象如何看待自己的运动；而在人文学科中，只要忽略研究对象的看法，研究者便难以解释实际的社会现象。"①

"体裁"这一话题也吸引了音乐学界对其展开热烈讨论。就具体的体裁分类而言，在《关于汉族民歌体裁的分类问题》一文中，周青青归纳了几种汉族民歌体裁的分类法，如分为号子、山歌、小调的三分法，分为劳动号子、山歌、小调、长歌和多声部歌曲的五分法，分为号子、山歌、田歌、小调、灯歌、儿歌、风俗歌的七分法，分为号子、山歌、田歌、小调、灯歌、叙事歌、秧歌、寺庙经歌、渔歌、儿歌、叫卖调的十一分法，以及因地区而异的四川四分法、陕西五分法、广西六分法等不同分类法。作者认为这些分类法或是单纯以民歌的功用为划分依据，未考虑到民歌音乐形态方面的特征因素；或是一种分类法中有若干分类依据并存的现象，让人无法把握该种分类的划分标准；或是既未依据民歌的产生场合与功用，也未依据民歌的音乐形态特征，将属于同类音乐特征但不属于同一分类层次的歌种——分列，没有完成民歌研究应做的在分析、归纳的基础上对民歌进行科学分类的工作。这种种各不相同的分类法使人产生了对汉族民歌的"体裁"这一概念的不同理解，即"体裁究竟是指民歌音乐形态上的艺术特征呢，还是指它的社会产生条件？抑或是指产生和应用场合所造成并限定了的民歌音乐形态上的特征"？最后，作者提出了自己的看法：基于音乐形态特征和音乐典型性格考虑，仍可沿用号子、山歌、小调的三分法。作者认识到了民歌这一研究对象的复杂性和对其进行分类工作的困难性，但出于音乐学的研究本位，她认为只以应用场合或歌种来进行民歌的分类是民歌音乐研究工作的倒退，其结果是背离了民歌体裁分类法要对音乐形态进行概括、归纳的初衷②。

总之，就口头传统研究而言，从民族志诗学的角度出发，我们追求的是如何把一首口头诗歌、一种口头传统以最接近原初叙事的方式在文本中

① ［日］西村真志叶：《作为日常概念的体裁——体裁概念的共同理解及其运作》，《民俗研究》2006 年第 2 期。
② 周青青：《关于汉族民歌体裁的分类问题》，《中央音乐学院学报》1993 年第 3 期。

呈展出来。这样做的结果是涌现出一批有别于传统类别的体裁样式，丰富了民俗学体裁学的研究对象，与此同时也加大了对其进行分类的难度。这种情况在少数民族文类的研究中尤为突出。例如对于"哈巴"的文类界定，董晓萍所说的十分法并不适用，周青青提出的三分法也起不到借鉴作用。不过，虽然既有的民间文学分类体系不能覆盖也不能涵盖许多少数民族的文化表达形式，但却为我们的思考提供了一种参照——其局限性带来的挑战，也就构成理论与实践之间的张力。

本章小结

　　综观以上梳理，目前国外暂无有关"哈巴"的学术研究成果，而国内学界对于"哈巴"的研究也仅有近三十年的历史，且相关著述多集中于 20 世纪 80—90 年代和 21 世纪初。其他研究中关于"哈巴"的表述都是延续之前的观点，并无创新。其次，这些研究基本未应用到目前国内外民间文学界的各种新理论、新观点，研究方法受到制约。而且，如果我们仔细分析这些研究者的身份，还会发现一个有趣的现象：他们绝大部分是曲艺界或是音乐学界的学者，其他的则是民族文化学者，民间文艺学界关注"哈巴"这个问题的学者反而寥寥无几。这恰恰反映了"哈巴"研究一直以来的学术路线：学界通常都将它作为哈尼族的民间音乐或曲艺来研究，却忽视了其作为一种口头传统的本质。而如何将其还原至本来面目，从我们的学科本位出发来研究它，还有待于我们这一代学人的努力。

　　此外，从现今的民间文艺学体裁学研究情况与既有的民间文学分类体系来看，对少数民族文类的研究还有许多欠缺之处，而方法不得当则是造成这一结果的主要原因。体裁学研究的发展方向是要建构多元化的研究方式，而多元化的体裁学研究得以保证整体性的共同追求便是促使人们认识人类话语的多样性[①]。这就要求我们首先要秉持文化多样性理念，尊重被研究者主体对自身传统知识的理解。由此，笔者确定了本书的出发点和工

---

　　① 　[日]西村真志叶：《反思与重构——中国民间文艺学体裁学研究的再检讨》，《民间文化论坛》2006 年第 2 期。

作方向：从本土知识和文化表达入手，以第一手的田野调查资料为依据进行研究。

图4 新娘拴线进门

第 二 章

本土观念中的"哈巴":语义分析

本书引言部分的"田野研究过程"与"本书写作方法"中已经述及,我之前所做的 5 次田野研究均以系列的民族志访谈为工作重点。通过访问村落里的莫批、长者以及一般民众,我期望达到以下两个主要目标:(1)了解当地哈尼民众对"哈巴"一词如何解释,收集有关"哈"与"巴"的各种义项;(2)掌握当地民众关于哈尼族歌唱传统的一套传统分类体系,并重点摸清"哈巴"的内部分类情况。

一 可拆分与不可拆分之间:传统语境
中的"哈巴"释义

在田野过程中,我发现,之前对于"哈巴"的释义"'哈'有气、力、舌头颤动等多种释意;'巴'有抬、捧诸多意思,直译'哈巴'可为搁贺的声气,转意为颂歌、赞歌(有的直呼为桌子上的歌)"[1],似乎只是学者的阐释,"哈巴"一词在民间使用的惯习中并不能如此解释。而李元庆在自己的文章中也提到过,"作为歌种名称的'哈吧',在实际发音中有'$xa^{31}pa^{21}$'、'$\mu a^{33}pa^{31}$'和拉吧($la^{55}pa^{31}$)之分。哈尼族翻译家们对它有'舌头颤动'、'助气捧场'等多种诠释。参照其开腔引句所必备的'萨咿'及其变音均有'吉祥、幸福、欢乐'等多重含义,我们曾将它转意为'颂歌'(但不同于祭祀神灵的'颂'的一类)"[2]。虽然作者在此处

---

① 李元庆:《哈尼哈巴初探》,云南民族出版社 1989 年版,第 13 页。
② 李元庆:《哈尼族传统音乐的多元功能》,《民族艺术》1996 年第 4 期。

为"颂歌"作了注解，但是，所谓的"颂歌""赞歌"仍然很容易使人误认为其内容均为赞美、祝颂、祷念等题材，而我们知道，事实并非如此，尤其是叙事性与说理性在"哈巴"中都有极其重要的社会文化功能。所以，此种界定有望文生义之嫌，不甚妥当。

我试图通过自己的田野研究获得答案。可是，在对云南元江县 4 个乡镇的 7 个哈尼族村寨做过调查后，我发现问题远没有自己想象的那么简单。关于"哈巴"一词的含义，有几个被访者几乎就会有几种不同的解释。不过，他们中的绝大部分都认为"哈巴"应该是个双音节词，是一个整体，不能拆开单独为每个音节释义，只能按本民族传统观念来理解其所代表的含义；只有个别人认为拆开也可以，并且给我做了他们自己的解释。

（一）"民族的歌"：莫批杨月阿的"哈巴"释义

2004 年 7 月，我在元江县因远镇卡腊办事处的乌布鲁冲村①进行了为期一周的田野调查工作。该村为哈尼村，全村 150 余人均为哈尼族。在那儿，我采访了当地一位颇有名气的"哈巴卡"（$xa^{33}pa^{31}kha^{33}$）能手，也是该村的一个莫批——杨月阿②。对于"哈巴"一词的释义问题，他持的

① 因远镇位于玉溪市元江县西南部，地处玉溪市、红河州、思茅地区三地州、市接合部。镇政府所在地因远街距元江县城 40 千米。因远镇南与红河州红河县垤玛乡分界，北与元江县咪哩乡同脉，西与思茅地区墨江县联珠镇、龙坝乡山水相连，东面与元江县羊街乡隔河相望。因远镇地形东西狭长向北延伸呈鞍马状，东西最宽 15.2 千米，南北最长 21.6 千米，总面积 136.13 平方千米，共辖因远、北泽、安定、车坭、卡腊、伴坤、都贵、浦贵、路同 9 个村民委员会，63 个村民小组（自然村）。截至 2007 年 10 月，全镇总户数 7250 户，总人口 28890 人，少数民族人口 25491 人，其中：哈尼族 20446 人，占总人口的 71%，白族 4795 人，占总人口的 17%（百度百科：http://baike.baidu.com/view/3042918.htm? fr = aladdin）。"乌布鲁冲"又作"欧比鲁初"或"乌不路冲"，位于镇政府驻地南 4 千米箐沟陡坡，海拔 1679 米，16 户，106 人（现发展至 150 余人），哈尼族支系布孔，耕地 262 亩，出产稻谷、玉米、荞麦、茶叶、核桃、竹子。"欧比鲁初"，哈尼语，"欧比"：出水，"鲁初"：箐沟，即出水箐之意，因位于出水的山箐得名（元江哈尼族彝族傣族自治县人民政府编：《云南省元江哈尼族彝族傣族自治县地名志》，1983 年 12 月 31 日，第 155、163 页）。在该村笔者发现了一个与其他哈尼族村寨不一样的习惯：一般哈尼村寨的龙树林都是很神圣的，人们不能随便进入，大家对其都极其尊重。但该村的龙树林不论男女老少均可随便进入，除了每年祭一次龙外没有任何禁忌。

② 这位莫批是我外公堂弟媳妇的叔叔，是乌布鲁冲村两个莫批之一，按辈分我应当称他为阿祖。他娶过两个老婆，大老婆生了一个儿子，小老婆生了一个儿子一个女儿，现在家里共有 3 个人，跟他过的是小老婆生的一儿一女。

是不可拆分观点。我们可以引入一段当时的访谈对话：

　　……

　　刘：嗯，好的，然后我就问问您"哈巴"的事情。这个"哈巴"是什么意思啊？①

　　杨："哈巴"就是民族的歌了嘛。就是我们民族的歌。

　　刘：那"哈"是什么意思？"巴"是什么意思？

　　杨：这个么……　[想了一会儿]

　　刘：就是说"哈"和"巴"能不能拆开来解释，说"哈"是什么意思，"巴"是什么意思，然后"哈巴"合在一起又是什么意思？

　　杨：不能不能。这个"哈巴"就是"哈巴"，不能翻译，不能拆开。

　　刘：嗯。那不说"哈巴"的"哈"，就单单说"哈"这个字，它在哈尼话里有哪些意思啊？

　　杨：像这样么"哈"就是"魂"了嘛。"哟哈"（$jo^{31}xa^{33}$）就是"魂灵"了。

　　＼杨的儿子："哈"还有么就是"不好的"意思，就是口舌是非，"哈多拉"（$xa^{33}to^{31}la^{33}$）。

　　刘：哦。除了这两个意思外还有别的吗？

　　＼杨的儿子：嗯，还有，就是打泼掉（打翻）的意思，"迪哈"（$ti^{31}xa^{33}$）。

　　刘：还有没有其他的了？不是说还有"梅哈"（$me^{31}xa^{33}$），在这里是"哈"是舌头的意思吗？

　　杨：哦，是了。"梅哈"么就是"嘴"了嘛，"哈"也就是"舌头"了。

　　刘：嗯，是不是这些"哈"都是只有在跟什么"梅"啊"迪"啊"哟"啊一起说才有"舌头""打泼掉""魂"这些意思？单独不能说？

　　杨：嗯，是了。单独说么没有意思了。

――――――――

① 本文访谈录的文本誊写格式见"引言"部分的说明。

刘：那就这四个意思吗？除了这四个还有吗？

杨：就是这四个了。没有了。

刘："那"巴"呢？也像"哈"这样说，有哪些意思？

杨："巴"么就是"歌"了，这个就是主要的意思了。

刘：有没有一个意思说是"抬""捧"？

杨：嗯，"抬"啊？

刘：嗯。

杨：那个就不是这个"巴"了。不一样了。有倒是有。

刘：就是说那个说"抬"的意思的"巴"不能来解释"哈巴"的这个"巴"？

杨：是了嘛。"哈巴""哈巴"么就是要连在一起说了，拆开就搭配不当了。

刘：好的。那你们说"哈巴"的时候有没有"酒歌"之类的说法？

\ 杨的女儿：没有没有，"哈巴"么就是我们民族的歌了。酒歌是说有时候他们在喝酒的时候唱，但是我们一般不叫酒歌。不能这样叫。

刘：就是说起"哈巴"首先第一个想到的是"民族的歌"是吧？别的都不对？

杨：嗯，就是这样了。

……

"民族的歌""民族调子"，等等，是我在田野中听到最多的解释。但凡说是不可拆分的被访者，基本都会告诉我"哈巴"就是这个意思了。他们认为，"哈"和"巴"虽然也有其他义项，但都必须与特定音节搭配，若是放到"哈巴"这一词语中，便不能再依那些意思解释了。"哈巴"就是一个整体，传统中的民众都知道这就是"我们民族的歌"，要是非得把它拆开来讲就没有意义了。

图5　莫批杨月阿

（二）小阿爷杨仲机的"哈巴"释义

　　2006 年寒假，我在元江县进行了为期 17 天的田野研究，主要任务依然是围绕"哈巴"的名称释义和其中的分类体系进行系列访谈。此次研究选取了 6 个不同的田野点，在因远镇卡腊村委会拉力村民小组①，对小阿爷②杨仲机的访谈给我带来了一个惊喜。

　　小阿爷年轻时当过兵，做过十几年的卡腊大队文书和支书，当年也是很风光的，算是村里有点知识的人。那几天他天天跟着我四处访谈，也差

---

　　① 拉力是因远镇的一个自然村。拉里（现为拉力），别名欧耸，位于乡政府驻地东南 6 千米半山坡上，海拔 1601 米，73 户，374 人，主要民族为哈尼族支系布孔和汉族，耕地 537 亩，出产稻谷、玉米、荞麦、茶叶、棕皮、竹子。"拉里"意为耸岽，因位于偏僻的山坡上得名（元江哈尼族彝族傣族自治县人民政府编：《云南省元江哈尼族彝族傣族自治县地名志》，1983 年 12 月 31 日）。

　　② 小阿爷即小爷爷之意，他是我外婆的亲妹夫，是外婆最小一个妹妹的丈夫，不过小外婆因患病在 2004 年去世了。

图6　拉力俯瞰图

不多明白了我想知道的是什么东西。平时我访谈时他经常在一旁帮被访者解释,2月14日晚上回家后我便正式开着MP3给他做了个访谈。他很能说,会用各种形象的比喻来让我明白他要表达的意思。

　　谈到"哈巴"一词可否拆开释义时,小阿爷说可以,继而给我进行了详细的解释,而且他的解释听起来也有一定的道理。

　　据小阿爷所说,"哈"可以理解为"多、多想"的意思,是用在唱的时候,是多想出来的、一套一套的。本来是一个字,但会唱的、聪明的那些人就能想出两个字、三个字,那些不会的一个字就只能唱一个字了。而"巴"则是"稳"的意思,就是定下来,用小阿爷的话说,就是"'哈'字上多想出来的那些东西在'巴'字上给它定下来掉","唱出来后就定下来,留下在那儿了"。他还说开头哼的那一句"奢……奢……"要两个人唱的时候才哼,是为对方哼的,意思是"不怕不怕,你赶紧唱",是为了让整个演唱过程接上不要断才哼的。我们可以看一下访谈时的原话:

　　…………

　　杨:嗯,高兴的作用。意思么就是山歌了呢,意思么就是说。

　　刘:"哈巴"就是山歌了芥?

　　杨:**山歌**,嗯。

＼外公：嗯，山歌也"哈巴"么哪样也"哈巴"了。家头唱的那些也是"哈巴"了。

刘：哈尼话"哈巴"的意思就是"山歌"这样了盖？

杨：嗯，山歌了。

刘："哈"跟"巴"给可以拆开来说啊？"哈巴""哈巴"给可以分开来说"哈"是哪样意思"巴"是哪样意思啊？么是不能拆开？

杨："哈"是，"哈"是，多想的了。

刘："哈"是哪样？

杨："哈"是**多，多想的**。

刘：多想？

杨：嗯，多想出来的。

…………

图7　小阿爷杨仲机

杨："多"的那个是，它是，从中它就，扩大了嘛，它的那个话就扩大了。一个名字可以扩大两个，它的那个"哈巴惹"的那下了嘛。它就可以扩大了嘛。可以说小，它的那个。

＼外公：哦，要这样解释的那份。

杨：又说小，又扩大。又可以说大，可以说小。他的那个。

刘：一个字，但是你可以在"哈巴"唱的时候你可以给它说成两个字，可以说大……

杨：嗯，两个字，还是个个佩服。哦，这样的了嘛。个个佩服，那个。他有口才了。口才，脑子，要灵的那个就扩大了。

＼外公：就是"哈"字了嘛？

杨：嗯，"哈"字了。不会扩大的那个是咋个么咋个的去了的那个了。"**哈**"么脑子要灵了。

＼外公："**哈**"的意思么我说么是哈么＿＿＿

杨：多说也可以，少说也可以了嘛。扩大也可以么说小也可以。

……

杨：……［转向我］么那个"文"么就是"文"了嘛，出来以后么，人也是人了，森林是，这个，树是树了，这样定下来了嘛，它就定了嘛。哦，定下来么就"文"了，那个。

刘：定下来的是"文"的意思？［杨点头］这个"文"是"文字"的意思，给是说跟它固定掉的意思？

杨：嗯，固定掉的那份了嘛。

刘："**哈**"么是"**多**"，它一个可以唱成两个的多，但是么"**巴**"就是唱出来掉已经定下来了，这个是这个这个是这个这样唱定掉了？

杨：是了，唱定了唱定了。唱定掉了。"文"这样了嘛，它就不动了呢，树是栽活掉就不动了，这样就不会动了呢。

刘：前面唱，多多的唱出来以后么，后面就唱出来以后就定掉了。

杨：定掉了，定死掉了，

＼外公：文化的那个文不是吧？

杨：那个了呢，这样不是么不有了呢，文。

刘："文"就是定下来的意思。

杨：嗯，定下来的意思，定掉了。这阵是，太阳出来了，这样太阳说给你么，太阳出来的定死掉了。

刘：么你咋个想起来用文化的那个"文"字啊？

杨：这个不是么不有了呢，"文"字。［我笑］不有了不是盖？

定掉了，定死掉了。

　　刘：哦，给是"稳稳"的那个"稳"？

　　杨："稳稳"的那个"稳"了。

　　刘：哦，我还以为是文化的那个"文"。

　　＼外公：我说上前是"稳"么是"文"。"**稳**"这样么还差不多。

　　杨："稳"么就是定死掉了嘛。

　　……

图8　田野中的外公和我

　　小阿爷说得很生动，很有一套自己的理解方式，不过他的这些看法旁人似乎并不是很认同。虽然经过小阿爷的坚持，外公和小外公他们貌似赞同了他，但采访过程中他们仍然经常表露出对小阿爷的怀疑。在哈尼语中，"哈"确实没有直接表示"多"的意思。小阿爷开始说时，我以为是因为"哈"有"百"的意思，比如"其哈"（t»hi^{31}xa^{33}）、"尼哈"（ni^{31}xa^{33}）就是"一百""二百"之意，由这个"百"而引申到"多"的意思。但按小阿爷的说法，他认为"其哈""尼哈"的"哈"字的意思是固定的，就是"百"，到哪里说都有这个意思；可"哈巴"中的"哈"有"多、多想"的意思是根据这个词而来的特定理解，并不是字面意思，到其他词语的组合中就没有了。"巴"也这样，只有在这时才理解成"稳""固定"的意思。

我在想，小阿爷是不是为了迎合我这个在他看来还算有知识的人才编出这些解释的？还是因为他自己有些文化，又很了解这个传统，因此比普通百姓更能提炼出这一套解释？结束在拉力的田野调查回到家后，我给母亲和一个叔叔讲了小阿爷的看法（母亲和那个叔叔都是布孔支系的哈尼族，从小在农村长大，母语就是哈尼语，均为元江县民族中学的老师），他们都觉得"哈巴"这个词确实很难解释，如果问起来他们也不知道"哈"和"巴"可不可以拆开，拆开后又该怎样分别释义。他们认为，小阿爷这样说虽然没有绝对的证据，但还是比较有道理的，细想之后是可以接受的。因此，既然小阿爷能自己提出一种看法，而且还能自圆其说，那它也就可以成为我们考量"哈巴"一词释义的一种维度了。

二　"哈巴"的语义学分析及其释义

既然民间对于"哈巴"一词的释义情况说法不一，我们无法从传统中直接获得答案，那接下来只有转向科学的语义学分析了①。

在语义学里，有专门关于词汇语义的研究，这就是词汇语义学②。从历时角度看，词汇语义学的研究主要经历了以下三个阶段，不同阶段的研究方法和侧重点也各有不同。

①　语义学是研究自然语言各个单位（词素、词、词组、句子、篇章等）意义的语言学分支学科。该学科与语法学不同，它关心的不是语言单位的形式平面，而是语言单位的内容平面，它的基本范畴和中心概念就是意义。语言作为一个系统，其根本目的在于传达各种各样的意义，语义学的主要任务就是弄清意义的本质、意义之间的各种关系、意义的相互作用规则等。一般认为，语义学于19世纪形成一门独立的学科（何英玉编：《语义学》，上海外语教育出版社2005年版，"引论"，第1—2页）。

②　"词汇"在语言学的研究历史中一直是不可或缺的内容，是词汇学、词汇语义学、词典学共同研究的对象。不过，虽然词汇学与词汇语义学在词汇的意义研究上有所交叉，但二者在研究深度和研究方法上却均有所不同。词汇学一般被定义为关于词的科学或关于语言词汇组成的科学，而词汇语义学是语义学的分支学科，主要研究作为语言词汇子系统和言语单位的词的意义。词汇语义学认为，描写词汇意义是全面描写语言的不可分割的组成部分，而全面描写语言意味着人类语言行为模式的形式构造，与此相关的语义元语言问题和意义相互作用规则问题是词汇学所未涉及的。详见何英玉编《语义学》，上海外语教育出版社2005年版，第5页。

（1）传统词汇语义学主要探讨词源和词汇的历史演变规律，实际上是一种词源学。

（2）以结构主义理论的重要原则为指导思想的现代词汇语义学在词义研究中取得了长足的进步。结构主义用于词的意义研究主要有两种方法：一是对词义进行分解的义素分析法，二是对词汇的聚合关系和组合关系进行分析。结构主义的词汇语义学尽管存在不足之处，但它具有体系性和相对的完整性，对揭示词义和词汇间各种关系行之有效，因此仍然是现代词汇语义学的重要组成部分。

（3）除了继续关注上述研究内容，当代的词汇语义学比较重视从认知角度研究词汇意义。①

因为哈尼族历史上没有形成自己的文字，没有文献记载可以查询"哈"和"巴"两个字的古音古义，而现在人们对它们的释义也是个个不一，发音稍有不同便有可能生出许多歧义。我虽然几次田野都对此问题进行了专门调查，但也不敢说可以穷尽此二字的所有义项。因此，对词汇的聚合关系和组合关系进行分析的义位分析法并不适用于此。在本节的语义分析中，根据"哈巴"一词的具体情况及我所掌握的材料，我选用了"义素分析法"。

义素分析法也称语义成分分析法，是现代语义学描写词义的基本方法之一。它借鉴音位学中区分音素和语音区别性特征的方法，对词的意义构成也进行切分，试图找出一些普遍的语义成分，用于词义分析。该理论找到了研究语言意义的新视角，并在实现语义形式化的描述方面发挥了很大作用，是分解语义学、生成语义学、解释语义学等理论依赖的方法之一②。

---

① 详见何英玉编《语义学》，上海外语教育出版社 2005 年版，第 6 页。

② 详见何英玉编《语义学》，上海外语教育出版社 2005 年版，"引论"，第 10 页。义素分析法的创立得益于结构主义方法在语言研究中的具体运用，可以说是对传统语义学的突破。传统语义学对词义的研究局限于词义的自然单位，即"义位"或者"义项"，义位被视作不可分割的整体和最小的意义单位。现代语义学运用结构主义向微观层次探索的分析方法，将原来认为是最小的意义单位——义位进行分解，得到构成词义的更小的语义单位——义素，用一组具有区别性的二元对立特征集描述词汇的意义。显然，语言的每个单位（包括词）的意义都是由一组语义特征组成这一假设构成了义素分析法的理论基础。使用义素分析法可以正确地确定词义，避免传统语义分析中可能出现的主观任意性。同时，借助义素分析可以解释词汇之间的许多关系，如上下义关系、同义关系、反义关系等（见何英玉编《语义学》，上海外语教育出版社 2005 年版，第 191 页，对郭聿楷《义素分析与原型范畴》一文的评析）。

例如，用义素分析理论界定"男人"及"女孩"，其结果可分别表示如下：男人＝人＋男性＋成年，女孩＝人＋女性＋幼年。

对于我的研究对象"哈巴"而言，"哈"与"嘴""舌头"等方面的意思是可以确定的，也就说"哈巴"应该和口头演述、言辞艺术等有关，但"巴"的义项都不太适合与"哈"的搭配，除非通过语法上可以接受的搭配自己衍生出很远的意思，可这总让人觉得很牵强。我们可以看一看李元庆在《哈尼族民间诗歌格律——哈尼族民间歌曲的唱词结构》一文中关于考察哈尼族民歌音节的一段阐述：

> 当对哈尼族民间诗歌的音节进行考察时，有一点需要特别加以注意，那就是必须严格地从哈尼族语言的实际情形出发，而不能用汉民族语言自身的音节特点去取代它。因为属于汉藏语系的哈尼族语言，虽然在某些方面与汉语有着若干相似，如常有一词一音，一音多义等，但在语法结构乃至词语组成的许多方面，却大有区别。就以词汇的音节而论，有时在哈尼语中是双音节词汇的，如"$lo^{31}pA^{55}$"、"$\eta A^{31}ⒸA^{31}$"，翻译成汉语亦可为单音节的"河"、"鱼"。在这种情况下，只能将"$lo^{31}pA^{55}$"、"$\eta A^{31}ⒸA^{31}$"等一类词看作双音节，才符合哈尼语言的实际[①]。

结合李元庆的观点，再加上自己几次田野研究所掌握的材料，我目前对此问题的认识是："哈巴"或许真的和"$lo^{31}pA^{55}$""$\eta A^{31}ⒸA^{31}$"一样是双音节词，我们无法将"哈"和"巴"拆开来单独释义。那么，"哈巴"一词作为一个整体又该如何释义呢？选用义素分析法其实就是为了避开可不可拆分这个问题，在我不能对其进行义位分析的情况下，直接以传统知识给出释义。而要以传统知识为"哈巴"一词释义，则需对"哈巴"的内外两方面情况都有较为深细的了解，不但要明白它与相邻艺术体裁的关系，与它们有何异同，还要从其自身出发，探究它内部具体涵括哪些内容，有着怎样的表演特性。这就牵涉到了本书接下来要论及的部分——"哈巴"的文类界定问题。在这部分中，我将详细阐述作为一种口头传统

① 李元庆：《哈尼族民间诗歌格律——哈尼族民间歌曲的唱词结构》，载李元庆《哈尼哈吧初探》，云南民族出版社1989年版，第31—205页。此处所引文字出自第53页。

的"哈巴"在各个方面具有的特性，为读者呈现出"哈巴"的总体面貌。而只有经过这样的勾勒，掌握了关于"哈巴"的本土知识以后，我们才能对其运用义素分析法，最终给出根源于民间的词义阐释。因此，且让我们将此处的语义分析暂时搁置片刻，先进入第三章，通过探讨"哈巴"文类问题所引出的材料最后再来给出"哈巴"一词的释义。

本章小结

"哈巴"这种歌唱传统在哈尼族社会里已传承了无数代，但因为没有文字记载，加上世代传承过程中的变异和丢失，从我几次田野研究看来，目前已经没有人能够真正有根有据地给出"哈巴"一词的释义了。当我问起时，他们会告诉我"哈巴"是"山歌"等意思或者"哈"和"巴"不能拆解，但都说不出什么让人信服的理由，只能说反正就是这个意思了，祖宗传下来就这样的了。在真相已经由于时空的阻隔而变得面目不清的当下，或许大家都只能共同维持一个模糊的答案，而任何与这个答案有所出入的观点，就像小阿爷的解释那样，或许都不会得到其他很多人的认同。从另一方面来看，没有最后的定论，也就表明对这个问题可以有多种不同的阐释方式。

在田野调查中，不论是莫批还是长者，抑或是普通民众，我所遇到的被访者绝大多数都认为"哈巴"一词是不可拆分的。在几次尝试想将其拆开解释未果后，我也越来越倾向于认为它应当是一个双音节词而不可拆分了。例如汉语的"石头"这个词，我们知道"石头"是什么，也可以说出"石"和"头"各自的义项，但假设我们不知道"石头"这个词的意思，而是想通过将"石"和"头"拆开来分别解释以得出"石头"一词的真正含义的话，估计不会有人能得到正确答案。"哈巴"也可能是这种情况。因为"哈"有"嘴""舌头"等义项，而"哈巴"又确实是一种口头传统，因此我们可以推断出"哈巴"一词原先的意思或许和口头传承或是言辞艺术等有关，但和"巴"搭配后，就像对"石头"的理解一样，我们便很难保证是否不会受自己的主观意识影响而误解词语的本来意义了。既然无法确保对"哈巴"一词进行义位分析所得结论的科学性，我们只能就目前所掌握的材料另辟蹊径，以语义分析和文类界定相结合的途径，用语义学中其他的分析方法来解决这一问题。

图9　布孔支系葬礼上正在做仪式的莫批

图10　布孔支系的"咪刹围"

第三章

文化语境中的"哈巴":文类界定

一 "哈巴"文类界定的困境

西方普遍使用的"genre"(文类)一词系法文,源自拉丁文"ge-nus"。它本来是指事物的品种或种类,而在文艺学中,除了偶尔使用原义项外,多半指文学作品的种类或类型,也就是说,它可视为"文学类型"(literary genre)的简称[①]。这是目前对"文类"一词较为通行的概念认定。从定义本身来看,"多半指文学作品的种类或类型""可视为'文学类型'(literary genre)的简称",清楚地表明了此概念的设定原本是以"文学作品"也即"书面文学"为对象的。

对于我们所做的口头传统研究,在使用"文类"这一概念时,不应囿于概念本身,而应当在它之外延展出更多的内涵。在一个传统内部,有很多叙事资源是共享的。对于一个已成形的书面文本,我们可以就其文本内容本身来给它划分文类;但对于一种活形态传统,由于其中所涉及的叙事资源常常是跨文类的,因此,我们不能一味照搬现有的分类体系,而是要更多地注意研究对象的活态性,关注其在传统中的语境及具体的表演情境,关注它的地方性知识。

例如,英国人类学者芬尼根认为,相对于文学理论意义上的文类概念,地方性的分类并不总是理性化或是系统化的,但事实上也没有必要迎合外来者的分类:就像林巴人的 mboro 并不仅仅只是故事,还涵盖了谜语

---

① 周发祥:《西方文论与中国文学》,江苏教育出版社1997年版,第286页。

图11　主持葬礼的莫批在演唱"哈巴"

或是谚语这些类别。但是对于我们来说，在某些文化传统中的神话和传说却有明显差异，并被区别对待。现在有很多以田野为基础的研究，也为当前趋于更复杂的文学分类法提供了例证。倘若把地方文类放入一种语境并且探明其独有的特性，那么考虑这种规则对于全面理解任何一种本土艺术形式的观念和实践来说都是最基本的。然而，对这些文类的精确描述很少有捷径可走。归根结底，一直存在的一个问题便是如何快速地转接到那些相应的文类术语上。现存的大多搜集物及其分析都运用了这样一些术语和看似有效的工具去理解田野中的发现，并且让本土文类与其他的类似现象形成认知上的共鸣。但是，民族志资料须物尽其用，方能进一步说明那些已被接受的相关术语在任何时候都不具有绝对的或永恒的有效性①。

　　第一次梳理前人研究成果的时候我就发现，"哈巴"的文类问题极具可深挖的学术潜力。因为"哈巴"对于哈尼族来说是最为重要的一种口

---

　　① 详见 ［英］Finnegan, Ruth, *Oral Traditions and the Verbal Arts*: *A Guide to Research Practices*, London and NewYork: Routledge Publish Press, 1992, p. 142。

头传统,它渗透到了民众生活的方方面面,贯穿于每一个生活在传统社区中的哈尼人的一生,不管研究哈尼文化中的哪一部分,都绕不开它。可是,在以往的"哈巴"研究中,却并没有人能论述清楚其传统属性问题,给它一个较为妥当的文类归属。

在第一章提到的著述中,关于"哈巴"的文类问题,主要有以下几种看法:

1. 认为"哈巴"是哈尼族民歌里的一类——传统歌①。这种观点把"哈巴"定位为一类歌种。所谓"传统歌",则是与"阿茨"相对的划分。也就是将哈尼族民歌从整体上分为两大类:"哈巴"和"阿茨"。

2. 认为"哈巴"是叙事歌种②。这是从"哈巴"的演唱内容出发,也把"哈巴"定位为一类歌种。

3. 认为"哈巴"是颂歌、赞歌③。上文提到过,有学者将"哈"理解为气、力、舌头颤动;"巴"则为抬、捧等意思,直译"哈巴"可为拥贺的声气,转意为颂歌、赞歌。这种界定由此而来,也把"哈巴"视为一类歌种。

4. 认为"哈巴"是酒歌。这是早期研究中对"哈巴"形成的最为普遍的一种看法,至今仍然有人沿用。它同样也把"哈巴"看作一类歌种。例如在《哈尼族文学史》中有这样的阐释:"(哈巴)多在年节祭典的盛大场合,拥坐于饮宴的篾桌前把酒而歌。因民间有'酒是打开歌喉大门的钥匙'的老话,故又称'酒歌'。"④

5. 认为"哈巴"是一类曲牌⑤。这是用歌的曲牌来进行评价,实际上是将"哈巴"定位为一种曲艺音乐。

第1、2、3种及第5种观点前文已有论述,这里主要谈谈第4种观点。

"酒歌"这种说法自产生以来便有很多人加以引用,直到今天,仍然

---

① 赵官禄:《试论哈巴的源流、形式及发展》,载民族音乐编辑部编《探索神奇土地上的说唱艺术之花》,云南民族出版社1986年版,第87—93页。

② 李元庆:《论云南少数民族说唱音乐的改革创新》,载民族音乐编辑部编《探索神奇土地上的说唱艺术之花》,云南民族出版社1986年版,第120—133页。

③ 李元庆:《哈尼哈巴初探》,云南民族出版社1989年版,第13页。

④ 史军超:《哈尼族文学史》,云南民族出版社1998年版,第48页。

⑤ 李元庆:《哈尼哈巴初探》,云南民族出版社1989年版,第32页。

有许多地方出版物或是民族风情介绍类的文章都还在说"哈巴"就是哈尼族的酒歌。这种观点其实不准确。诚然，"哈巴"经常在酒桌上开唱（因此也有人称其为"桌子上的歌"），但这并不等于说"哈巴"是因酒而唱、要有酒才唱，相反，它是因事而唱的。"哈巴"的演唱场合多为年节、祭祀、婚丧期间或是起房盖屋等重要活动，因为这些时候哈尼人自有一套约定俗成的规矩和仪式仪礼，要对老百姓宣讲这些规矩和仪式，自然要通过"哈巴"的形式进行演唱。而这些重大场合总会有酒宴，因此"哈巴"也就刚好经常在酒席上开唱了。实际上，"哈巴"在平时也可以唱，很多老人手抬一根竹烟筒就开始唱了。所以，把"哈巴"叫作酒歌是不恰当的，民间没有这种说法，这种观点是学者将自己的主观意识加诸传统之上的一种误导。《哈尼族文学史》中的另一种解释："从严格意义上说，称为'在一切公开场合吟唱的、不用害羞的歌'，似更恰当"则语焉不详，势必会生出更多的歧义。举凡在公众场合引吭高歌者，大多不会羞于表达，而就其给出界定所依据的红河州哈尼族传统来看，公开演唱的歌不一定都属于"哈巴"的表演传统。

图12　布孔支系葬礼上的"农冢"①

---

①　"农冢"（noŋ³¹tɕoŋ³¹），布孔支系方言，系葬礼上跳的一种舞蹈，有鼓、号、镲等乐器伴奏，一般只在老人去世时跳，表达以欢乐的心情送别亡者的愿望。

　　此外，从大的术语界定方面来看，在目前的研究中，将"哈巴"视作哈尼族"说唱文学"的这种看法很普遍，在学界也似乎成了一种"定论"。"哈尼族说唱文学全部采用吟诵、歌唱的形式表述，有基本的唱法和旋律。整个说唱过程全部为'唱'，没有道白和韵白。"据孙官生先生在文中的表述看来，这里的"说唱文学"指的是哈尼族的所有歌唱传统，包括"哈巴"①。但孙先生自己也说了，"整个说唱过程全部为'唱'，没有道白和韵白"，这怎么还能说是用"吟诵"的形式，怎么能叫作"说"唱？

　　《民间文学词典》对说唱文学做过如下阐释："（说唱文学）指民间曲艺的底本。如话本、弹词、变文、宝卷、子弟书、相声、快板快书底本等等。"② 这里的"说唱文学"并不是一种艺术形式，而是一种书面文本了。

　　除了"说唱文学"这一概念外，《民间文学词典》中还有另外一个类似的民间文学体裁——民间说唱。它被定义为："（民间说唱是）以说唱表演为特点的口头文学的总称。民间说唱指流传于乡镇间的说唱文学。它兼有说、唱两方面的特点，把文学、表演、音乐融为一体。……民间说唱的表演形式可以分为三类：说故事；讲笑话；唱故事。"③

　　钟敬文先生主编的《民间文学概论》第十三章题为"民间说唱"，其中对"民间说唱"这个概念有如下论述："民间说唱是一种艺术形式。多数曲种是有说有唱的，文学、表演、音乐三位一体，带有一定程度的综合性。有些曲种以说为主，并无音乐伴奏，但也要适当表演动作。"④ 下文接着又谈道，"说唱中的声乐和伴奏也是比较单纯的。不少曲种便是由民间俗曲、小调发展而来，有深厚的群众基础，说唱中的唱腔要求字清句楚，音乐的节奏接近生活语言的节奏，不能破坏语意的完整。因此，多采取'说中有唱，唱中有说'——实际是半说半唱或连说带唱的方法。"⑤

---

① 孙官生：《论哈尼族说唱艺术发展的历史分期》，载民族音乐编辑部编《探索神奇土地上的说唱艺术之花》，云南民族出版社1986年版，第8—84页。

② 段宝林、祁连伟主编：《民间文学词典》，河北教育出版社1988年版。

③ 同上。

④ 钟敬文主编：《民间文学概论》，上海文艺出版社1998年版，第343页。

⑤ 同上书，第343—344页。

此外，第一章"'体裁'研究：局限性与张力"中提到过，董晓萍在《民间文学体裁学的学术史》一文中按钟先生主编的《民间文学概论》所确定的范围，将民间说唱和民间戏曲划分为表演艺术类体裁①。

由此，我们可以理解为民间说唱往往散韵兼行，有说有唱；同时还可能包括其他方式，如只说不唱、边唱边舞等。除了所演述的内容外，其表演形式也十分重要，可以划归为"表演艺术"。"说唱"这一术语在使用时往往不做说和唱的仔细区分，一般都理解为散韵兼行，如藏族史诗《格萨尔》的表演传统，就是一种最为典型的说唱方式。

我们还可以看一看伍国栋在其《中国民间音乐》一书中关于"民间曲艺音乐"的说明：

> "民间曲艺音乐"这一概念，是指"说"与"唱"相结合，并同时用乐器伴奏，以说唱艺人为中心演释民间传说、故事，交代情节，描写人物的一种民间音乐类型。由于它是诵念（说）、声乐（唱）、器乐（伴奏）与民间故事文学（口传或文字底本）相合的产物，具备突出的"说"与"唱"特征，所以人们又习惯称呼这一民间音乐类型为"民间说唱音乐"。"曲艺"一词产生较晚，本世纪50年代才为原说唱艺术界所使用，但至今在文艺界人们已习惯将之作为一切古今说唱表演艺术形式的总称②。

据此看来，"民间说唱音乐"就是"民间曲艺音乐"，它需要具备说、唱结合，器乐伴奏，演释民间故事文学等特征，而"哈巴"既无"说"又无器乐伴奏，不应当被当作"民间说唱音乐"或被当作一种曲艺类型来研究。

另外，在第一种定义中，说唱文学大体指的是一种"底本"，是文本化的。而哈尼族历史上一直没有自己的文字，在民俗生活中"哈巴"是一种活形态的口头传统，在传承过程中没有任何文本形式出现，在表演实践中也没有依据任何文本来进行演唱。因此，将"哈巴"等同于类似话

---

① 董晓萍：《民间文学体裁学的学术史》，《北京师范大学学报》（社会科学版）1999 年第 6 期（总第 156 期）。

② 伍国栋：《中国民间音乐》，浙江教育出版社 1995 年版，第 115—116 页。

本、弹词那样的一种说唱文学,无疑将以口头形式为生命活力的"哈巴"文本化、固定化了,也不符合"哈巴"的实际传承情况。

在最早期的研究中,我对"哈巴"的文类界定有个推想:"哈巴"的文类归属不能一言以蔽之,将其简单地概括为"歌种"抑或是"曲牌"都会有失偏颇。对于它的界定应纳入表演活动的口头实践过程中去加以分析,要充分考虑唱述内容与演唱形式两方面的要素。从演唱场境上来做区分,在特定的仪礼性或是仪式性场境中演唱的"哈巴"实际上是哈尼先辈们代代相承的歌唱程式,歌手通过口耳相传习得之后,根据具体情况选择相应的唱段,唱对"路子"即可。这时候,"哈巴"有其固定的口头程式和唱述方式,应从整体上当作一种歌唱传统(内嵌了多种歌种)来看待;而那些演唱时更随意些的,没有特定演唱场境要求的"哈巴"则是一种"歌调"。这里所说的"哈巴",往往体现为一种用于演唱具体内容的曲调,它与作为歌种概念的"哈巴"具有相同的音律特点,包括歌节

图13　布孔支系出殡时的"过棺"仪式

结构、专用衬词、唱词句式、歌行韵律、句法对偶等方面都交相一致，因此叫作"哈巴调"。在演唱史诗等宏大的叙事长歌时，所用的均为"哈巴"歌调。

顺着这个思路往下走，我一直很想弄清传承人的个人曲库，想借实例来佐证自己的理论预设。因此，在之后的几次田野研究中我都给自己设定了一个目标，那就是要弄清传承人的个人曲库，最好详细到每段曲目名称，这样便能印证我之前的想法，看出"哈巴"中到底哪些是必须固守传承的"歌"，哪些又是可以自己往里填词的"歌调"。但在实际田野中我发现这几乎是不可能成功的。传承人的分类体系中并没有如此细分，而且也没有这么细分的必要。他们只按演唱场境，说"讨媳妇时候唱的'哈巴'""抬死人时候唱的'哈巴'"或是"过年过节时候唱的'哈巴'"，等等。这些"哈巴"都是世代传承下来的，甚至平时聊天问话所唱的段子都有固定的词，演唱者不得随意对其进行篡改。这样看来，能自己填词的"歌调"一说也就站不住脚了。

由于"哈巴"体量极大，涵括的内容十分丰富，目前民间文学界关于口头传统的分类标准对"哈巴"来说都不适用，无论怎样划分都会存在缺陷。这从以上提到的五种观点中就能看出。而我自己坚持很久的看法也在田野中被推翻，甚至一下子不知该如何继续下去了。这让我开始觉得"哈巴"的文类界定绝非易事。我决定将自己的研究分成两个部分：外部和内部。从外部着手，我们可以通过对学术史的梳理从纵向的轴线上定位研究对象，通过对地域社会的描写说明研究对象的生存环境，而对相邻表演艺术体裁的了解则可以从横向的轴线上对研究对象有更好的把握；从内部切入，我们可以通过具体的民族志访谈来探究研究对象的内部分类体系，结合其表演场境的具体区分，最终掌握其传统属性。

二　元江哈尼族口头传统概况

在柏拉图的《巴门尼德篇》末尾，苏格拉底讲述了一个从传闻中听来的埃及神话故事：埃及瑙克拉太斯（Naucratis）地区居住着发明神泰悟特（Theuth），他发明了数字、运算、几何学、天文学、象棋等许多东西，尤其引人注目的是，他还发明了文字。有一次，泰悟特和全埃及的至高之神塔姆斯（Thamus）讨论起文字的问题，泰悟特希望塔姆斯将其推广到全埃及。泰悟特说他发明的是记忆和智慧的秘诀，要是学习了这种文字，埃及人的智慧就会提高，记忆力大概也会增强。塔姆斯却回答道：

> ……文字与实际具有的效能恰恰正相反。因为人们如果要学习这种文字，由于忽视记忆训练，在那些人的灵魂当中大概会养成易忘的毛病。那主要是因为他们信赖写出来的东西。要想出东西来，靠铭刻在自身以外之物上的标记，形成好像从外边想起来，而不是靠自己的力量从内部想起来一样。实际上，你发明的不是记忆的秘诀，而是想起的秘诀。①

哈尼族也像当时的埃及人一样没有自己的民族文字，他们拥有着自己独特的记忆秘诀，将所有的文化传统和民众智慧都凝结在世代相承的口头传统中。在重大的民族节日里，在关键的人生仪礼中，我们都能听到莫批或长者吟唱的"哈巴"；每当家里有人生病或是出什么事情时，哈尼人会请来法术高强的莫批，只要做过仪式，有过"尼哈拖"（ni^{33}xa^{31}tho^{31}）②，他们就相信家人能避过灾祸，化险为夷；家里家外，房前屋后，只要有闲暇时间，寨子里的老人就会给孩子们或是喜欢听的年轻人们"哟理格"（ʐo^{31}li^{55}kə^{31}）③，说故事，讲道理，让年轻一辈接受民族历史文化知识的熏陶。

根据我的田野调查资料，元江哈尼族的口头传统大致可分为以下几类。

1. 歌唱传统总称"哈巴"，根据不同场境应该唱什么再具体唱什么。除了各种比较重要的场合外，去田间地头或到山上放牛时一般唱的也是"哈巴"。因为民间认为"哈巴"是高兴了就唱的，是唱来娱人的。一般

---

① ［日］高桥哲哉：《德里达解构》，王欣译，河北教育出版社2001年版，第54—55页。

② "尼哈拖"即莫批所做的驱鬼仪式，下文有详细说明。

③ "哟理格"意为讲故事，下文也有详细说明。

译为山歌或情歌的"阿白"（$a^{33} p\gamma^{31}$）[1]也包括在"哈巴"这个总称里面，它只是引句及唱的音调与下一分类级别中的"哈巴"不同，内容几乎一样[2]。不过二者在演唱地点和演唱对象上有着严格的区分：因为哈尼人认为"阿白"里下流的内容比较多，因此不能对同一个家族的人或是在屋子里唱；而"哈巴"则可以在任何时间、任何地点、任何人面前演唱，而且演唱者没有限制，只要会唱，不管男女老少都可以唱。不过人死时开路的那一部分就只有莫批能唱。唱"哈巴"叫作"哈巴卡"（$\mu a^{31} pa^{33} kha^{31}$）[3]，这个"卡"只与"哈巴"搭配使用，意思是"唱"。哈尼语中只有"卡"才能译为"唱"。对于会唱"哈巴"的人，哈尼人还有个特殊的称呼——"哈巴拉其"（$\mu a^{31} pa^{33} la^{33} t \gg hi^{31}$），即"哈巴"能手，"拉其"就是师傅、能手的意思。

2."哟理"（$\mathrm{z}o^{31} li^{55}$）："哟理"即故事，民间一般称呼其为"哟理格"（$jo^{31} li^{55} k\partial^{31}$）。"格"即讲，同样只用于与"哟理"搭配，"哟理格"就是讲故事给你听。这是给大家讲述道理的，公开的，可以给任何人讲。

3."诶笃曩"（$e^{33} tu^{33} na\eta^{31}$）：教给你。"诶"，说，说话，语气上较为随意。"诶笃"有保密性质；"曩"，教，真真正正地教给你。不让别人知道得太多，就给自己人讲。举个例子，比如"哈巴"里最重要的那一点内容，也就是唱出来就可以压过别人的压轴部分，一般都不教给别人，只教给自己人。这就叫"诶笃曩"[4]。

4."尼哈拖"（$ni^{33} xa^{31} tho^{31}$）："尼哈"，妖魔鬼怪，鬼神；"拖"，说，念，元江汉语方言又将其叫作"呗"，是专属于莫批做仪式时的念

---

① "阿白"（$a^{33} p\gamma^{31}$），意为山歌或情歌，后文有详细介绍。

② 本书所提及的"哈巴"一般指的是与"阿白"相对应的，在包括所有歌唱传统的"哈巴"这一总称下的更低一个层次的"哈巴"。

③ 元江哈尼支系的哈尼族都将"哈巴"称为"拉巴"（$\mu a^{31} pa^{33}$）。此节内容的主要依据是我在潘郎壳的田野研究所得，因此这里的国际音标标注的是当地的哈尼支系方言，只是为了行文的一致性而仍然将汉语音译写为"哈巴"。

④ 其实像民间常常将"哈巴"和其相对应的动词"卡"连起来说成"哈巴卡"，用以表示这一文类一样，"诶笃曩"也将"诶笃"和其搭配使用的动词"曩"连起来说了，这并不适用于一种文类名称的表述，但是民间已经约定俗成将这一文类称为"诶笃曩"了，光说"诶笃"听起来让人感觉有些别扭，因此本书还是沿用了"诶笃曩"这种说法。下面的"尼哈拖"（$ni^{33} xa^{31} tho^{31}$）也属于这种情况。

诵方式。"尼哈拖"就是退鬼、驱鬼。一般说的"哟拉枯"（jo²¹μa³³ khu³³)① 也包括在"尼哈拖"里。还有一种专用于长辈祝福晚辈的，叫"黑莫莫"（xe³¹mo³¹mo³¹）。据倪立生说，"莫"就是"大慈大悲，好的东西，给你福气，让你长命百岁"，是"以吉利的方式讲，不讲不吉利的东西"。"黑莫莫"在喜事、丧事、搬新房或是过年过节时都可以讲，但讲法却各不相同，而且丧事喜事所讲内容一定不能相混。"黑莫莫"比"哈巴"更具吉利色彩，是从"尼哈拖"里单独分出来的吉利的那一部分。例如孩子出生三天后哈尼人一般会请莫批来家里做个仪

图14　潘郎壳协力者：李江燕一家

---

① "哟拉枯"（jo²¹μa³³khu³³)，"哟拉"即魂、魂灵，"枯"是叫，"哟拉枯"即叫魂。哈尼人认为人有十二个魂，其中任何一个脱离了身体都会对人造成伤害，小一点的魂离开则生小病，大一点的魂离开则生大病，要是主魂离开了，人的生命也就终结了。因此，若是认为谁的魂落在外面了，就要请莫批来做"哟拉枯"的仪式，把丢失的魂叫回来，让其恢复健康。

式，这时莫批就会讲起"黑莫莫"，为孩子祈福，让他（她）一天天长大，长命百岁。讲述时不分长短不分高下，讲述者会说几句就说几句。

5. "斯扯扯"（si³¹t©hə ³¹t©hə ³¹）："斯"，血。"斯扯扯"即止血。刀砍到或是别的东西弄到时用来止血的。跟鬼神无关，不属"尼哈拖"。但只有莫批能用，使用的也是"拖"的腔调。

6. "岌岌"（t»i³³ t»i³¹）：被戳到或是碰撞到后念了用来止痛的，与"斯扯扯"一样，不属"尼哈拖"但使用"拖"的腔调，不同的是除了莫批外其他人也可以用"岌岌"。例如草医一类的人也有会的。

7. "密息"（mi⁵¹»i³¹）：开水烫到、火烧到后念，让伤口不要太烫，缓和一点。莫批专用，也是不属"尼哈拖"但使用"拖"的腔调。

三　"哈巴"的地方分类体系

上文提到过，"哈巴"的演唱内容被划分为"十二奴局"①：咪的密地（开天辟地）、咪坡谜爬（天翻地覆）、炯然若然（飞禽走兽）、阿撒息思（杀鱼取种）、阿兹兹德（砍树计日）、阿卜鱼徐阿（三个能人）、然学徐阿（三个弟兄）、阿然然德（穷苦的人）、咪布旭布（男女相爱）、目思咪拔（生儿育女）、搓摸把堵（安葬老人）、伙结拉借（四季生产）。自李元庆 1979 年提出后，近三十余年来的"哈巴"研究或是哈尼族文学研究著述都一直在沿用这种划分法。在最开始的田野研究中，我依循的也是这条路子，期待被访者口中说出的就是类似这样的划分法。但是几次访谈后我发现，在元江哈尼族民众的心目中，并没有类似"十二奴局"的这种概念。对他们来说，最首要的区分要素是演唱场境而不是演唱内容。

---

① "奴局"，据李元庆文中表述，是各地"哈巴"歌手都承认的共同的路子，意为唱歌的"方向""路子"或"题目"，相当于汉族曲艺的曲目，著述和诗歌中的"篇""章"。

（一）哈尼支系：难以获得的传承人个人曲库

在羊街乡水龙村①做调查时，我的一个重要目标就是想通过得到传承人的个人曲库而最终获得"哈巴"的传统曲库。

在水龙我一共采访了 5 位莫批，在针对他们的访谈提纲里都有这样的问题：能唱多少"哈巴"？（本土话语里叙述"哈巴"时的单位是什么？）具体是哪些（民族语）？每一种的演唱场境是什么？演唱中有何规矩？从

---

① 羊街乡位于元江县东南部，地处元江西岸哀牢山余脉峨岜（莫朗）山、观音山山区，距县城 46 千米。"羊街"一名，因距村西北 20 千米的观音山腰草坪上，逢农历羊日赶集故名，后集市又改在村内逢星期日赶集。如今已改为三八街，即每逢 3、8、13、18、23、28 号为街天。羊街乡南北长 13 千米，东西宽 17 千米，总土地面积 161 平方千米。最高海拔 2580 米，最低海拔 600 多米；乡政府驻地海拔 1822 米。气候属温带、亚热带气候，年平均气温 18℃。主产水稻、玉米、甘蔗、烤烟、蔬菜、核桃、竹子等作物。全乡共辖戈垤、坝木、党舵、羊街、垤霞、浪支 6 个村民委员会，54 个小组，59 个自然村。2008 年末，全乡总户数 4113 户，总人口 17887 人；少数民族（以哈尼族为主）人口 16098 人，占总人口的 90%［《元江年鉴》（2009），云南民族出版社 2010 年版］。水龙是一个有 223 户 856 人的纯哈尼族寨子，位于乡政府驻地东南 2 的水库上边，海拔 1932 米，耕地 473 亩，出产稻谷、苞谷。"水龙"，哈尼语，是"收落"的变音，即龙潭，因村旁有龙潭得名（元江哈尼族彝族傣族自治县人民政府编：《云南省元江哈尼族彝族傣族自治县地名志》，1983 年 12 月 31 日，第 167、175 页）。白氏和杨氏先祖最先落居此地，后有张氏、龙氏和李氏居住此地。根据口传谱系（家谱）叙述其历史已有 17 代，按一代 25 年计算，共 400 多年的历史。水龙村所属的垤霞村委会共有 13 个自然村，全是哈尼族寨村，属羊街乡哈尼族人口最多的纯哈尼族村委会，而水龙村又是在垤霞村委会中哈尼族传统文化保留最为完整的村寨。其原因主要有三点：一是交通相对闭塞，不便与其他村落和其他地域的人群交往。水龙北面只有一条路可以通往县城，而且距离县城较远。南面就是崇山峻岭，没有村落，如绕小径走山路六七个小时可到达红河县的哈尼族腊米人聚居的一些村落，但两地来往较少。二是民间艺人荟萃。水龙村里的哈尼歌手和莫批较多，村里 50 岁以上的人几乎都是民间歌手，只是很多人名不外露；村里大大小小的莫批有 10 人，其中还有 1 人被云南省文化厅和云南省民委命名为"云南省非物质文化遗产传承人"。三是水龙的村寨规模适中，人口和户数不多也不算少，为村民统一认识提供了思想基础。再结合其所处的地理位置，此村子像一个"台灯"辐射了这一带的哈尼族寨子。要了解研究元江羊街乡的哈尼族文化，水龙村是不可越过的寨子。

居住于羊街乡的哈尼族属哈尼支系，资料记载应有"糯比"或是"糯美"的他称［水龙的哈尼方言称为"罗比"（lo³¹pi³³）和"罗美"（lo³¹mQ³³）］，但并未对此作过详细阐释。我之前没有细究过这个问题，在水龙追问了几句才把这个问题弄明白了。原来"罗比"和"罗美"并不是固定的称谓。在这里的哈尼语里，"罗比"指的是"上面的人"，"罗美"指的是"下面的人"，这种称呼是具有方位性质的，是相对而言的。比如水龙人称呼坝木（水龙下方的一个村子）人叫"罗美"，相对的，坝木人称呼水龙人就叫"罗比"。这时候，水龙人好像是属于"罗比"的。但当相互称呼的两方换为水龙和那诺（在水龙上方）时，情况就不一样了。水龙人叫那诺人"罗比"，而那诺人则叫水龙人"罗美"。这时候，水龙人又变成"罗美"了。

图15　水龙远景

这些问题中我想得到的是"哈巴"较细的曲目划分，正如李元庆划分的那样，"十二奴局"中，每个大的奴局下面还有好多小的"哈巴"：（1）咪的密地（开天辟地）——咪的密地哈巴（造天造地的歌）、奴玛巴拉哈巴（太阳月亮的歌）、咪巴咪衣哈巴（白天黑夜的歌）、咪塔密擦嘎玛优布哈巴（天地的路和洞的歌）；（2）咪坡咪爬（天翻地覆）——咪坡咪爬哈巴（天翻地覆的歌）、咪的局地哈巴（人的种子的歌）、目咪阔特哈巴（锁住天地的歌）、普冬哈巴（村寨的歌）、普玛阿兹哈巴（村头龙树的歌）、洛咀阿兹哈巴（村脚龙树的歌）……①这样一来，一个人能唱的所有那些大大小小的"哈巴"加在一起就是他的个人曲库了。可经过几次访谈，我发现纠缠于这个问题是徒劳的，要像我原来想的那样掌握一个人的曲库几乎不可能。因为一段大的"哈巴"里包含有好多好多内容，像咪的密地（开天辟地）里的确是有唱到太阳月亮、白天黑夜，可这些内容实际上都是紧密相连的，是一个整体，演唱者们自己对此并没有较细的划分，最多说到咪的密地（开天辟地）、咪坡咪爬（天翻地覆）这个层

———————————

① 李元庆：《哈尼哈吧初探》，云南民族出版社1989年版，第231—238页。

次，而说不出奴玛巴拉哈巴（太阳月亮的歌）、咪巴咪衣哈巴（白天黑夜的歌）这些名字，只能告诉我说"对，这一调里有这段内容"。所以，从几天访谈的情况看来，水龙并没有这样细致的分类体系。

图16　水龙：妇女们等着给"打莫搓"① 的亲友敬酒

　　这样，因为问不到较细的曲目划分，而且传承人对"哈巴"的传统分类都是依演唱场境进行的，类似于年节时唱的"伙好拉伙好"（xo³¹ xau³¹la³³ xo³¹xau³¹）、婚礼上唱的"然咪奢"（za³¹mi³¹ⓒə³³）以及葬礼上唱的"搓斯"（tsho³³si³³）等几个大的分类则只要是莫批都会唱，所以，想得到传承人个人曲库而最终获得"哈巴"传统曲库的想法便落空了，"哈巴"的传统曲库应当就是哈尼族民俗生活各种场境中演唱的那些大的"哈巴调"组成的了。

　　难以获得传承人的个人曲库，究其原因便是他们对于"哈巴"的分类不是按演唱内容，而是按演唱场境进行的。对于传承人来说，什么时候该唱哪段"哈巴"是绝对不能弄混的，是他们最需要牢记的。因此，这理

---

　　① "莫搓"（mo³³tsho³³），哈尼支系方言，与上文提到过的"农冢"相同，人死时跳，称为"打莫搓"。

所当然也就成了他们用来划分"哈巴"的首要标准。

那诺乡潘郎壳村①的哈尼族也是哈尼支系的,他们的"哈巴"内部分类体系如下。

首先,他们将哈尼族的所有歌唱传统都总称为"拉巴"(μ a^{31}pa^{33})②,认为其他各种类别都是从"拉巴"范围之内分解出来的,是因为"说话方式"和对象不同而分开的。因此,这里的"拉巴"内部分类体系就包括了当地哈尼族的所有歌唱传统了。

图17 潘郎壳远景

1. "阿白"(a^{33}p^{31}):类似于山歌、情歌之意。主要唱述爱情方面的内容。"阿白咕"(a^{33}p^{31}ku^{33})即"唱情歌";"咕",意为"喊、叫",

① "那诺",哈尼语发音为"拉朗","拉"是"来"的意思,"朗"是"村寨"的意思,即别处迁来的村寨;"潘朗科"(潘郎壳),位于乡政府驻地向南 0.5 千米,那诺上水库北坡,海拔 1772 米,49 户,269 人(现已有 64 户),哈尼族,耕地 369 亩,出产稻谷、苞谷、茶叶。"潘朗科"为哈尼语,是"潘阿朗科"的缩写。"潘阿",男人名;"朗",村,亦指房子;"科",梯田、台地,即潘阿的房子、田地之意(元江哈尼族彝族傣族自治县人民政府编:《云南省元江哈尼族彝族傣族自治县地名志》,1983 年 12 月 31 日,第 182 页。)。

② 即"哈巴","拉巴"是当地的哈尼支系方言。

对方和这边互相喊的意思,只用于修饰"阿白"。我的被访者莫批倪立生[①]认为,"阿白"就是从"拉巴"里面分支出来的,二者的内容是一样的,只是"阿白"里下流的东西多一点,在同一个家族的人面前是不能唱的,会害羞。"拉巴"是正规的、文明的,很有严肃性的,而"阿白"是流行的,两性的、爱情的内容多,不能在桌面上唱。但是,"阿白"还是属于"拉巴"里面的分类,它们大的谱系一样,只不过后面唱述时从"字眼"上分开了。

除去"阿白"后,"拉巴"中其他内容也不能一次就说包括了哪些类,而是要先分层,也就是一定要先分清喜丧。在倪立生看来,这一点必须严格遵守,必须先把层次分好了才能说下面的内容。

他先划分了四个层次:一个是人死时候的,"咪刹威"($mi^{33} sa^{31} ŋuQ^{31}$);一个是过节时候的,"伙好拉伙好"($xo^{31} xau^{31} la^{33} xo^{31} xau^{31}$);还有就是结婚时候的,"威木"($ŋe^{33} m^{33}$);然后是建房时候的,叫"纽木"($\hat{A}u^{31} mu^{31}$)。厘清大方向了,也就可以作下一步的分类了。

2. "咪刹威"($mi^{33} sa^{31} ŋuQ^{31}$):"咪"即"然咪","姑娘"之意,此处泛指女性;"刹"即"难过","威"是"哭"。"咪刹威"即哭丧调,哭丧"拉巴",老人去世时由其女性亲友哭唱。"威"只用于此处。"咪刹威"边哭边唱,唱述死者生前的种种事迹,或是不具名地唱一个人从小到大的生活,直至其年老生病,最后医治无效而死亡。不注意听的人会以为只是在哭。倪立生说,"咪刹威"和"搓斯"($tsho^{33} si^{33}$)[②]音调不同,"搓斯"的引句是"萨咿诶……",而"咪刹威"是"嗯哼……"。但"咪刹威"就是"拉巴"里分出来的,所以二者的内容基本都一样,字眼几乎不变。

---

① 倪立生是那诺乡最大的一个莫批,现年 61 岁,家里共有 7 口人,他们夫妻 2 人,3 个孩子以及 1 个儿媳和 1 个孙女。大儿子今年 40 岁,复员军人,现任村公社社长;二儿子 33 岁,有一个 9 岁半的女儿;三女儿 29 岁,在昆明打工。倪立生上到过小学三年级,曾于 1998 年和 2001 年以民间艺人身份两次到玉溪师范学院参加哈尼文班的学习,现大致掌握哈尼文读写。他接触过一些学者,或多或少了解一些学界对哈尼族文化的说法。我曾于 2005 年 2 月、7 月及 2006 年 8 月三次到潘郎壳进行田野研究,倪立生均是我在村里的主要采访对象。

② 前文提到过,"搓斯"($tsho^{33} si^{33}$)就是"拉巴"中专门用于在葬礼上演唱的部分。

图18　模仿熊、豹子等动物动作的"莫搓"

3. "伙好拉伙好"（xo³¹ xau³¹ la³³ xo³¹ xau³¹）：过年过节时唱的，主要唱述天地万物怎么产生，各种年节的来历是什么，人们要在什么时节做什么事，怎么进行生产劳作等内容。它在什么节日里都可以唱，六月年、十月年、清明节等都可以。不过有一点，"伙好拉伙好"的内容十分多，把一年到头的节日都串在一起了，但一般是到什么节就先唱什么节那部分，然后再接着往下唱。整个"伙好拉伙好"的内容都可以循环，不计较什么开头结尾。因为唱完所有内容需要很长时间，所以虽然照理说可以一次性唱完，但人们通常都只选取与当时节日相关的内容来演唱。而且，现在能演唱所有内容的人已经很少了，大多人都只能唱点片段。比如"好奢奢"（xau³³ sə³³ sə³¹，布谷鸟节）时，一般一来就唱到万物已经产生了，然后到了布谷鸟节，从燕子唱起，接着是人们怎么种地怎么收获，到了十月年，又怎么过年，等等。在演唱形式上，一般两人对唱的情况比较多，比赛式的。如果一个人的话就自己直接唱了。

潘郎壳哈尼族的传统节日主要有以下几个。

（1）豪奢奢（xau³³ ʂʅ³³ ʂʅ³¹）：布谷鸟节（黄饭节），农历三月属猪的日子。

（2）劳木咋黑黑（ɬau³³ mu³³ tsa³¹ xɤ³¹ xɤ³¹）："劳木"，坟墓；"咋黑"，

祭献。清明节，四月四日或五日，和汉族一样。

（3）窝搓搓（o³³tsho³¹tsho³¹）：栽插节，即开秧门。有这个节日，但相较起来不是那么重要。

（4）砍扎扎（khu⁵⁵tsa³¹tsa³¹）：六月年，农历五月第一个属羊日，这一天人们要砍磨秋、打磨秋①。

图19　潘郎壳的磨秋桩

（5）策波巴（tshɛ³¹po³³pa⁵⁵）："策"，粮食，谷子；"波"，树；"巴"，拿来。谷穗节，农历六月属龙或属狗日，各村自己选，潘郎壳是属龙日过。

（6）策奢扎（tshɛ³¹sɤ⁵⁵tsa⁵⁵）："策"，粮食；"奢"，新；"咋"，吃。吃新米节，农历八月底属龙或属狗日，一个村统一选一天，大家约好一起过，潘郎壳还是属龙日过。

（7）麦奢扎（mɛ³¹sɤ⁵⁵tsa⁵⁵）：十月年，农历十月第一个属兔日（潘

---

①　磨秋，哈尼族传统的秋千样式。一般把一截坚硬的栗木顶端削尖栽在地面做轴心，再将数丈长的松木中间段凿凹架上作为横杆即成。打磨秋时，横杆两端骑坐上相等的人，轮流以脚蹬地使磨秋起落旋转，形如跷跷板，但可以转动。又因转起来像磨一样，所以叫磨秋。

郎壳）。属牛、虎、兔、龙的日子等都可以过，以前村里的老祖先定下来什么时候过就什么时候过，不固定。"拉巴"里祝福一类的歌一般就是在过十月年和过布谷鸟节时唱了，是从其他唱段中单独抽出来的内容。

4. "威木"（ŋe^{33}m^{33}）：婚礼歌，按照演唱者不同的身份分为男方唱的和女方唱的两种。女方唱的叫"然咪畀"（za^{33}mi^{31}pi^{31}），"然咪"，姑娘，"畀"，给，"然米畀"即嫁姑娘；男方唱的叫"克玛由"（khɤ^{33}ma^{31}jou^{31}），"克玛"，儿媳，"由"，讨，"克玛由"即讨媳妇。

5. "纽目玛搓"（ŋɯ^{33}m^{33}ma^{31}tsho^{31}）："纽目玛"，祖房；"搓"，盖。"纽目玛搓"即搬新房。刚盖好房子搬新家时唱。

6. "哟理"（ʐo^{31}li^{55}）类的。"哟理"即故事，里面的故事内容都可以用"拉巴"的形式演唱出来。例如《哈尼族文学史》中专门提到的流传于元江一带的哈尼族迁徙史诗"阿波仰者"，在潘郎壳叫作"阿波仰者者嘎"（a^{33}po^{33}ŋa^{33}tsɤ^{33}tsɤ^{33}ka^{31}），"阿波"是"爷爷"，"者嘎"可理解为流浪，"阿波仰者者嘎"即阿波仰者的流浪故事，主要唱述阿波仰者从什么时候开始流浪，什么时候生了几个孩子，几个弟兄在什么地方分开，谁在哪儿安家落户，等等。人死时为亡灵开路的部分对这一段有特别的需要，一定要唱，而且一句都不能漏。这里的开路和刚才说的哭丧不一样，只能由莫批演唱。不过，哭丧调只能人死时唱，而"阿波仰者"的这段故事平时也可以唱。从主要方面来说，"阿波仰者者嘎"应该是属于"莫批突"里的内容，因为其首要作用就是用于人死开路时，一般也多在这时演唱。但若是单独把它拿出来的话平时也可以唱，那时候就能算作"拉巴"了，能听懂的人可以来听。像这类讲故事的"拉巴"一般是跟小孩子或是爱听的小伙子等交流，平常的山歌、情歌里也可以唱这些内容。在这样一个片段里，有笑话，有情歌，它们都可以在"拉巴"里演唱。

还有"目地迷地"（m^{33}ti^{31}mi^{31}ti^{31}），即开天辟地，这也是"哟理"，而且十分重要，人死后开路时也必须用。跟"阿波仰者者嘎"一样，会唱的人在平日里唱玩的"拉巴"中也可以唱"目地迷地"，但一般人很难听懂，所以唱得最多时还是在葬礼上。尤其是过年过节时更是很少唱。因为上文提到过，倪立生认为"拉巴"一定要分清喜丧。过年过节是大吉大利的事情，要唱些高兴的歌，而"阿波仰者者嘎"和"目地迷地"里的内容有死有活，掺杂了不吉利的东西，因此在年节时就不唱了。它们在不吉利时、人死时唱比较合适，甚至平时都可以唱，作为很久以前的事或是当作故事来唱，让会听的人听。

图20　采访倪立生

　　总体来说，"拉巴"就包括这六大方面的内容了，在具体演唱时可以因人而异，喜欢唱什么就以分段演唱的形式多唱点什么。如果说细一点，则还有"然咕哈巴"（za^{33}ku^{31}μa^{31}pa^{33}），即儿歌，小娃娃唱着玩的（如"巴拉拉得"pa^{33}μa^{31}a^{33}tə^{31}，几个孩子手拉手围成一圈，也唱也跳，唱的是猜谜语的内容）；"哟日日"（jo^{33}zi^{33}zi^{31}），大人领小孩子时唱的，也没有很固定的内容，高兴了就自己编出来唱一点；"阿拉绰"（ŋa^{21}μa^{31}tsho^{31}），可以叫作舞蹈歌，跳舞时唱的，但主要是跳舞，唱得很少，因此其对于曲调及内容等也没有规定，自己喜欢怎么唱就怎么唱。

　　至于之前"哈巴"的经典划分单位"奴局"，潘郎壳并没有这种用法。他们对"拉巴"的分类是以"策"（tshɛ^{33}，节，段）来进行，即一段一段的或一调一调的。他们所说的"奴就拉巴"（num^{31}t»iu^{31}μa^{31}pa^{33}）是喜事时唱的"拉巴"，"奴就"就是高兴的意思，即上辈人这样唱出来的，所以唱的人要和和气气地唱，不能吵架不能闹，听的人也好好听着，不能生气。结婚也就是喜事，虽然也有其他喜事，但"奴就拉巴"就专指结婚时唱的"拉巴"，其他时候的不能这样叫。它由男方演唱，也可以由男女双方的人对唱。

"拉巴"没有专门学习的,一般都是听会的。喜欢它的人经常会到各处听别人演唱,这里听一点那里听一点,到最后自己也就会唱了。吸收能力强的、悟性好的就唱得好一点、全面一点;吸收能力和悟性差的唱得就差一点,经常会东一句西一句地乱串,唱得不连贯。莫批通常比一般百姓更懂得"拉巴"的整体内容。他们在学艺阶段主要学的是"莫批突",但其中也涉及很多"拉巴"的内容,基本上学会"莫批突"了也就会唱"拉巴"了,以后的日子只是吸收别人精彩的部分来提高自己的水平而已。但是"莫批突"里的那些内容不能掺杂在"拉巴"里,要自己把它融化分解掉。这二者是不能混淆的。

图21 采访潘郎壳莫批倪来阿

(二) 布孔支系:"哈巴"演唱程式的发现

在因远镇拉力村调查"哈巴"内部分类体系的过程中,我还意外地发现了当地哈尼族布孔支系的"哈巴"演唱程式。

前面谈过,我采访到的传承人都说不出"哈巴"里那些很细的曲目,只能告诉我有哪些习俗场境里唱的"哈巴"。拉力的情况也是这样。而且,只要是莫批,就一定能唱所有类别的"哈巴",只是由于个人禀赋问题或是其他各种原因,有的人唱得好一些,有的人唱得差一点。"哈巴"

这些大的类别我都掌握了，就算有什么不同也只是因为各支系方言的原因而导致各个类别名称上有点差异而已。至于"哈巴"的其他方面，我也没问出什么新东西来，因此在拉力的头几天我总感觉田野调查好像没什么太大突破。

直到 2006 年 2 月 15 日上午我采访了李波龙舅舅，情况才有所改变。

李波龙舅舅时年 50 岁，是前几年因为自己喜欢才拜师学的莫批，师傅就是我头一天采访过的李西龙舅舅。因为纯属个人兴趣，所以也就没往下传，家里就他一个会莫批的。在聊的头一个来小时里，我依照惯例问了他我事先拟好的访谈提纲。问到"哈巴"的内部分类体系时，我让他给我唱几段"哈巴"，就是每一类唱一点。在寒假之前的"田野研究大纲"答辩会上，老师们给我建议过这个方法，就是除了"哈巴"之外的哈尼族歌唱传统里的东西每样录一段，或是"哈巴"里不同类别的东西每种录一段，回来后再分析它们音乐性方面的东西，看能否从这个方面找出些分类的依据。在水龙我已经尝试过了，录下了一些唱段，所以那天我想再录一录拉力的，看布孔支系的情况怎么样。

录的过程中，听着听着，我发现李波龙舅舅唱起一段后就总也不换另一段。我跟他说我想结婚的啊过年的啊这些一样录一点，但他坚持还是要唱一些"目得咪得得"的内容才能再唱别的。我觉得这里面应该有些挺有意思的东西，可以好好问，因此下午又继续采访了他。

原来，"目得咪得得"（$mu^{31} te^{21} mi^{33} te^{21} te^{21}$）这段内容是一个总开头，不管在什么民俗场合，不管接下来要唱的是什么内容，"目得咪得得"都是必须唱到的。不过就是有时间的时候多唱一些，唱得详细点；没时间的时候就少唱一些，唱得简单点。"目得咪得得"里面唱述了开天辟地后，出现龙（$loŋ^{31}$）、倏（$ʨu^{33}$）、诸（$tʨu^{33}$）三个掌管地下一切事物的地神，接着出现"咪雍阿波"（$mi^{33} joŋ^{33} a^{31} po^{33}$）[1]、"咪雍阿匹"（$mi^{33} joŋ^{33} a^{31} phi^{31}$）[2] 两个天神；咪雍阿波和咪雍阿匹游历四方，经过版纳、思茅、红河等地，甚至还去了贵州，最后又回到天上，等等一系列内容。在游历过程中，咪雍阿波和咪雍阿匹每到一处都会生下孩子——这些孩子有者收、者白、坡尼、朝龙、雍克、克萨等，同时，他们还陆续创造

---

① 阿波（$a^{31} po^{33}$），哈尼语，"爷爷"之意。

② 阿匹（$a^{31} phi^{31}$），哈尼语，"奶奶"之意。

世间万物，直到最后人类繁衍开来，万物全部出现他们才又回到天上。天地和万物产生后，"目得咪得得"又唱到世上出现了两个大莫批——农玛（non^{31}ma^{21}）和奢给（ⒸƏ^{33}ki^{21}），以后哈尼族的所有莫批都是农玛和奢给的传人，而"哈巴"的唱法也因此分为两种——农玛唱法和奢给唱法。据说布孔支系的莫批全属于农玛这一路的，李波龙舅舅自己所唱的就是农玛唱法。

农玛和奢给两大莫批出现后，"目得咪得得"这个总开头就算完了，接下来就开始分支了。除了年节时唱的外，其实婚礼、葬礼、闹新房时唱的"哈巴"内容都是相互衔接的，里面有很大一部分相同的东西，就是都要唱到一个人一生的成长历程。

例如，年节时唱的"伙格诺格格"（xo^{31}kə^{21}nau^{21}kə^{21}kə^{21}），唱完"目得咪得得"后就接着唱一年中的各种节日。这些节日都是连在一起的，当时过的是什么节就重点唱那个节日的部分，其他内容若是有时间可以全部唱完，没时间的话也可以简单略过或者不唱。

而如果是婚礼上演唱的"哈巴"，即"伢咪界"（ja^{31}mi^{31}pi^{31}），那演唱者在唱完"目得咪得得"后就要接着唱新郎或新娘的出生、成长、嫁娶、生儿育女等，最后唱到两个人一起好好地干活，一家人幸福美满地生活就结束了。如果是葬礼上唱的"哈巴"，即"莫搓搓"（mo^{31}tsho^{31}tsho^{31}），那就在唱完"目得咪得得"后接着唱死者的出生、成长、嫁娶、生儿育女等人生历程，一直唱到其年老得病后儿女四处为其求医治病，但还是医治无效死亡了，儿女们又找树做棺材，选出殡的日子，等等，直到唱到接下来马上要出殡了，这才结束。除了还有一段一定要主事莫批演唱的把亡灵送回哈尼先祖居住地的内容外，婚礼和葬礼时唱的"哈巴"区别就在最后的结尾这儿。闹新房的"雍达达"（jon^{33}ta^{21}ta^{21}）也是这样。在唱完必须的"目得咪得得"后，它也是先唱一个人的出生、成长、结婚，结了婚就要有房子住啊，这时候就会唱到盖房子，而房子落成就到闹新房了。"雍达达"的前面和"伢咪界""莫搓搓"一样，只是唱到盖新房这儿就结束了。我们可以尝试另一种更为清楚的表达方式：

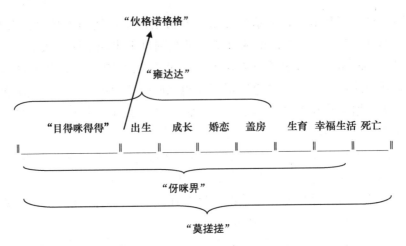

图22　拉力"哈巴"演唱程式示意

　　图22中黑体字所标注的便是拉力"哈巴"的四个主要类别:"伙格诺格格"(xo^{31} kə^{21}nau^{21} kə^{21} kə^{21})、"伢咪界"(ja^{31} mi^{31} pi^{31})、"莫搓搓"(mo^{31}tsho^{31}tsho^{31})以及"雍达达"(joŋ^{33} ta^{21}ta^{21})。其中,箭头所指表示直接接着"目得咪得得"唱下去的就是"伙格诺格格";"雍达达"从"目得咪得得"唱到盖房,"伢咪界"从"目得咪得得"唱到幸福生活,而从"目得咪得得"一直到死亡就是"莫搓搓"演唱的内容了。

　　关于农玛和奢给两种唱法还有一点特别的禁忌。平日里因为高兴而唱"哈巴"时,两种唱法的人不分彼此可以互相比赛,就看谁能讲清楚道理谁就胜出,但是在葬礼上却只能由某一种唱法的人主唱,两种唱法一定不能互相打岔,农玛唱法的人唱时奢给唱法的人不能去打断,葬礼的三天里要让他一个人唱完,反过来,奢给唱法的人唱时农玛唱法的人也不能去打断,要让他唱完三天。

　　在过往的相关著述中都没有人专门提过"哈巴"的演唱程式,这种说法我也是第一次听到。对于一种完全依赖于口耳相传的歌唱传统来说,演唱程式显然是很重要的。一个民族在漫长的口传诗歌发展过程中会形成各种形式方面的技巧,这些技巧往往与其演唱的固定模式紧密相连。而这些固定的演唱程式,往往又决定了这种歌唱传统的语言形式。因此,在关于"哈巴"的田野研究中,我们也应当重视其演唱程式,以更好地了解它形式与内容等各方面的内容。

图23 李波龙舅舅

四 "海姆斯模型":言语行为与文类界定

2006 年寒假田野结束返校后,经过一学期的课程学习,我有了一个新的推想:"哈巴"或许是哈尼族的一种史诗演述传统。这种推想源自威廉·巴斯科姆(William Bascom)《口头传承的形式:散体叙事》①一文带给我的启示。在巴斯科姆那里,不论接下来进行怎样的细分,他先把亚类型组合为一个单独的、只从形式的角度界定的范畴,并与其他形式明显不同的口头艺术文类相参照。不管细分会有什么样的争论,至少先得有一个最一般意义的、普适的、较为明晰的范畴。

这种分类系统给了我一个很大的启示:我之前可能太过注重从不同的演唱场境来考量"哈巴"了,在这个问题上纠缠过多后,只见树木不见森林,反而忽略了"哈巴"的整体性。"哈巴"是哈尼族的一种韵体歌唱传统,里面包含有许多不同内容的唱段。那这些不同的"哈巴"唱段究竟是以一种什么样的关系统一在"哈巴"这个大框架之内的?我们可不

① [美]威廉·巴斯科姆:《口头传承的形式:散体叙事》,载[美]阿兰·邓迪斯主编,朝戈金等译《西方神话学读本》,广西师范大学出版社 2006 年版,第 5—38 页。

可以先找出一个最基本的定义范畴，之后再来讨论"哈巴"的文类问题？于是，我查阅了《哈尼族文学史》中关于"哈巴"的相关论述：

> 哈巴按内容分大体有：神的降生、开天辟地、万物起源、开田种谷、安寨定居、砍树计历、头人工匠贝玛、祭寨神、十二月风俗、嫁姑娘讨媳妇、安葬老人、生儿育女、男女相爱、四季生产等等，各地分法不尽相同①。

随后，作者还用两页多的篇幅引用了由红河县贝玛张牛朗所唱，云南民族出版社 1989 年出版，红河州艺术创作研究室李元庆所著《哈尼哈巴初探》一书中列出的"哈巴"类别。看了书中所列的十二种"哈巴"分类，居然与哈尼族创世史诗《十二奴局》的篇目有着惊人的相似。我们不妨将二者拉近做个比较：

1. 咪的密地（开天辟地）——→ 牡底密底（开天辟地）
2. 咪坡咪爬（天翻地覆）——→ 牡普谜帕（天翻地覆）
3. 炯然若然（飞禽走兽）——→ 昂煞息思（杀鱼取种）
4. 阿撒息思（杀鱼取种）——→ 阿资资斗（砍树计日）
5. 阿兹兹德（砍树计日）——→ 阿扎多拉（火的起源）
6. 阿卜鱼徐阿（三个能人）——→ 阿匹松阿（三个能人）
7. 然学徐阿（三个弟兄）——→ 觉麻普德（建寨定居）
8. 阿然然德（穷苦的人）——→ 牡实米嘎（生儿育女）
9. 咪布旭布（男女相爱）——→ 杜达纳嘎（祖先迁徙）
10. 目思巴嘎（生儿育女）——→ 汪咀达玛（孝敬父母）
11. 搓莫把堵（安葬老人）——→ 觉车里祖（觉车赶街）
12. 伙结拉借（四季生产）——→ 伙及拉及（四季生产）②

---

① 史军超：《哈尼族文学史》，云南民族出版社 1998 年版，第 55 页。
② 这里的《十二奴局》是云南人民出版社 1989 年版的，5000 行，由红河县歌手张牛朗、白祖博、李克朗演唱，赵官禄、郭纯礼、黄世荣、梁福生收集整理，《哈尼族文学史》中简称为"张本"。具体篇目见史军超《哈尼族文学史》，云南民族出版社 1998 年版，第 299—300 页。

前面是"哈巴"的十二部分内容，后面便是《十二奴局》的篇目名称，黑体字标注的是二者相似的部分。可以看出，它们的许多类别甚至一模一样，只是选取标注哈尼语发音的汉字不同而已。这时我就开始考虑"哈巴"会不会是哈尼族一种史诗演述传统的问题了。

在对各种书面材料进行了对比后，我发现虽然没有明确说明，但之前学者们在行文间其实都已将"哈巴"所包含的内容与哈尼族史诗的演述内容相等同起来了。接下来，我又将这个发现与自己的田野资料进行了对照。

图 24　布孔支系葬礼时的"伢迟吧"①

进入田野之前，我希望借助戴尔·海姆斯（Dell Hathaway Hymes）的言说模型（SPEAKING model）来多方面考量"哈巴"这种歌唱传统，并且重点利用其中的"S"（场景和情境）来切入"哈巴"的内部划分。果

---

① "伢迟吧"（ja³¹tⓒhi³¹pa³¹）："伢"即姑娘；"吧"是"抬"，引申为"分担"之意。"伢迟吧"就是姑娘们一起凑钱分担的意思，意在向祖宗要财运、好运。这个活动在出殡前一天或出殡当天都可以举行，一般是在死者直系亲属家（如叔伯家），由死者自家女性一起凑钱买一只或两只鸡共同分食。参加者不分年龄大小，有说法称儿子也可以参加，甚至非亲属也可以参加，不过一般只有自家女性亲属参加。图24中这次活动，我的一位外婆还帮她远嫁到河南洛阳的女儿也交了份子钱，说是让她也一起参加，吃的时候就由她这个妈妈来帮她吃。

然，在我的调查中，说起"哈巴"时，被访者都告诉我"哈巴"分为结婚时的、人死时的、搬新房的、过年过节的、平时唱着玩的，等等段子。这些东西都是老祖宗传下来的，不能自己编词，就连平时闲聊时问别人从哪儿来、叫什么名字这种"哈巴"都有固定的词，只用依场境选择正确的段子唱就行了。在他们看来，歌调的归类首先看它是在什么习俗场合演唱的、在当时能够发挥什么样的作用。因此，场景和情境确实是他们传统分类体系中的主要分类标准。关于不能自己编词这一点，前面也说过，这让我无法继续按之前的理论预设走下去。在纷繁复杂的信息扑面而来的田野中，我一直没有整理出更为清晰的思路。但是，如果将"哈巴"看作一种史诗演唱传统，这个问题就有了另外的切入点。

1. 在史诗演述时，演唱者和受众一般都深信其中所演述的是真实的历史事件，演唱者自然不能对其进行随意篡改。"哈巴"，据被访者所说是古规古矩，是规定好的，绝对不能自己编词，要是出现不依传承而自己编词的情况，别人就会认为他唱错了。传统的演唱者和受众如今依然坚信"哈巴"中的内容是真实的。

2. 由于体量极大，一般的史诗演唱都不可能一次将一部史诗唱完，而是依仪式需要择取相应的唱段演唱。不同的"哈巴"段子其实就是不同的史诗唱段，在各种仪式及仪礼场合选择对应的那一段来唱。遇到类似过年这种盛大的节日时，可以全部唱完。我所了解到的"哈巴"里的内容其实和李元庆所做的十二种分类是大致相同的，它们真的与《十二奴局》等史诗的演述内容相重合。

此外，李元庆和史军超都将哈尼族的歌唱传统界定为以下几类：①哈巴；②然密必（嫁姑娘，不同于"哈巴"唱段里的嫁姑娘讨媳妇内容）；③贝玛突（贝玛歌）；④密刹威（哭死人调）；⑤阿尼托（领小娃调）；⑥然谷纳差昌（儿歌）；⑦阿茨（山歌）；⑧罗作（舞歌）。其中，第②、③、④、⑤、⑥类都是用"哈巴调"演唱的。山歌或情歌"阿茨"则须与"哈巴"严格区分开；"罗作"其实主要是"舞蹈"之意，歌词旋律都较为简单。之前我一直没彻底想明白为什么同样用"哈巴调"演唱，第②—⑥类就不属于"哈巴"。照我的想法，应当先把所有用"哈巴"调演唱的东西都划到"哈巴"这个大圈里，然后再来进行下一步划分。现在把"哈巴"看作一种史诗演述传统后，就很容易理解为什么民众要把同样用"哈巴调"演唱的这些东西归为不同种类了。因为第②—⑥类的演唱者、演述内容、受众及社会功能都与"哈巴"相异，是不可能划归入史诗这个框架之内的。

图25 "伢迟吧"时一起分食鸡肉

至此，我曾一度觉得照此方向追踪下去定能寻到真相。这个想法的确十分诱人，但冷静下来后，我发现问题远没有那么简单。因为除了诸如十二奴局中所包含的各类内容外，"哈巴"其实还有着极广的内涵，在有的支系中，所有哈尼族的歌唱传统都可以被称为"哈巴"。因此，想以"史诗"之名将其统统纳入旗下是不可能的。而且还有一个很重要的问题：《十二奴局》真是哈尼族的"一部"创世史诗吗？我会把"哈巴"看作史诗，很大程度上是受了"十二奴局"这个名称的诱导。它既是"哈巴"的内部分类格局，又是哈尼族的创世史诗名称，这让人很容易将二者联系起来考虑。但民间是否真存在这样一部完整的史诗作品呢？

在《哈尼哈吧初探》中，李元庆在列出十二奴局的名称后有过这样的说明文字：

> 十二奴局之间没有严格的先后次序，常常是根据不同的场合和对歌的需要选唱其中有关部分。本文为了叙述的方便，按内容具体情况

作了这样的编排。其中"阿撒息思"、"阿兹兹德"、"咪布旭布"、"目思咪拔"和"伙结拉借"几个奴局名称的汉语意译着重于其所唱的内容,没有按直译方法写。

通过以上这段话,再加上对"哈巴"演唱情况的基本了解,我们可以推测出:《十二奴局》在民间的本来面目与其最后的出版物应该不是一回事。最重要的问题就是上面提到的,民间是否真的存在这样一部完整的史诗作品?首先,正如李元庆所说,"哈巴"的十二奴局间并没有严格的先后次序,也很少有人或是有机会将其全部唱完,通常都是依据不同场境的需要择段而唱。而《十二奴局》一书却让人觉得这些内容都是连贯的,有情节发展的承续关系的整体,民间存在着这样一部完整的史诗。其次,《十二奴局》一书中的内容确实是"哈巴"里所包含的演唱内容,但"十二奴局"只是民间对"哈巴"的一种分类方法,虽然也会有人说"'哈巴'就是这十二奴局了",可传统中的民众并不会认为这些内容就有个总的名字叫"十二奴局"了,它并不能作为所有这些演唱内容的总称。从演唱者的人数上我们也可以看出问题。目前影响最大的《十二奴局》是由红河县歌手张牛朗、白祖博、李克朗演唱,赵官禄、郭纯礼、黄世荣、梁福生收集整理的,共5000行,《哈尼族文学史》中简称为"张本"。一部完整的连续的史诗作品怎么会由三个歌手一起演唱呢?由民间知识出发,最大的可能便是书中的各个章节其实就是"哈巴"内部的各类不同内容,收集整理者们找到不同的歌手分别采录下这些内容后,再将它们集合起来,因为里面演唱的就是"哈巴"那十二奴局的内容,因此最终出版时便冠之以"十二奴局"一名。而因为其中涉及开天辟地、万事万物产生等情节,出版后便被大家定义为哈尼族的创世史诗,从此在各种文章各处地方都以"一部"创世史诗的面目出现了。

至此,虽然不能直接推论说"哈巴"就是哈尼族的史诗演述传统,但的确,目前我们认为的哈尼族史诗——不论是创世史诗还是迁徙史诗,都是用"哈巴"调演唱的,如果我们把出版物拿回去询问,它们的演唱者肯定都只会告诉我们说这些东西就是"哈巴"了。就像《哈尼族文学史》中所说,"哈巴"的内容极为丰富,诸如人类起源、民族历史、迁徙征战、生产生活、处世哲理、习俗来历、宗教信仰,等等,无所不包。而我们看到的被称为史诗的部分,便是从"哈巴"所演唱的内容中截取出来的相对完整的叙事单元，对传承人来说，它们就叫作"哈巴"。就此意义而言，说"哈巴"中包括有史诗演述也是可以的。但是，"哈巴"里还有其他一些内容，它们或许篇幅较为短小，或许叙事性不是那么强，或许唱述内容不是"崇高的""关乎整个民族命运的"，因此不能归入史诗的行列。

图26　女方亲友哭嫁

那么，"哈巴"到底是什么？或者说，具备什么样的特质才能被传统中的民众视作"哈巴"？我们究竟该如何定义"哈巴"的文类呢？在"口头传统的田野研究"课程结业答辩会上，老师们给了我另外的视角："哈巴"可能是一种独特的综合性文类，其中包罗万象，与任何一种目前所知的文类都对不上号。这在逐步推进的田野工作中也得到了印证。因此，我们就不用徒劳地去给"哈巴"套上它或许并不适合的"帽子"，而应当重新寻找另一条出路。

田野研究课程中所学的"海姆斯言说模型"（SPEAKING model）便再度进入我的思考中：海姆斯教授建构的八个框架性概念，为我们贴近研究目标设定了一种多重的维度，其背后则是英国哲学家奥斯汀提出的

"言语行为"（speech act）① 作为理论支撑，要求我们在话语和交流的民俗实践行为中去观察和分析对象。具体来说，"言语行为"是指一种结合人际信息传递中说话者和听话者的行为来分析"话段"（表述）作用的理论。不是"言语的行为（意指言语［parole］），而是指一种信息传递行为（发话言行），其定义参照说话人说话时的意图（即话段的示意语力）和听话人身上取得的效果（即话段的语效）"。在《如何以言行事》（*How To Do Things with Words*，1962）一书中，奥斯汀对言语行为理论做出了更为详密的阐述②。海姆斯教授立足于人类学与语言学的传统，同时借鉴了"言语行为"的视角，搭建了一个精细入微的话语分析模型，同时也是田野工作模型。诚然，这个工作模型也可以分解开来应用于考察话语实践的某个方面。在前文的论述中，我主要是将这个言说模型中的"S"提取出来，用作划分"哈巴"内部分类体系的依据，现在，既然"哈巴"是一种无法套用民间文学现有文类的独特传统，我们也可以尝试用这八个维度来进行多角度的整体考量，以期让民间的言语行为能够以一种更为明晰的面目呈现在我们的眼前。

　　S—Setting and Scene：*场景和情境*

　　"场景涉及言说行为的时间和地点，一般说来，也即物理环境。"③ 祖父母家的起居室或许是一个讲述家庭故事的场景。情境是一种"心理场景"或是一个场面的"文化阐释"，包括诸如礼节的类别以及玩乐的意义或是庄重性之类的特征④。家庭故事也许会在庆祝祖父母周年纪念的家庭聚会上被讲述。有时候，家庭里的气氛会是喜庆的以及热闹的；而有时候，也会是庄重的以及纪念性的。

---

　　① 言语行为（the speech-act）：奥斯汀（Austin J. L.，1911—1960）最早提出的术语，现广泛应用于语言学，尤其是其分支学科语用学。详见［英］奥斯汀编著，顾曰国导读《如何以言行事》（当代国外语言学与应用语言学文库，原版影印），外语教学与研究出版社 2002 年版。

　　② 学界已经提出的言语行为类别有：指令语、承诺语、表情语、宣告语、表信语等。用来表明说话人意图的言语行为所用的动词有时也称作"表述行为动词"。一个言语行为要取得成功必须满足的条件称作"适宜条件"。参见［英］戴维·克里斯特尔（David Crystal）编《现代语言学词典》，"言语行为"条，沈家煊译，商务印书馆 2004 年版，第 332 页。

　　③ Hymes，Dell，*Foundations in Sociolinguistics：An Ethnographic Approach*，Philadelphia：University of Pennsylvania Press，1974，p. 55.

　　④ Ibid.，pp. 55 – 56.

场景涉及时间和地点，而情境则描述周遭的环境。首先，场景指的是发生言说行为的物理环境或是物质环境。就"哈巴"而言，正如许多地方都提到过的，它唱述的是哈尼族的各种古规和道理，是祖先传下来的，虽然在具体的演唱中也可以有适当的发挥，但那只是叙述详略或编排组合方面的不同，就像我的一个被访者告诉我的，如果你脑子灵活口才好的话可以多唱两句，脑子转得慢或是口才不好的就少唱两句，但道理是绝对不能唱错也不能自己编造的，一定要遵循祖先传下来的说法。这唱述古规和道理便是"哈巴"最重要的特征了。而所唱述的这些内容没有什么好忌讳的，因此"哈巴"在演唱地点上也没有任何禁忌，不需要特定的演唱场景，在一切公开场合或是私人家中都可以演唱。其次，相较于场景的物理性，情境则侧重于心理或情感方面的因素，即"一种'心理场景'或是一个场面的'文化阐释'"。与下面的"基调"相比，主要指整个场面的气氛。在我的田野研究中，不少被访者都跟我说过同样的话——"哈巴"是用来娱乐的，唱了让人高兴的。因为它的功能主要还是娱人的，所以在演唱时不论是演唱者还是受众心情都是愉悦的。当然，如果唱到有些令人悲痛的情节时大家都会随之难过，不过总体来说唱"哈巴"还是因为高兴而唱，唱了又会使人更高兴。

P—Participants：参与者

言说者和受众。语言学家们会在这些类别中做出区分。例如，受众又可以被分成特定的接受对象和其他听者①。在家庭聚会上，姑妈可能会给年轻的女性亲属讲述一个故事，但是男性成员，尽管不是被讲述的特定对象，可能也会听到此讲述。

海姆斯把这里的"参与者"定义为涵括在包括说话者和受众的言说之中的那些参与者，强调了言说行为的交流性。在"哈巴"演唱中，言说者一般是莫批或是村里的长者。虽说只要会唱，不论男女老少都可以演唱"哈巴"，但唱得最多的还是莫批和男性长者。在田野调查所走过的地方中，我见到女性或是年轻人唱"哈巴"的时间很少。而只要是莫批就都会唱"哈巴"，而且如前文提到过的，他们通常比一般百姓更懂得"哈

① Hymes, Dell, *Foundations in Sociolinguistics*：*An Ethnographic Approach*, Philadelphia：University of Pennsylvania Press, 1974, pp. 54, 56.

巴"的整体内容。在他们的学艺阶段，虽然师傅不会特意教唱"哈巴"，但在其他很多方面的学习中就已经包含有"哈巴"所要演唱的内容了，等他们学成出师时基本上都已经会唱了。"哈巴"都没有真正师传的，其他会唱的人都是因为自己喜欢，在听到别人唱时就多加留意，待天长日久听得滚瓜烂熟了，自己也就会了。至于"哈巴"演唱的受众，和它的演唱者一样，不分年龄性别，只要喜欢听的听得懂的都可以去听。可惜的是在我到过的村子中，很多四十岁以下的青年人都已经不太能听懂"哈巴"中所唱的一些内容了。在海姆斯的阐述中，受众也分有不同的种类：有的是演唱的接受对象，有的是当时正好在场的一般受众。例如在"哈巴"丧调演唱中，言说者就是演唱丧调的莫批，而受众即为参加葬礼的死者亲友。其实，如果按语言学家们的细分，此种演唱真正的接受对象应该是死者，因为丧调是为他一个人所唱的。现场的受众虽然不是被演唱的特定对象，但由于当时的在场，也听到了莫批的演唱，成为受众。在"哈巴"的丧调演唱中，"不在场"的死者反而成为特定的接受对象。

图27 右一为潘郎壳"哈巴"女歌手

E—Ends:目的

意图,目的以及结果①。姑妈也许会讲述一个祖母的故事来娱乐受众,教导年轻女性,以及对祖母表示尊敬。

如前所述,"哈巴"唱述的是哈尼族的民族历史、天地万物的来历以及做事的规矩,如今的哈尼人可以通过"哈巴"了解自己民族的历史,明白祖先传下来的规矩和道理。这种将道理蕴含在故事中的唱述方式让受众非常乐于接受其说教,并感觉这一过程十分愉悦。这就是真正的"寓教于乐"了。所以,当你问起被访者他们为什么要唱"哈巴"时,他们会告诉你,因为高兴所以就唱了;而当问到唱"哈巴"对他们的生活有什么作用时,他们会告诉你,唱了就会使人高兴。因此,演唱"哈巴"的真正意图和目的就是以唱述故事的形式宣讲哈尼族的古规古理,另外,也通过其中饶有趣味的情节来娱乐受众。

A—Act Sequence:行为序列

事件的形式和秩序②。姑妈的故事或许是对给祖母敬酒的一种响应,她会赋予故事的情节和发展一种序列结构。在故事的讲述中,可能会有一个协助这种讲述的中断。最后,大家也许会鼓掌赞许这个故事,然后转移到另一个主题或是另一种行为上。

"行为序列"一般包括事件的开始、发展、中断和结尾。"哈巴"中涵括有许许多多内容,虽然全部数下来也可以串成一部作品的模样,但和一般的作品不同,它们没有先后顺序,不用一定要先唱什么才能再唱什么。在具体情境中,人们可以选取适用于彼时的相对完整的叙事单元演唱,而不必一定从最开头唱起。比如本章第三节提到过的"好奢奢"(布谷鸟节)的例子。如果要从"伙好拉伙好"时唱起,那所需要的时间便很长了。所以,人们一般一开始就唱到万物已经产生了,把前面开天辟地万事万物如何产生等情节都省略了,直接就到了布谷鸟节,唱述这个节日的来历,人们这时应该做什么,接下来又要怎样安排生产,等等。唱完"好奢奢"的内容后,如果有时间而且大家也都想听,那也可以接着往下唱,唱遍接下来所有的节日,一直唱到十月年才完。如果不继续往下唱,

---

① Hymes, Dell, *Foundations in Sociolinguistics*: *An Ethnographic Approach*, Philadelphia: University of Pennsylvania Press, 1974, pp. 56–57.

② Ibid., p. 57.

那也可以就此停止了，这也算唱完一段"哈巴"了。因此，"哈巴"的唱述顺序应该是循环式的，且其中相对完整的叙事单元是可以独立存在的。

K—Key：基调

建立言说行为的"语气、姿态或精神"的线索①。姑妈或许会以一种开玩笑的方式来模仿祖母的声音和手势，再或者，她可能会以一种严肃的声音对受众强调故事所表达的荣誉的诚挚和敬意。

"基调"指的是言说行为中的所有语气和姿态，即言说行为本身的感情基调。就像"E"里所说的，"哈巴"是因为高兴而唱的，其目的是要娱人的，因此，演唱"哈巴"这一行为本身的感情基调大体上应当是愉悦的。不过因为"哈巴"涉及了哈尼族日常生活的方方面面，所以这个"愉悦"也有例外的时候。例如"哈巴"的丧调演唱，据莫批说，是为了"让死者欢乐，高高兴兴地走。他虽然心不在了但遗体还在，要让他欢乐"。但是，这些话是在最后要出殡时跟死者说的，演唱者莫批在演唱时还是带着悲伤的情绪。因此，"哈巴"丧调的演唱基调是悲伤的。

I—Instrumentalities：手段

言说的形式和风格②。姑妈可能会用具有很多方言特点的临时语域来讲述，也可能用更正式些的语域及仔细的合乎文法的"标准"形式。

"手段"是一种交流的工具或是传播的渠道。"哈巴"演唱没有任何乐器伴奏，通常是两人相互比赛着唱或是一人独自唱述。演唱者一般也不用穿着特殊的服装，不用特意打扮。不过，"哈巴"有一种独特的唱腔——哼吟念唱，这种唱法听来较为平缓，有时近似于"说"。作为与受众的交流方式，哼吟念唱这种唱法在这里便成为帮助言说的一种手段。除此之外，"哈巴"的丧调演唱又是一个特例。这时，莫批要穿上特定的服装（一般是鲜蓝色的长袍），戴上特定的帽子（莫批专用的插有羽毛的斗笠）。这些特定的服饰在丧调演唱中就是一种辅助交流的工具，能帮助莫批更好地进行演唱活动。

———————

①　Hymes, Dell, *Foundations in Sociolinguistics*：*An Ethnographic Approach*, Philadelphia：University of Pennsylvania Press, 1974, p. 57.

②　Ibid. , pp. 58 – 60.

图28　哈尼支系丧礼上的莫批

N—Norms：规范

管理事件及参与者行为和反应的社会规则①。在姑妈讲述的一个有趣的故事里，规矩也许是允许很多受众来打断和参与协作的，但这些打断也可能会被年长的女性所限制参与；姑妈讲述的一个严肃、正式的故事，又可能以要求大家关注于她并且不能有人打断为规矩。

"规范"意味着定义事件中什么是可以为社会所接受的，也即传统中的限定。"哈巴"一般没有特定的演唱者，只要会唱，人人都可以对其进行演唱。当演唱者唱完一个段落时，听众会附以"萨——萨——"的回应，即"好听了、对了或就是这样了"之意。但是丧调却是这"一般"之外的特例，因为它还担负着为亡灵指路，使其顺利回到哈尼先祖居住地的任务，所以只能由莫批来演唱。不过，在丧调演唱中，当莫批唱到出生那一段时受众中可以有人打断了来问话，但这种问话同样也必须要以"哈巴"调式唱出。问话之人与莫批在一问一答间形成一种比赛关系，答不出来的就算输了。而丧调演唱中能被打断的也只有出生这一段，其余就只能由莫批自己唱，受众只是听而已。

---

　　① Hymes，Dell，*Foundations in Sociolinguistics*：*An Ethnographic Approach*，Philadelphia：University of Pennsylvania Press，1974，p. 60.

G—Genre：文类

言说行为或事件的种类①。对于民俗学来说，即故事的种类。姑妈可能会讲述一个关于祖母的具有特色的逸事，或是一个用作道德教育的说教故事。不同的规则产生了适用于不同言说行为的术语，言语社区有时会有他们自己关于不同言说类型的术语。

"文类"是我们讨论的重点。前面反复提到过，"哈巴"中所涉及的内容十分广泛，在不同的表演情境中，它可以具有不同的文类属性。我们可以先用较为直观的方式来看一下其内部分类体系：

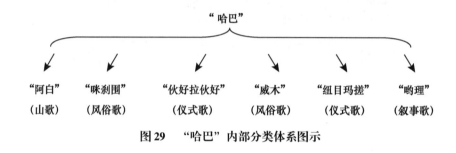

图29　"哈巴"内部分类体系图示

从图29中很容易便可看出，"哈巴"里涵括了山歌、风俗歌、仪式歌、叙事歌等几种亚文类体裁。可见，除了常见的单一文类外，在我们的研究对象中，还有一些是跨越了几个不同文类的。这时，除了对单个文类的关注外，我们还应当有全局性的眼光，将这些研究对象放在更大的概念范围中进行观照，以最终确定其文类属性。就"哈巴"这种跨文类的口头传统而言，我们或许可以参考一下彝族民间文学传统中的一个相近概念——"慕莫哈玛"（mupmop hxamat）②。"慕莫"泛指文学，"哈玛"直译为"舌头上的话语"，泛指口头语言。"慕莫哈玛"，可以理解为话如珠玑的美妙辞章，主要指口头传颂的诗歌和辞令，相对于书面文学"慕莫布尔"（mupmop bburlu）。流传在义诺彝区的一首克智辩说词《慕莫哈玛

---

① Hymes，Dell，*Foundations in Sociolinguistics*：*An Ethnographic Approach*，Philadelphia：University of Pennsylvania Press，1974，p. 61.

② 在一次谈话中，我的导师巴莫曲布嫫教授突然想起彝族传统中"慕莫哈玛"（mupmop hxamat）的"哈玛"（话如珠玑）与哈尼族的"哈巴"有相似之处。她认为作为彝语支民族，这两个民族的口头传统之间应该具备较比的相关性；从词源学的角度看，"哈玛"可以作为考量"哈巴"语义的一个比较维度。此后老师也多次提醒我从这方面进行更深入的思考。

拉波》便被译为"口头诗歌的来历"①。彝族和哈尼族不论从族源还是从
目前的服饰、风俗习惯等方面来看都较为接近,而且哈尼语与彝语同属汉
藏语系藏缅语族彝语支的语言,不论语音还是语义都有较大的相似性。因
此,"慕莫哈玛"在这里极具参考价值。前面说过,"哈巴"一词可以确
定也与口头言辞艺术有关,也有翻译家将其译作"舌头颤动"。再结合其
在具体传播语境中的存在状态——哈尼族的一切歌唱传统,我们或许可以
在本书中做出一个初步结论:"哈巴"并不适宜以单一的维度来加以简单
界定,将其称为哈尼族的"说唱文学"、传统歌、酒歌或是一种曲牌名
等,这样既有失偏颇,也造成了概念的混乱。在不同的演述语境中,"哈
巴"可以具有不同的文类属性,其中涵括了山歌、风俗歌、仪式歌、叙
事歌等各种亚文类体裁。在元江主要的哈尼族地区,只要是韵文体的口头
传统都能被划归入其范围,即"哈巴"中包含了当地的一切歌唱传统。
鉴于其中所涉及的跨文类现象,我们应立足于口头诗学的立场,将其界定
纳入演述活动的口头实践过程中去加以分析,把它包含的所有文类作为一
个整体来考量,将它界定为与散体叙事传统相对应的概念,即当地哈尼族
口耳相传的"口头诗歌"。而且,"哈巴"是哈尼族特有的歌唱传统,民
间对此有着自己的本土术语。我们应当遵从民间话语系统,与其简单地对
译为现成的汉语分类名称,不如沿用各地哈尼民众基本通用的"哈巴"
一词来表示这一独特的文学传统。

本章小结

经过这一章节的论述,我们对于"哈巴"文类界定问题的答案应当

---

① 巴莫曲布嫫对诺苏彝族口头论辩传统"克智"(kenre)及其与史诗演述的关系进行了研
究。"克智"是一种特有的口头言语艺术,"克"ke 义为"口""嘴巴";"智"nre 义为移动、
搬迁、退让。"克智"即一种"口之为言达"的言语行为的综合表述,具有灵活性、机动性。这
里译为"口头论辩"。"克智"论辩又分为说/唱两种方式。在"说"的方式中又分为"克斯"
(论说)与"卡冉"(雄辩);在唱的方式中又分为"阿史纽纽佐"(婚礼转唱)和"伟兹嘿"
(丧葬舞唱)。这些都是约定俗成的论辩方式,区别主要取决于仪式化的、动态的叙事语境。参
见巴莫曲布嫫《史诗传统的田野研究:以诺苏彝族史诗"勒俄"为个案》,博士学位论文,北京
师范大学,2003 年。

比较明晰了。如果将"哈巴"放大来看，我们可以说它确实有很强的叙事性，但不能因此就将它命名为叙事歌；可以说它里面包含有史诗演述的内容，但不能说它就是史诗演述传统；可以说它唱到了风俗歌的内容，但不能说它就是风俗歌；可以说它很多时候具有仪式歌的特征，但不能说它就是仪式歌，等等。细说下来，我们会发现"哈巴"几乎具备所有文类的特性，单独用哪一个文类的名称都不足以概括它。而如果要将其作为一个统一体来讨论，便涉及了"跨文类"的知识。

就某一具体的传统而言，其所拥有的各种文类并非我们所想象的那样界限分明。可能几种文类共享一些共同的叙事资源，也可能一种叙事传统之内便包括了几种不同的亚文类。在后一种情况中，这些不同的亚文类间不是互相排斥、水火不容，而是紧密结合，共同构成一个内涵广阔、极具特色的新文类。也就是说，这种传统中所包含的内容往往跨越了几种不同的文类。一些学者倾向于将所有的亚文类都当作一个整体来研究，而不是将它们一一分离开来。这或许会牵涉到一些文类间的区别，但却意味着所有的体裁都能被一起加以分析，且被放在同一个框架内进行比较或对照。诚然，考量本土文类间的关系问题，比较观照的角度有时显得过于宽泛，但这种基于民族志证据的方法仍然能为我们引入一种新的视角。用这种整体性的眼光来看待"哈巴"，我倾向于将其视作一个"跨文类"的综合范畴，其语义指归为一种传统的口头艺术形式。

另外，使用"哈巴"这一本土术语的前提就是我们要能将"哈巴"的基本面貌呈现给哈尼族传统之外的人，让大家都明白它所包含的内容和各方面的特性，清楚这一能指符号背后的所指之物。

让我们再来梳理一下"哈巴"是什么：首先，"哈巴"是哈尼族的一种韵体歌唱传统，只唱不说，无乐器伴奏，其首要特征便是它演唱的内容都是古规古矩，是祖先传下来的，后人只能照唱而不能随意编造。用演唱者的话来说，就是可以自己发挥一点，但道理是绝对不能乱唱的。这也许就是本章起始时提到的赵官禄将"哈巴"界定为"传统歌"的原因。其次，"哈巴"所唱述的内容涉及哈尼族关于天地万物、人类繁衍、族群历史、四时节令、历法计算、生老病死、宗教信仰、风俗习惯等方面的种种知识，这些演唱内容决定了其受众的宽泛性，可以说是老少皆宜，而其演唱者也因此没有限定，只要会唱，不论男女老少都可以唱。不过总体来说还是莫批或村寨里的男性长者唱的居多。因为谁都可以唱又谁都可以听，所以"哈巴"可以在任何场合任何地点演唱。在传统的哈尼族社区，不论是日常的劳作生活还是特殊的仪礼场合，都少不了"哈巴"的演唱。哈尼人从很小的时候就开始听老人们唱述"哈巴"，并从中了解天地万物的来历，了解自己民族的历史，学习做人的道理和做事的规矩。可以说，聆听"哈巴"就是哈尼人最早的启蒙教育，听了"哈巴"才能知道自己民族的根、民族的本，无数哈尼人正是通过"哈巴"才使自己和传统连接了起来，才融入了传统、承续了传统。总之，在哈尼族的歌唱传统中，只要具备了这几种特征，就可以被称作"哈巴"了，再具体些的内容可以参考利用"SPEAKING"模型分析的八个维度。

经过上面掰开揉碎式的分析之后，我们可以拾回上一章言犹未尽的话题了。

用男人＝人＋男性＋成年，女孩＝人＋女性＋幼年的义素分析理论来看待"哈巴"一词的释义问题，现在可以得出以下这一等式：

"哈巴"＝哈尼族＋韵体＋古规古矩＋演唱者、受众、演唱场合和地域不限＋无伴奏

据英国著名语言学家利奇（Geoffrey N. Leech）的划分，意义有七种

图30　弹三弦的哈尼男子（王建福摄）

类型：理性意义、内涵意义、社会意义、情感意义、反映意义、搭配意义和主题意义①。按照利奇的观点，这里的"哈尼族""韵体""古规古矩""演唱者、受众、演唱场合和地域不限"和"无伴奏"便是"哈巴"一词的理性意义，在很大程度上，"所指"这个概念与理性意义相重叠，因此，"哈巴"从概念上按照这五个特征确定其含义，这五个特征则提供了一个正确使用"哈巴"一词的标准。这些对比特征一经转为"真实世界"中使用的词语就成为所指事物的特征。但通过第三章的论述我们知道，"哈巴"一词所指的事物还包含着许多附加的、非标准的特性。它们就是"哈巴"的内涵意义。具体来说，就是上文所说的"娱人""传授传统知识""可选段而唱"等特性。这样，了解了其所指内容后，我们就算弄清"哈巴"这一能指符号了。

---

① 详见［英］杰弗里·N. 利奇《语义学》，李瑞华、王彤福、杨自俭、穆国豪译，上海外语教育出版社1987年版，第17页。据利奇的论述，内涵意义是指一个词语除了它的纯理性内容之外，凭借它所指的内容而具有的一种交际价值。而内涵就是人们在使用或听到一个词语时，这个词语使人所联想到的"真实世界"中的经验。

结　语

"哈巴"文类界定的不确定性：
问题与反思

　　"哈巴"文类界定历来聚讼纷纭，从相关学术史的发端伊始直至今天都尚未形成定论。在既往的研究中，学者们普遍都直接套用民间文学界既有的文类名称。然而，现成的分类体系，往往难以涵盖许多少数民族独特的文学传统和文类观念。如果简单地将本土的口头文类按图索骥式地加以"对号入座"，势必会与实际运作中的文类事实格格不入，难以从学理上予以厘清。加之既有的口头文类划分缺失了明晰的界定原则，有的过于笼统，有的边界模糊，尤其是分类的角度各异，缺乏整体分析与具体分析的视野统合，就会形成以偏概全的种种漏洞。与此同时，我们应该承认的是，知识本身乃至知识生产的不确定性，也是我们从事口头传统研究所面临的一个主要难题。正如美国社会学家沃勒斯坦（Immanuel Wallerstein）指出的那样，"社会科学不是一个限定的、独立的社会行为领域，而是更为广阔的现实——现代世界知识结构——的一部分"①。综观近年来学界有关各民族口头传统的研究成果，我们不难发现，民众知识与文类界定问题几乎一直都存在着较大的争议，如何处理本土观念与学术概念也成为不少学者的关注点。

　　将眼界再拓宽一些，我们会发现这并不仅仅只是哈尼族口头文类界定中的瓶颈问题，甚至也不仅仅只是"哈巴"研究中的主要疑难，其他许多少数民族的口头传统在文类界定方面同样有着欠缺之处。不少本应归属

---

　　① ［美］伊曼纽尔·沃勒斯坦：《知识的不确定性》，王昺等译，山东大学出版社2006年版，第8—19页。

到民间口头文类中的传统表现形式，都因研究者未能掌握充分的田野证据，或是受制于自身的本位研究，最后被划归到了曲艺类；还有许多传统文类本身体量极大，内容庞杂，而研究者很多时候都未及细分，只是简单地套用目前民间文学界的现成文类标准，结果与口头传统的文化事实相去甚远。综上所述，笔者认为首先应辨明两个最为基本的问题：我们的研究对象究竟是"民间歌曲"还是"民间曲艺"？我们在表述时究竟该使用民间话语还是学界术语？只有将音乐性和文学性两方面相结合，以民族志资料和基于其上的学理性抽绎为沟通的桥梁，我们才能呈现一种口头传统的实际面貌，进而达成学术表达与民众知识的相互通达与话语对接，由此客观地进行各民族口头传统的文类界定工作。

一　"民间歌曲"还是"民间曲艺"？

吕骥先生在 1946 年所做的《中国民间音乐研究提纲》一文中曾将中国民间音乐分为八种类型：民间劳动音乐、民间歌曲音乐、民间说唱音乐、民间戏剧音乐、民间风俗音乐、民间舞蹈音乐、民间宗教音乐和民间乐器音乐[1]。1995 年，伍国栋按当时通行的分类法又将中国民间音乐划分为民间歌曲、民间乐器及器乐、民间舞蹈音乐、民间曲艺音乐和戏曲音乐五种类型[2]。第三章中提到过，前一种分类法中的"民间说唱音乐"其实就是后一种中的"民间曲艺音乐"。按伍国栋的划分来看，五种音乐类型中的"民间歌曲"和"民间曲艺音乐"最容易被混为一谈。如第三章所言，"民间曲艺音乐"需要具备说、唱结合，器乐伴奏，演释民间故事文学等特征，而诸如"哈巴"一类的口头传统既无"说"又无器乐伴奏，不应当被当作一种民间曲艺音乐。我们应将其纳入表演活动的口头实践过程中，按照其表演属性将其界定为"民间歌曲"。

在《中国民间音乐》一书的"民间音乐的类型"部分中，伍国栋对上述问题也有所论及。书中说到，当时仍有一部分少数民族曲艺的具体曲艺品种在归属上存在较大分歧，分歧的焦点主要集中在"南方某些民族

---

[1]　吕骥：《中国民间音乐研究提纲》，载《民间音乐论文集》，东北书店 1948 年版。
[2]　伍国栋：《中国民间音乐》，浙江教育出版社 1995 年版，第 51 页。

流传的一类歌颂本民族历史和歌颂民族英雄业绩的长篇史诗讲唱和叙事诗讲唱方面"。大家在争论它们"应当被划归为民间歌曲而被视为是叙事歌或古歌",还是"应当划归为民间说唱而被视为是曲艺曲种"。作者正好举了"哈巴"和彝族的"梅葛""阿细人的先基"为例。针对此问题,音乐学界和曲艺理论界曾分别于 1986 年和 1987 年举办的两次会议上展开过讨论,最后在曲艺曲种归属和分类标准上归纳出五点意见:

1. 表现形式必须具备说说唱唱、说唱兼备的特点。或有说有唱,或以唱为主,或只唱不说。

2. 已经积累有群众熟悉的基本曲调和表现程式。

3. 已经积累有反映本民族历史及现实题材内容的曲目。

4. 表现手法上具备以娱人为主的特点。

5. 已得到本民族群众的喜爱和承认[①]。

按这些意见来看,几乎所有民族的所有歌唱传统都可以被视为曲艺曲种。尤其是第一点,说是必须具备说唱兼备的特点,可之后解释的"或有说有唱,或以唱为主,或只唱不说"却包括了一切形式的演唱,让人觉得规定必须"说唱兼备"毫无必要。作为"曲艺曲种归属和分类标准"而言,上述五点意见显然过于宽泛。这反映了一个问题:民族文化资源只有那么一份,不同领域的研究者在看待同一个研究对象时,往往首先从自己的专业角度和研究本位出发,将其纳入自己的研究范围,以本领域的理论和方法论来剖析它。这就容易造成一个后果,即忽视了研究对象其他方面的特征,甚至故意对其视而不见,而这些特征恰恰有可能是非常重要的,忽视了它们或许会从根本上就误读了研究对象。

伍国栋在之后的论述中认为宁可将"少数民族中未被职业艺人加工的仅作为民族历史(人类起源及其发展史)和英雄史诗的讲唱"视为民歌而不宜视为曲艺曲种。的确,"曲艺"这一名称带有人工雕琢的意味,而许多民族的口头文类都是世代传承下来的,在演唱中还特别要求必须"一字不变",不允许任何的加工。而且,这些重要的文类大多承担着向族人讲述民族历史、族规族矩等内容的任务,其文化内涵远大于其音乐性。因此,即使不论其演唱形式,不看其是否有说有唱有器乐伴奏,这一类口头传统也应被界定为民间歌曲而非民间曲艺。

---

① 伍国栋:《中国民间音乐》,浙江教育出版社 1995 年版,第 118—119 页。

二　民间话语抑或学界术语?

在民间歌曲的分类中，主要有以下几种不同的视角：题材分类、场合分类、体裁分类和织体分类（织体指的是乐曲声部的组合方式，可分为单声部和多声部两类。多声部又可分成四类：接应型、支声型、主调型、复调式①）。前两种分类的视角主要集中在民歌的人文内容和文化背景方面，后两种则主要集中在民歌的音乐形态结构方面。在民俗学、文化人类学及民族音乐学日益影响民间歌曲研究的今天，针对民间歌曲本体的人文内容和民间歌曲与文化环境之关系的考察研究已成为大家关注的焦点，而适用于这种考察的题材分类和场合分类，便顺理成章地成为目前观察、分析和研究民间歌曲的两种主要分类法了。比如，按演唱的题材内容来划分，我国各民族的民间歌曲可被分为劳动歌、情歌、叙事歌、结婚调、哭丧调、敬神歌、催眠曲、游戏歌等若干种；而按其在民俗生活中所处的场境进行划分，这些民间歌曲又可以被分为放牧歌、狩猎歌、赶马调、田歌、茶歌、渔歌、风俗歌、礼仪歌等种类②。

考虑界分文类所使用的标准和怎样表示这些区别是更进一步的问题了，这并不像其表面上看起来那样简单。甚至在既定的文字表面之下，也总有一连串有时自相矛盾的标准。我国各民族民歌在题材、场合、体裁及织体等方面都极具多样性，加上许多民族对本民族民歌没有很细致的分类体系，往往一个概称之中便涵括了汉民族的几种民歌类别，因此，如果只用一种分类标准很难对其进行界分。从目前的情况看，一般是先用一种主要的分类法对其进行大致划分，在下一层次的划分中再使用另一种分类法——如果这种划分够细分的话甚至可能出现第三或是第四种分类法。总之，一些不同层面的惯用标准会被放在一起使用，乃至会出现较为随意或是主观的分类选择。

这种对一个研究对象使用多种多重分类标准的做法的弊端之一，是掺杂了研究者过多的主观性，可能会造成最终的分类混乱。最后，不仅不了

---

① 中华古韵网：http：//www.chinamedley.com。
② 详见伍国栋《中国民间音乐》，浙江教育出版社 1995 年版，第 55—56 页。

解这种传统的人会搞不清状况,连传统中的人都有可能被绕晕了头,不知所云。

那么,在对各民族民歌进行文类界定的过程中怎样才能避免上述情况发生呢?究其根源,使用多种分类标准还是因为我们想尽量向民间文学界业已形成定论的文类体系靠拢,统一学术话语的运用。这其实也无可厚非。因为只有在民间话语与学界术语间找到一个衔接点,将民间话语转换为规范的术语表述,我们所研究的传统才能为更多的人所了解,我们的学术研究也才能往前推进。但是,在遇到"哈巴"一类的传统时,正如第三章小结中所述,因为它体量的巨大,涵括范围的宽泛,按现行的任何一种分类标准都无法将其准确地划归为某一文类,给它找到一顶合适的"帽子"并不容易:既不能说是劳动歌,也不能说是叙事歌;既不能说是风俗歌,也不能说是仪式歌,如此等等。不论这样分还是那样分,都会抹杀掉它独有的传统特性。这时,如果我们不执着于寻找合适的汉语文类名称来表述它,而是采用哈尼族群众的传统称谓"哈巴",不仅不会遗漏这一歌唱传统所涵括的方方面面内容,而且还会更加凸显其原生性和民族性。这也就是我们所说的从民族志视野出发的"本土术语和分类法"了。民族志的方法强调的是文化的特殊性和分类建立在地方性的分类和经验而非外来者分类基础上的重要性。这种观点为绝大多数人类学家所采用。不论从哪方面来讲,如今这都是常常被强调的。不过,正如芬尼根所言,因为那些关键术语并不为人人所知,而且可能会有变化或是引发争论,因此本土术语或许比它们在很多出版物中所呈现出的面貌看起来要复杂得多。同样,理想化的或规定的术语,也并不总是和实际情况相符合。在收集和整合带有对表演者表演直接回馈的材料的文集中,地方性知识经常扮演着关键角色,这已经较为常见了。也有人指责这种相互作用是"人为的"或是"伪民俗",这或许在某些个案里是公正的评价,但假若什么时候它们变得普及了,或者它语言的术语成为塑造人们意识的一部分,这显然就只是研究者必须理解的复杂现实的一部分了①。

如果不拘泥于普适性的模型或固定类型,我们便会发现文类建立方面的某些问题。目前的文类概念具有长远的影响力,它们代表了那些清晰

---

① 详见 Finnegan, Ruth, *Oral Tradition and the Verbal Arts: A Guide to Research Practices*, London and New York: Routledge Publish Press, 1992, p. 144。

的、无时间限制的、互相排斥的或被普遍接受的东西，运用本土术语和分类法或许就是对以往文类概念的一种挑战。我们有必要超越表面上的一致性，转向参与者自身认识、操作、参与、争辩甚至改造他们艺术形式的过程。因此，在对一种口头传统，尤其是外界对其了解还不够的我国各民族的口头传统进行内部分类时，我们应当在尊重传统知识、遵从本土分类体系的基础上将民间话语转换为学术表达，如果暂无合适的术语与它相对应，我们宁可还是沿用民间话语，而不是硬拉一个术语过来用，以至于消解了民间话语所承载的丰富而独特的文化内涵。

总之，民间歌唱传统是唱词与曲调的结合体，它跨越了民间文学与音乐学两大领域。我们在研究其音乐性时不能忘了它作为民间歌曲的本质特征，同样，我们在研究其文学性和文化内涵时，也不能忽视了作为表现手段的音乐性和口头实践过程中的种种表演特性。而在对其进行文类属性界定的过程中，我们也应充分考虑上述因素。民族志诗学这种方法一直坚持致力于竭尽全力发现和描绘那些真正存在于一种给定传统中的结构组织，如前所言，它关注于如何把一首口头诗歌、一种口头传统以最接近原初叙事的方式在文本中呈展出来，因此，在看待此处所讨论的问题时，我们还应当引入这一视角，关注一种口头传统的最真实面貌，关注学者观点与地方知识的协调。我们应当以民族志资料和基于其上的学理性抽绎为沟通的桥梁，努力实现学术表达与民众知识的对接。

附 录 一

田野访谈(节选)

民族的歌:乌布鲁冲莫批杨月阿访谈录

访谈对象：乌布鲁冲莫批杨月阿①

访谈者：刘镜净

在场者：外公周顺德，妈妈周菊芬，舅妈普三能，杨月阿之子，杨月阿之女

访谈时间：2004 年 7 月 30 日上午

访谈地点：元江县因远镇卡腊村委会乌布鲁冲村民小组②杨月阿家

刘：阿祖，我想先问一下您的名字。

杨：杨月阿（这是哈尼语音译过来的名字）。

刘：今年多大年纪了？

杨：68 岁了。

---

① 这位莫批是我外公堂弟媳妇的叔叔，是乌布鲁冲村两个莫批之一，也是当地一位颇有名气的"哈巴卡"（xa³³ pa³¹ kha³³）能手。按辈分我应当称他为阿祖。他娶过两个老婆，大老婆生了一个儿子，小老婆生了一个儿子一个女儿，现在家里共有三个人，跟他过的是小老婆生的一儿一女。下面的访谈重点讨论的就是对"哈巴"这个词的语义分析及其所演唱内容的分类以及哈尼族传统民歌的分类问题。

② 该村属哈尼村，全村 150 余人均为哈尼族。在该村笔者发现了一个与其他哈尼族村寨不一样的习惯：一般哈尼村寨的寨神林都是很神圣的，人们不能随便进入，大家对其都极其尊重。但该村的龙树林不论男女老少均可随便进入，除了每年祭寨神外没有任何禁忌。

刘：也是布孔①吧？

杨：对，就是布孔这一支的了，我们这边都是布孔。

刘：嗯，您做莫批是师傅教的还是自己会的？

杨：这个当然是教的。我家是祖传的。

刘：哦，那传了几代了？您是第几代？

杨：有五六代了。我是第六代了。

刘：那您下面呢？您儿子会吗？您有没有教他？

杨：教了嘛，他读书了就教他了。

刘：他自己出去做过吗？

杨：没有。我在他就不能出去做。

刘：哦。那您是几岁开始做的？最远去哪儿做过？

杨：我啊，十四五岁就开始了，学得一点做一点，最远么元江、红河都去过。

刘：那您去做的时候是收钱还是拿东西？

杨：一般么都是给钱了。一两角或者一两块都可以。看做什么仪式了。米、东西都不要。做仪式时用的那些东西就在那儿煮了大家一起吃。如果是要鸡也只要大公鸡，还是做得重的时候才要。

刘：嗯，好的，然后我就问问您"哈巴"的事情。这个"哈巴"是什么意思啊？

杨："哈巴"就是民族的歌了嘛。就是我们民族的歌。

刘：那"哈"是什么意思？"巴"是什么意思？

杨：这个么……（想了一会儿）

刘：就是说"哈"和"巴"能不能拆开来解释，说"哈"是什么意思，"巴"是什么意思，然后"哈巴"合在一起又是什么意思？

杨：不能不能。这个哈巴就是哈巴，不能翻译，不能拆开。

刘：嗯。那不说哈巴的"哈"，就单单说"哈"这个字，它在哈尼话里有哪些意思啊？

杨：像这样么"哈"就是"魂"了嘛。"哟哈"（jo^{31}xa^{33}）就是"魂灵"了。

[他儿子补充："哈"还有么就是"不好的"意思，就是口舌是非，

---

① 布孔，元江县哈尼族的一个支系，其他地方也称白宏。

"哈多拉"（xa^{33}to^{31}la^{33}）。]

　　刘：哦。除了这两个意思外还有别的吗？

　　杨：[儿子补充：嗯，还有，就是打泼掉（打翻）的意思，"迪哈"（ti^{31}xa^{33}）。]

　　刘：还有没有其他的了？不是说还有"梅哈"（mε^{31}xa^{33}），在这里是"哈"是舌头的意思吗？

　　杨：哦，是了。"梅哈"么就是"嘴"了嘛，"哈"也就是"舌头"了。

　　刘：嗯，是不是这些"哈"都是只有在跟什么"梅"啊"迪"啊"哟"啊一起说才有"舌头""打泼掉""魂"这些意思？单独不能说？

　　杨：嗯，是了。单独说么没有意思了。

　　刘：那就这四个意思吗？除了这四个还有吗？

　　杨：就是这四个了。没有了。

　　刘：那"巴"呢？也像"哈"这样说，有哪些意思？

　　杨："巴"么就是"歌"了，这个就是主要的意思了。

　　刘：有没有一个意思说是"抬""捧"？

　　杨：嗯，"抬"啊？

　　刘：嗯。

　　杨：那个就不是这个"巴"了。不一样了。有倒是有。

　　刘：就是说那个说"抬"的意思的"巴"不能来解释"哈巴"的这个"巴"？

　　杨：是了嘛。哈巴哈巴么就是要连在一起说了，拆开就搭配不当了。

　　刘：好的。那你们说哈巴的时候有没有"酒歌"之类的说法？

　　杨：（女儿补充：没有没有，哈巴么就是我们民族的歌了。酒歌是说有时候他们在喝酒的时候唱，但是我们一般不叫酒歌。不能这样叫。）

　　刘：就是说起哈巴首先第一个想到的是"民族的歌"是吧？别的都不对？

　　杨：（女儿补充：嗯。"哈"么就是"拿嘴唱"了。）

　　刘：哦，"拿嘴唱"是吧，好的。嗯，我再问问阿祖大概能唱多少哈巴？

　　杨：这个就多了，能唱十来段吧。

　　刘："段"是什么概念？是不是一类一类的"类"？

　　杨：嗯，是了。

刘：我们哈尼话里怎么说？

杨：嗯……

刘：您平时怎么来说这个"段"？不用汉话跟我们说的时候？

杨：……

刘：红河县那边是叫"奴局"，"局"的意思说是"像山上的冲沟一样"，"奴局"么就是"路子、方向"或者"题目"的意思。我们是不是有类似的说法？

杨：（还是说不清，说不好翻译。）

刘：好吧，那您是怎么学会唱哈巴的？有人教的还是听会的？

杨：听来的。这个教是教不会的。还要自己喜欢，自己也是会一点。自己还可以编。

刘：哦。那这十几段是哪些？您能不能一段段地说给我听一下？

杨：这个么就多了，说几天几夜也说不完的。

刘：那我们现在不说具体内容，就是说一下这些段都是讲什么方面的。

杨：就是说一下划分是不是？

刘：嗯，是了。

杨：这个也是多了。有讨媳妇的，抬死人的，多了。

刘：（看他说不清，以学界较盛行的观点做了提示。）比如说有没有一段叫"咪的密地"的？就是里面有讲到太阳月亮和白天黑夜的？

杨：这个啊，讲太阳月亮的有。

刘：那它们是专门归为一类的吗？红河那边叫"咪的密地"，我们这儿叫什么？

杨：嗯，是一类了。我们叫什么……

[经过一旁众人的讨论，他女儿想起当地应叫"目得咪得"（mu³¹ tei²¹²mi³³tei²¹²），大家一致赞同。]

刘：这一类里有讲太阳月亮的，有讲白天黑夜的，有讲造天造地的是吧？

杨：嗯，是了，这些都有。

刘：那有没有一段是叫"咪坡谜爬"的？就是天翻地覆的意思？里面有讲寨子的，讲龙树的，盖房子的，挖石头的，等等。

杨：有有有，讲这些的有。

[大家讨论，当地应叫"目坡咪坡"（mu³¹pho³¹mi³³pho³¹）。]

刘：那有没有一段专门讲什么飞禽走兽的？他们叫"炯然若然"的？

杨：[我外公补充：天上飞的那些我们就是叫"哈兹"（xa³¹tsi³³），走兽么，我们叫"这牙"（tʂei³¹ja³¹），就是四只脚的，也包括家里边养的那些鸡啊什么的了。要是老林里跑的那些么叫"背当"（pei³³taŋ³³）。哈巴里么讲牛啊什么的都有，所以应该是叫"哈兹这牙"（xa³¹tsi³³tʂei³¹ja³¹）。]

刘：哦，是了。那我们的哈巴里有没有什么杀鱼取种的故事？就是讲拿藤子、织渔网、打鱼这些的？

杨：哦，这些么是讲老古经了，有呢。他们怎么叫的？

刘：他们叫的是"阿撒息思"。

杨：嗯，鱼么就是"阿沙"（ŋa³¹ʂa³¹），杀么就是"息思"（çi³¹si³³）。杀鱼么就是"阿沙息思"（ŋa³¹ʂa³¹çi³¹si³³）了，一样的一样的。

刘：讲了四段了。那我们这儿有没有唱砍树计日的？他们叫"阿兹兹德"。里面有讲什么遮天大树的？

杨：砍树的吗？哦，这个有。这个么就是叫作"阿拨德"（a³³po³³tə³¹）的了。就是砍大树了嘛，拢棺材用的啊或者是盖房子用的了。这个只是说砍大树，大大的那种，小的那些还不算。

刘：那这个砍树计日是不是说以前我们的老祖先不会数日子么就用砍树来算日子？

杨：不是不是。这个么是说砍树的时候要看日子，等到日子好了才能砍树，就是砍那些大树的时候了嘛。而且盖房子时砍的第一棵树还有讲究，树尖断了的、蜂子做过窝的、砍倒时砸断了的都不能要。

刘：哦，这个"计日"不是数日子，而是看日子、拣日子是吧。

杨：是了①。

刘：然后是第六段了。有没有唱三个能人的？就是以前我们的祖先里边很有本事的三个人？唱这三个厉害的人的哈巴？

杨：嗯，这个么最多了。从这里发挥出来的哈巴多得很。三个人了

---

① 笔者在元江县内部整理出版的哈尼族创世史诗《阿波仰者》中看到，其中有讲"遮天大树"的，里面的"砍树计日"是说按照大树的枝杈来定一个月有多少天，一年有多少个月等。和杨月阿所说有出入。

嘛，是不是？就是"咪雍阿波"（mi³³jon³³a³¹po³³）跟"咪雍阿匹"（mi³³jon³³a³¹phi³¹），这两个是一家子，还有"阿波比托"（a³¹po³³pi³³tho³¹）。

刘："咪雍阿波"跟"咪雍阿匹"是算两个人吗？

杨：是了嘛。"阿波"么是阿爷了嘛，"阿匹"么阿奶了嘛。"咪雍"么是他们的名字。

刘：嗯，"阿波"跟"阿匹"我也知道。为什么第三个不叫"比托阿波"要叫"阿波比托"？顺序怎么不一样？

杨：这个么，传下来就是这样了，都这样叫。

刘：那这一类哈巴我们怎么叫呢？他们叫"阿卜鱼徐阿"。

杨：嗯，"徐阿"就是我们的"耸阿"，就是"三个"了，那么我们就是叫"措车耸阿"（tʂho³³tʂhei³¹son³³ŋa³¹），有本事的三个人。

刘：嗯，"耸"是"三"，"耸阿"是"三个"是吧。那有没有唱三个弟兄的？就是像有些故事它会讲一家三弟兄因为什么什么原因而分家了，然后各自怎么过的之类的。

杨：三弟兄啊，有的。是说他们命好不好的意思。分家的时候一个分到猫，一个分到狗啊的。有讲这些的。

刘：那我们的哈巴里有没有唱彝族、汉族和我们原来是三弟兄，后来分家了，一个住在坝子，一个住在山腰什么的，然后就成了我们的祖先的？有没有这种？

杨：嗯，不是汉族，是傣族。原来我们三个民族是一家的，后来么分家了才成三个民族的。

刘：有是吧。那唱三弟兄的跟唱三个能人的是不是一类？还是自己成一类？

杨：自己是一类了。三弟兄是三弟兄，三个能人是三个能人，不一样的。

刘：那这一类哈巴应该怎么叫？

杨：三弟兄么，我看，应该是叫"耸弄牙"（son³¹non³³ja³¹）了。

刘：那有没有讲穷苦人的哈巴？讲穷人帮工流浪、看守庄稼、打仗的？

杨：嗯，讲穷人的么最多了。流浪的歌啊什么的。有。

刘：这一类又怎么叫？

杨：穷人，讨饭吃的人嘛，是"伙牙牙扎"（xo³¹ja²¹²ja²¹²tʂa³¹）了。

刘：他们是叫"阿然然德"，我们跟他们一点都不一样了吗？

杨：嗯，这个是了，他们讲的话应该是跟四区①那边一样，我们的跟垤玛②的一样。

刘：哦。然后是男女相爱的哈巴。里面有讲男女相爱的，婚姻要自由的，然后讨媳妇嫁姑娘的这些。

杨：这种么也是最多了。从两个人好的时候唱起，一直唱唱唱，怎么嫁之类的，一套要唱到底的。

刘：这种我们怎么叫呢？

杨：这种就是"努祖"（nvu³¹tsu²¹²）了嘛。

刘：哦。那生儿育女的呢？就是讲女的怀孕啊生娃娃啊这些的？

杨：这些就是一起唱的了，一套要唱到底，好了然后就是结婚生娃娃了，嫁姑娘的时候就要从好的时候一直唱到生娃娃这些。不能分开。

刘：哦，意思是这些也是归在刚才说的男女相爱那一类里面的？

杨：是了。一套的。

刘：那我们就比他们的分法少一类了。好，然后说安葬老人的。我们应该有吧？里面有讲老人不在了，还有找药、数家谱这些的？

杨：有，抬人的了嘛。这个当然有。

刘：怎么叫？

杨：这个……

刘：他们是叫"搓摸把堵"的。

杨：［旁人一起想，说应该叫"牙莫把冬"（ja³¹mo³¹pa³¹toŋ³¹）］。

刘：我们的哈巴里有没有唱四季生产的？冬天春天一个季节一个季节的，然后十月开始一个月一个月地唱的？

杨：有，唱什么时候的都有。还有什么栽秧犁田干活计的。

刘：嗯，这一类叫什么？

杨：［还是说不清，经提示后众人一起想到应该叫"伙格诺格"（xo³¹kə²¹²nau²¹²kə²¹²），"伙"是年，"诺"是日，"格"是说。］

刘：好，除了刚才说的这些以外，我们还有没有其他哈巴了？有没有我们没有说到的讲其他东西的？

---

① 四区，指元江县的羊街、那诺两个乡，与红河州红河县接壤。

② 垤玛，红河县的一个乡，与因远镇接壤，两地哈尼族服饰、语言均完全相同。

杨:没有了,就是这些了。这些么样样都有了嘛,样样都在里面了。

刘:嗯,那我们就是有十一类。您说您能唱十来段是不是就是这十一段了?

杨:是了。

刘:那这个"段"真的想不起来要怎么说吗?您平时怎么说就怎么说给我听听。不用是一个字或者一个词,一句话说的也可以。

杨:[经过再次解释提醒,众人终于想起应该是叫"其奢"($tɕi^{31}ʂə^{33}$)或是"其妈"($tɕi^{31}ma^{33}$)。"其奢"是一样一样的,"其妈"是一个一个的,一类一类的意思。]

刘:嗯。哈巴卡的时候会不会两个人比赛着唱?

杨:这个么两个人唱一路,一个说对了么其他的那个就接着唱,如果是不对么就开始争论了嘛。

刘:哦,那怎么分输赢呢?是不是唱着唱着有人唱到别的一路上去了,那个人就输了?

杨:不是,大道理么唱得都一样,就是可能一个跟不上一个。

刘:跟不上的那个人输了是吗?是不是能坚持的时间长的那个人赢?

杨:不是,比赛讲道理了嘛。理亏的那个就输了。讲不过人家了嘛。

刘:哦。我们哈尼族唱的那些东西除了哈巴以外还有哪些啊?

杨:一般么就是哈巴了。

刘:有没有什么"山歌"之类的?他们叫"阿茨"或者"阿哧"的?就是出去干劳动的时候唱的或者是平时小姑娘小伙子谈恋爱唱的?

杨:山歌,没有山歌啊。就是哈巴了嘛。

刘:谈恋爱时唱的都算哈巴吗?哈巴不是一般都比较庄重的吗?

杨:哦,是了,按段数来说么哈巴跟它不一样。我们不说山歌,不这样叫,见到具体的东西或者是遇到那种时候就直接唱了。

刘:我们怎么叫?它跟哈巴就不是一类的了吗?

杨:嗯,不一类了。这个不会叫,就是直接唱了。

刘:哦。那嫁姑娘时候唱的归不归在哈巴里面?

杨:在了嘛。那个要唱到底的。就是"伢咪界"($ja^{31}mi^{31}pi^{31}$)了。或者是"伢咪母扎界"($ja^{31}mi^{31}m^{33}tsa^{31}pi^{31}$)。

刘:那专门是莫批唱的那些属不属于哈巴?

杨:就是退鬼时候唱的那些了嘛,不属于,专门是一种了。

刘：叫什么？

杨：嗯，"内哈突"（nei³¹xa³¹thu³³）。

刘：那哭死人的时候唱的算不算哈巴？

杨：那个也不算。

刘：叫什么？

杨："绰斯尼"（tʂho³³si³³ni³³）。

刘：我们还有没有一种是哄小娃娃领小娃娃时唱的？算不算哈巴？

杨：嗯，有的。"枯"（khu³³），或者是"奢"（ʂə³¹）。也不算。

刘：那儿歌呢？专门是小娃娃唱的那些？

杨：这个么是"伢谷莫尼阿"（ja³¹ku³¹mo³³ni³³ŋa²¹²）了嘛。这些都不算了。

刘：还有一种是跳舞时候唱的歌吗？算不算哈巴？

杨：嗯，有，"阿拉绰"（ŋa²¹²la³¹tʂho³¹）了。不是哈巴。

刘：嗯，好的。那十一段里的那些哈巴是不是都是固定的，本来就有的，不用您自己再重新编，直接就可以唱了？

杨：嗯，那些么是传下来的了，要照着唱的。自己也可以编一些进去。

刘：那讲那些老古经的时候要唱出来的话用的调是不是跟哈巴一样？

杨：是了。

刘：因为用哈巴的调所以那些也叫哈巴了吗？

杨：嗯。

刘：就是说哈巴可以是刚才说的那种本来就有的什么嫁姑娘这类的歌，也可以是用这种调子去唱别的东西，然后唱出来的也叫哈巴了？

杨：是了。都可以。有调子就可以自己随便编了，看见牛啊什么东西的都可以自己唱一段。段数不长，但是能唱。

刘：哦。还要问问您就是唱哈巴时一开头是不是要哼一句？

杨：嗯，是了。都有。不哼一下么唱不出来，要哼了才开始唱。

刘：是怎么哼的？

杨：这个么不会说了，是自然而然地哼出来的，随便哼，表达唱的那个人情绪的，没有特意说要怎么哼。心里面有东西，伤心难过啊这些的么就会自己哼出来了。

[此时其女儿补充说哼"咿哟"（i⁵⁵jo³¹），他说不是，说"咿哟"是

"阿尚"人①哼的，他们不这么哼。]

刘：红河那边哼的一般是"萨"（sa^{31}）、"萨咿"（sa^{31}i^{55}）之类的，我们会不会这样哼？

杨：不会，我们就是随便哼了。

刘：您能哼给我听一下吗？

杨：呵呵，就是"嗯……"地哼了嘛。

刘：嗯，好的。那他们哼的那个"萨"在哈尼话里是什么意思？

杨："这里"的意思。

刘：它没有"肉"的意思吗？

杨：哦，有。但是要说"萨兹"（sa^{31}tsi^{33}）的时候才是"肉"的意思。

刘：就是在说"萨咿"的时候这个"萨"不是"肉"的意思吗？

杨：嗯，不是。

刘：那"咿"呢？这个"咿"又是什么意思？

杨："咿"么是开头一下的，领唱整一首歌，"咿"地哼一下就是要开始唱歌了。

刘：那"萨咿"一起说是什么意思呢？

杨："萨咿"么就是"去这边、去那边"的意思了。

刘：有些人说"萨"是"肉"的意思，"咿"是"下去"的意思，"萨咿"是我们老祖先以前打猎捕到猎物时高兴了然后喊的，说它本来的意思应该是"围着猎物了"，您认为对不对？

杨：不对，"萨咿"么是"去这边、去那边"的意思，不像他们说的那样。"萨"跟"咿"一起说么不是"肉"的意思啊。

刘：那是不是我们有很多鸟啊兽啊的名字里都有"哈"这个音？

杨："哈"啊，是了。老熊是叫"哈峰"，豹子叫"哈尤"，还有很多呢。

刘：我原来想着因为唱哈巴时要哼"萨咿"，这个"萨咿"是刚才说的那种"围着猎物了"的意思，再加上"哈"这个音跟动物有关，所以哈巴早期的形成也许跟我们祖先的围猎生活或者是动物崇拜有直接的关

---

① 阿尚人，布孔对居住在元江县咪哩乡哈尼族的称呼，他们在元江被归为堕塔支系。其所操语言较之布孔支系几乎完全不同。

系。这样想也不对了吗？

杨：不对了不对了。哈巴就是哈巴，就是我们民族的歌，我们老祖先传下来的歌，跟围猎这些都没有关系，只是一种叫法而已。老古时候就这样传下来了，祖祖辈辈都那么叫，没有什么特殊的意思。翻译什么的都不好翻译，说不出来，总之就是我们民族的歌了。

刘：哦，好的。今天我问清楚了好多事情，以后有机会就要经常来跟阿祖您请教，这样才能真正做好我们本民族的东西。

口头传统的分类体系：潘郎壳莫批倪立生访谈录（哈尼文版）

访谈对象：潘郎壳莫批倪立生
访谈者：刘镜净
在场者：同村中年男性 2 人
访谈时间：2005 年 2 月 16 日下午
访谈地点：元江县那诺乡那诺村委会潘郎壳村民小组倪立生家

刘：大爹，我先问一下您的个人情况啊。就是先问问您的名字和年龄。

倪：名字么是倪立生，今年有 53 岁了。

刘：好，那您是属于什么支系的？

倪：哈尼支了。

刘：嗯。您做莫批是祖传的还是师傅教的？

倪：祖传的。我们家族是祖传莫批的。

刘：哦。那到现在一共有几代了？您自己是多少代？

倪：我是第 11 代。现在么已经到 13 代了。

刘：您儿子会吗？什么时候开始教他们的？

倪：当然会了。从 12 岁的时候就教他们了，15 岁就开始出去做了。

刘：那你自己做的时候最远去过哪些地方做啊？

倪：去过的地方么就多了，我们那诺的这些村子我都去做过了。墨江啊红河州这些也都去过了。

（这时旁边有一个同村人补充说倪是那诺最大的一个莫批。）

刘：啊，您是最大的莫批啊。这种级别是怎么区分的？有哪些级别啊？

倪：呵呵，莫批分好几个层次的。最高的么就是"俄批"（hhepi）了。"俄批"是杀牛的时候要分给他大腿的，别人都不能要，只能给"俄批"。老人死的时候要唱给他开路的歌，把他送到阴间去，这个就是专门由"俄批"唱的，其他人一般都不会唱。

刘：那这个开路的歌我们哈尼话怎么说？

倪：哈尼话么就是叫"尼哈托"（niha toq）了嘛。就是把老人送到阴间去，留下的人要给他怎么怎么好，要怎么怎么弄之类的了。

刘：哦，那您就是"俄批"了是吧？

倪：是了嘛。

刘：嗯。那"俄批"下面那种叫什么？

倪："俄批"除掉么就是"托批"（topil）了。这个是第二层。他们么不会开路。

刘：然后呢？

倪：这回么是"差批"（capi）。这个跟莫批种类不同。

刘：跟莫批种类不同？那它是什么？怎么会放在第三层？

倪："差批"就是代表一种批了嘛。就是那些家庭不幸福的，有病的，"差批"就去把鬼挡开。他们就是做这一类的。

刘：哦。那还有第四层吗？

倪：有，"差批"的下面就是"伏批"（fupi）了。这个么是专门瞧蛋的。

刘：瞧蛋是怎么瞧的？

倪：就是家里面有什么事的时候拿着蛋去找"伏批"，"伏批"可以从蛋上瞧出那些不吉利的事。不过瞧出来以后如果要解开还是要去请莫批。只有莫批才能把这些事解开。

刘：哦，认得了。再来问您自己的情况。您出去做的时候收取什么报酬吗？

倪：不收不收。人家认为我能做，来请我了，我就去帮人家做嘛。人家也是相信我有这种能力才会来请我的，我不收什么的。

刘：嗯。那么现在我就来问问您一些关于"哈巴"的事情。"哈巴"

在我们哈尼话里面是什么意思啊？

倪：这个意思就多了。分好多层次的。过节时一个层次，布谷鸟节时一个层次，还有过年时有一个层次。

刘：嗯，我的意思是"哈巴"这个词语，就是这两个字，是什么意思？"哈"是什么意思？"巴"是什么意思？"哈巴"连在一起又是什么意思？

倪：哦，这个啊，"哈"么就是老虎的意思了嘛，代表老虎，某种程度上讲么就是我们哈尼族的标志了嘛。代表我们哈尼族的勇敢、智慧。这个好像我们毛佑全老师也曾经说过了。

刘：嗯，是的，我见过他有这种说法。那这个"哈"字在哈尼话里还有没有其他的意思？

倪：其他的那些么就不消管了，只要说这个意思就是了。

（笔者曾追问过几次，但他都没有正面回答其他义项，就认为这个是对的，其余不需要知道了。）

刘：那"巴"呢？

倪："巴"就是自豪的唱法了嘛。高兴而唱。

刘："哈"和"巴"这两个字可以拆开解释吗？

倪：可以可以，就是这么解释了。

刘：哦，那"哈巴"连在一起又是什么意思？

倪："哈巴"么是一个名称，一个总称，就是一种高兴、娱乐，一种表达自己的方式了。"哈"有三层意思：一个是过节、喜庆，一个季节了嘛；一个是感情性的意思；还有一个就是哈尼族的声调和音调。"巴"么就是把自己所有知道的东西说出来给观众听。"卡"么是说出来的意思。这个"哈"就代表我们哈尼族智慧的方式了嘛。人家三千年前就传说我们哈尼族的祖先是"阿波仰者"（apovniaqcev），就是诸葛亮了。

刘：哦，这个"阿波仰者"就是诸葛亮？

倪：是了嘛。这个么我们家谱里面就有。

（说着他就起身给笔者找来了一个小本子，上面有他用哈尼文记录的他们倪家的家谱。）

刘：哦，您能给我说一遍吗？

倪：嗯，这个就是我自己用哈尼文写出来的了。

　　　　Mlhhanl

Hhanqhel

Heqtmq

Tmqmal

Malxovq

Xoqnil

Nilbeiq

Siilnilyuq

Yultyuqlyuq

Tyullyuqzmq

Zmqmolyeil

Molyeiqqaq

Qaltiqsiiq

Tilsiilhliq

Hliqbanqbeil

Banqbeilaoq

Aolmssaq

Mlssaqzaq

Zaqtalpanq

Talpanqbuq

Buqxilnmq

Xilnmqnaq

Nallihheq

Hhellipyuq

Pyullilyaoq

Yaoqmeeqseeq

Meelseelkmq

Kmlqeiqmaoq

Movqdovqsovq

Sovqpeeqhei

Heilmeeqniaq

Nialzeel（这就是他说的"阿波仰者"）

Zeeleel

Eeljil

Jilhleeq

Hleeltanq

Tanlcaq

Calkeiq

Keiqsovq

Sovlsseil

Sseilhleeq

Hleeqnevq

Manlpyul

Pyuqzyul

Zyuqnyul

Nyuljanl

Nyulcanl

Canlaq

Polaq

Aqzel

Zeqaq

Peilsal

Keeqdeeq

Zeqjyuq

Jyulbovq

Bolzanl

刘：好的。我把它记下来了。我们再接着说说"哈巴"。您在说"哈巴"的时候是用什么单位啊？就是说"哈巴"是一首啊一段啊什么的？

倪：就是一段一段的了嘛。

刘：那诺这边说不说"奴局"这个词？它也是划分"哈巴"的单位。

倪：哦，不是"奴局"，是"奴纠"（nuqqiuvq）。说的。

刘：那这个"奴纠"和"段"是什么关系？

倪："段"就是"奴纠"里再分的层次了嘛。先分"奴纠"，然后"奴纠"里面又有各个不同的"段"。

刘：那这个"段"用哈尼话怎么说？

倪：嗯，"段"么就是"提扯"（tiq ceq）了。

刘：那"哈巴"里总共有多少"奴纠"啊？

倪：这个就多了，分层的。

刘：没事，您一层一层地说给我听听。

倪：这个太多了，说不完的，要说几天几夜的。

刘：我们就从大的方面来说。比如说他们有些就是把"哈巴"分为十二个"奴纠"，第一个就是讲开天辟地的，有什么太阳月亮啊，白天黑夜啊，造天造地之类的。

倪：这个我们也有嘛。就是开天辟地了。

刘：那这个"奴纠"的名字用哈尼话怎么说？里面是讲什么的？

倪：这个就是"目坡咪拉多"（mupomilatov）了。讲的么就是整个地球全部覆灭了，被大水淹没。从葫芦里产生兄妹两个人，然后他们发展人类啊这些。后期么就讲到你说的那些造天造地之类的了。

刘：哦。那第二个"奴纠"呢？

倪：第二个么是讲兄妹名字的。就是人类祖先了嘛。

刘：哈尼话怎么讲？

倪：就是"笃妈阿其阿牙"（dulmal aqqiq ayal），"阿玛阿其阿则"（almal aqqi aqcev）了。

刘：这个是"兄妹名字"的意思还是就是他们的名字了？

倪：就是他们两个的名字了。"笃妈阿其阿牙"是妹妹的名字，"阿玛阿其阿则"是哥哥的名字。

刘：哦。那这里面是讲什么的？

倪：这个讲的是繁衍人类。人类分类了。第一个生了个姑娘，叫"她旁沙"（Talpasa）。反正各个民族的祖先都是从这里繁衍出来的了。

刘：所有民族啊？56个民族吗？连藏族蒙古族那些也是吗？

倪：哦，不是，就是我们云南的26个民族了嘛。傣族、彝族，等等这些。

刘：好的。那第三个"奴纠"呢？

倪：这回么到"谱搓搓"（pucocoq）了。就是建寨了。

刘：那里面讲了些什么？

倪：讲了寨神昂玛，寨神分三层的，代表着三个锅脚石。讲了水井，这个是最大的，一个村子里水井是最大的。还讲了磨秋桩，这个就像是给鞋子贴标签, 是村子的标志。然后还讲了寨门什么的。

刘: 那第四个呢?

倪: 第四个是"帕玛咪收"(palmaq mise), 就是唱了给村子平安, 任何事都不要来干涉, 人类不要出意外, 牲口也长得好好的。牲口就是"驻住朗住"(zuqzuq laozuq)。

刘: 好的, 到第五个了。第五个是什么?

倪: 第五个是讲同姓不通婚的。就是"笃妈忙息努息, 阿忙努莫忙哦"(tuvlmal maoqxiq nuxil, almaol nuqmo maoq'o)。

刘: 这句话是什么意思啊?

倪: "笃妈忙息努息"是妹妹, "阿忙努莫忙哦"是哥哥。就是说兄妹祖先通过婚, 以后就再也不能这样了。

刘: 哦, 这样啊。那第六个呢?

倪: 哭嫁。这个是女方的父母唱的。就是"然迷玛培"(ssalmiq mal pyuq), 也就是姑娘不值钱的意思了。蕨菜不好吃么连盐巴也不放了。

刘: 这些话很有意思的哦。哭嫁完了是什么?

倪: 嫁出去了么就到说让姑娘好好劳动去, 自己去致富了。"目扎然道伙坡, 伙道然哦巴擦"(muqcavl ssaqtaov hopoq, hotaov ssaq'o paqcaq), 就是面朝黄土背朝天。

刘: 哦, 那之后呢?

倪: 致富后就是让它五谷丰登、六畜兴旺, 子子孙孙都有了, 一代代都那么好。"提策挞提策比么"(til cel taq til ceq pivq mel), 一代比一代给它好。

刘: 嗯, 下一个呢?

倪: 下一个是社会发展, 家里什么都有了, 聪明人, 好姑娘好儿子给它出来。水井、寨子什么都好了, 希望后代出聪明人。是高兴而唱的。"朗咪鱼硕然"(laolmiq hhyulsoqssaq), 给后代兴旺发达。

刘: 到第十个了。

倪: 这回么什么都好了, 就是过节时对唱的。"威什拉巴"(ngyusi laqpav)。青年男女出去对唱的。是喜事, 高兴的时候唱的, 不能唱伤心的东西。

刘: 嗯, 然后呢?

倪: 没有了, 就是这十个了。

刘：啊？我们的哈巴只有这些内容吗？应该还有好多方面没说到吧？那些安葬老人之类的呢？

倪：那些跟我们刚才说的就不是一个层次了。刚才说的都是好的方面。那些么是专门的，不在这里面。

刘：啊，刚才说的十个都只是哈巴里好的方面，不是哈巴全部内容啊。那哈巴总的到底包括那些大的方面？就是说有哪些层次？好的坏的都算进去。

倪：这么算么就是四个层次了嘛。一个是死者的，"咪刹围"（milsal ngyuq）；一个是过节时候的，"伙好拉伙好"（hoqhaoq lahoq haoq）；还有就是结婚时候的，"威木拉巴"（ngyulmul laqpavq）；然后是建房的，叫"涅色拉巴"（nimqsel laqpavq）。

刘：这就是哈巴所有的内容了吗？

倪：总的就是这四层了，它们里面包含着很多东西的，有几百段，三天三夜都说不完。

刘：他们有些总的是分了十二奴局的。

倪：红河那些分的是不是？不能那样分的，不能包括十二类，要分层的。一定要分清喜丧。这个是很严格的。要先把层次分好了才能来讲下面的东西。

刘：嗯。那您会唱哈巴也是祖传的还是自己学来的？

倪：也是祖传的。莫批这里面就含有哈巴了。是连在一个范围内的。

刘：那哈巴除了一个人唱以外可以比赛什么的吗？怎么分出输赢来？

倪：可以比赛的。唱的时候两个人就分别讲道理了嘛，道理对的那个人就赢了。

刘：那刚才您说的那四个层次里的哈巴都是一直就传下来的了吧？里面的那些话要怎么说都是自己记下来的？

倪：嗯，是的，是祖传下来的。

刘：那是不是有着哈巴的这个调子也可以自己编一些歌出来？然后这样编出来的歌因为有着哈巴的调子所以也被叫作哈巴？

倪：是了。要是符合逻辑的也可以自己编。

刘：嗯，好的。那我们唱哈巴的时候开头是怎么哼的？

倪：开头么就是"萨……拉……咿……"这么哼的。

刘：这几个字有什么意思吗？"萨"和"咿"是什么意思？

倪："萨"就是好玩,这个音好听,大家来听,"咿"就是大家来了,好了,个人来唱了。

刘:哦。那我们哈尼族的歌除了哈巴以外还有哪些种类啊?像是他们说的还有山歌"阿茨"啊退鬼的时候唱的歌啊之类的?

倪:我们这边叫"阿白咕"(alpevq guq),不叫"阿茨"。这些都是在哈巴里面的。

刘:就是那些青年男女在野外唱的谈情说爱的歌也算是哈巴吗?不是说哈巴和它要严格区分开吗?

倪:不是的,它么就是"呃……勒……"这么唱了嘛,就是归在哈巴里的了。哈巴是总体,所有唱出来的都叫哈巴。总称么就是哈巴卡了嘛。里面的分类是因为说话方式、对象不同而分开的。

刘:哦,原来是这样的,我知道了。谢谢大爹跟我说了那么多东西,以后还要多向您请教的。

"哈巴"释义:拉力村小阿爷杨仲机访谈录

访谈对象:杨仲机(我外婆亲妹妹的丈夫)

访谈者:刘镜净

在场者:外公周顺德,舅妈普三能,小外公,二外公,舅舅(杨仲机之子)

访谈时间:2006年2月14日晚

访谈地点:元江县因远镇卡腊村委会拉力村民小组杨仲机家

刘:阿爷,你自己给会唱一点哈巴?

杨:不会不会[坚决,摇头,众人笑]。

刘:一点都不会唱?你,你会听成这样,怕是会哼一点吧?

杨:不会哼不会哼。

\ 舅妈:刚才唱的会听一些不是吗?

刘:对了嘛,你最会听了我看着。

\ 外公:会听,那里唱的那些么他会听。

杨:但是我不会唱,那个。那里,那里,他的那个,他的那个是哪一条，么去哪一个方向那个么会听。

刘：哦，他唱出来前面你就认得了，这个是应该朝哪边走，下边该接着哪样了这样。这个么就是听得多了，从来嘎，天天听么这样。

\ 周：上前那个听不清楚嘎，咋个咋个呢。

杨：那个是要有接头么要有尾了嘛，那个。一个是补充的也有，重复的也有，他那个是。听去听来还是说的那些了，说的么。说去说来说那些的了。

刘：呵呵，么你觉得**哈巴**对你来说给重要啊？

杨：嗯，这个，布孔的这个上么，嗯，重要的了。

刘：重要嘎。

杨：布孔的这个重要的了。

刘：你生活里面如果没有哈巴么反正，就还是，还是有影响嘎？

杨：还是有，有，思想上就，就，好像是疲劳一样的了。

刘：思想上疲劳了？

杨：嗯，思想上疲劳［舅妈笑］。不高兴那份，那份咋个咋个的了嘛，那个就，晓得以后么就是说，一天到晚是这样的，在得了嘛。

刘：嗯。

杨：如果晓不得的人么，就，憨不噜出这样的，单个的吃力了嘛。晓得的人么是，嗯，这个，肚子都不饿了的，哦，一天的贝那个，唱那个了嘛嘎。么，一句么是伤的也有，高兴的也有，样样的那个掺的了。么过去的事情是咋个样的，越发说么越发好听了嘛。

刘：嗯。么，么，唱唱哈巴能起到哪样作用啊？它能起到哪样作用啊？对……

杨：它起到，对人上起到的，对人的……

刘：有哪样作用？

杨：高兴的作用了。

\ \ 舅妈：高兴的作用，么他还会说嘛。

\ \ 刘：［转过头对舅妈］是，这种就是会说了，就是这些他们会说了，因为他们懂了嘛。

杨：嗯，高兴的作用。意思么就是山歌了呢，意思么就是说。

刘：哈巴就是山歌了芥？

杨：**山歌**，嗯。

＼外公：嗯，山歌也哈巴么哪样也哈巴了。家头唱的那些也是哈巴了。

刘：哈尼话"哈巴"的意思就是"山歌"这样了盖？

杨：嗯，山歌了。

刘："哈"跟"巴"给可以拆开来说啊？哈巴哈巴给可以分开来说"哈"是哪样意思"巴"是哪样意思的那种给可以啊？么是不能拆开？

杨：哈是，哈是，**多**想的了。

刘："哈"是哪样？

杨：哈是**多**，**多想的**。

刘：多想？

杨：嗯，多想出来的。那个**多**字那个……

刘：哦，"哈"是多这样？

杨：嗯，那个，**巴**字是文的那份了嘛。

刘：闻？拿鼻子闻的那种？

杨：不是不是，这个"**文**"字了，文化的那个（用手在桌上写了个"文"字）。

刘：文，文化的"文"？么，"哈巴"就是，一个是"**多**"，一个是"**文**"这样么，么"哈巴"咋个会是"**山歌**"这样么？

杨：成掉山歌掉了，那个。

刘：哈巴的这个哈"多"是哈尼话里面有这个意思嘎。

杨：嗯，哈，哈，哈字是多的了，多的了。

刘："哈"是，哈尼话里面有"多"的意思？

杨：嗯。

刘：比如说，（转向众人）给有？

＼外公：啊，不是不是（摇头）。

杨：是！

刘：么"巴"咋个是"文"啊？

杨：嗯，巴是文了。

刘：**文化**的那个意思盖？

杨：嗯，文化意思。**欢乐**的意思啊。**欢乐**啊。

刘：不是，但是么我是问哈尼话里面哈不有得"**多**"的意思吧。

＼外公：你给有写起来，你念瞧，他说的那个。

刘：就是……

杨："**多**"，或者是"文"。

刘：**文**，文化的**文**。

\ 外公：**多**、文嘎？嗯，不合。

刘：意思么就是里面，哈巴里面有好多文化那份样的？好多知识在里面那份的［笑］？

\ 外公：不是不是。不好解释，这个。

刘：意思么……

\ \ 外公：**哈巴**这种的不好解释这样说的啊，**哈巴**的说么＿ ＿ ＿

\ \ 舅妈：么单独的说的时候么可能是这个意思，但是两个连起来么就不是这个意思。

刘：就是，你的意思是单独地说"**哈**"可以说"**多**"，"**巴**"可以说"**文**"，连起来就是"山歌"的意思？

杨：嗯，连起来山歌的意思了。

\ 外公：不是吧……［舅妈笑］

杨：嗯，连起来山歌，--- 哈巴么连起来山歌。

\ \ 小外公：哈巴么……

\ \ 舅妈：个个都在怀疑他了。

\ \ 刘：呵呵，就是了。

\ \ 外公：哈巴么字不是这样说的，不合不合。

刘：意思你觉得可以拆开来解释嘎？还是可以拆开来说这两个字的意思但是并起来么是山歌这样？

杨：嗯。

\ 外公：不是这样吧？

杨：是，就是这样了。"哈"字么"多"的意思了……

刘：［笑］么，我觉得我家阿公今天说的那个还有点意思，就是他说，"**哈**"就是一百两百的那个"**百**"了嘛，然后么"**巴**"么就是经过我们说出来么就是"**说话**"的那个意思。给是？

杨："**抬**"这样的……

\ \ 舅妈：都是一样点的意思嘛。

\ \ 外公：［笑］"**巴**"么不是"**抬**"了么是哪样啥，"**巴**"这样的么……

＼＼舅妈：差不多点，意思么。

刘：不是，"**巴**"的那个"**抬**"跟哈巴的这个"**巴**"不一样。

＼外公：不一样这样嘎。

刘：发音都不一样是。一个是重重的"**巴**"……

＼外公："哈巴"这样的不好解释的了嘛……

杨："哈巴"的么"多"字了嘛，"哈"字的意思，"多"那个"多"字……

＼外公："多""文"嘎？

[外公仍然怀疑，杨很着急的样子，我和舅妈大笑]

杨：那两个字凑起来就不合掉了。不是，"哈"字就是"多"的意思了。

刘：哈尼话里面，在哪句话里面，比如说你举个例子说就是"**多**"那个意思？

杨："多"的那个是，他是，从中他就，扩大了嘛，他的那个话就扩大了。一个名字可以扩大两个，他的那个哈巴惹的那下了嘛。他就可以扩大了嘛。可以说小，他的那个。

＼外公：哦，要这样解释的那份。

杨：又说小，又扩大。又可以说大，可以说小。他的那个。

刘：一个字，但是你可以在哈巴唱的时候你可以给它说成两个字，可以说大……

杨：嗯，两个字，还是个个佩服。哦，这样的了嘛。个个佩服，那个。他有口才了。口才，脑子，要灵的那个就扩大了。

＼外公：就是"哈"字了嘛？

杨：嗯，"哈"字了。不会扩大的那个是咋个么咋个的去了的那个了。"**哈**"么脑子要灵了。

＼外公："**哈**"的意思么我说么是哈么＿＿＿

杨：多说也可以，少说也可以了嘛。扩大也可以么说小也可以。

＼外公：么"其哈""尼哈"的"哈"也是叫"哈"了嘛。

杨：嗯，哈了，一总的都是哈了，那个。

刘：嗯，"其哈""尼哈"一百两百这种了嘛。

杨：嗯，一百两百的。那个么那个的了。

＼外公：那个么那个的了。那你说的那个更准了。

　　刘：也可以说你说"其哈""尼哈""哈"一百意思说"**多**"这样还不是那个意思了嘛。

　　杨：那个是那个的一台了。

　　刘：哦，跟你说的又不一样了。

　　杨：不一样不一样。

　　\ 外公：**一样了**。"**多**"字跟……

　　杨：不一样不一样。那个跟"其哈""尼哈"的那个"哈"字么……

　　\ 外公："其哈""尼哈"一百两百么"**多**"的不是吗。

　　杨：不合不合，那个。

　　\ 外公：不合嘎。

　　杨：不合不合。

　　[我笑]

　　\ 外公：不怕呢一。

　　杨：那个是明明的，一百两百"其哈""尼哈"那个是死死地在着了嘛嘎，这个"多"字的那个，那个哈巴的那个是不在，一个上都不在。反正，他，想的。

　　刘：哦，这个"哈"字，其实真正的说起来哈尼话，"**哈**"这样"**多**"这样不有得这个意思，但是么你自己可以想得到"**哈**"就是"**多**"这个，后边它隐含着"**多**"这个意思？

　　杨：嗯，多的意思了。

　　\ 外公：我们么不会解释。

　　杨：么这个了嘛，会说的那个么说多一点也可以，说少一点也可以，道理么一样了嘛。说去说来道理还是一个。这个"哈"字是口才好，听过的多，么话就长，

　　\ 外公："多"字嘎。

　　杨：嗯，"多"字。话就长了，那个。各方面会说了嘛，嘎。不是么纯粹的那个，现在说的那个天和地一样的，那个说了半天还是天和地了，说去说来，但道理还是一个。

　　刘：嗯，是了。

　　杨：但那个会说的那个么一天到晚的会说的。哦，[转向我外公]"哈"字么就是这样，"哈"字了嘛。[转向我]么那个"文"么就是"文"了嘛，出来以后么，人也是人了，森林是，这个，树是树了，这样

定下来了嘛，它就定了嘛。哦，定下来么就"文"了，那个。

刘：定下来的是"文"的意思？［杨点头］这个"文"是"文字"的意思，给是说跟它固定掉的意思？

杨：嗯，固定掉的那份了嘛。

刘："**哈**"么是"**多**"，它一个可以唱成两个的多，但是么"**巴**"就是唱出来掉已经定下来了，这个是这个那个是那个这样唱定掉了？

杨：是了，唱定了唱定了。唱定掉了。"文"这样了嘛，它就不动了呢，树是栽活掉就不动了，这样就不会动了呢。

刘：前面唱，多多地唱出来以后么，后面就唱出来以后就定掉了。

杨：定掉了，定死掉了，

\ 外公：文化的那个文不是吧？

杨：那个了呢，这样不是么不有了呢，文。

刘："文"就是定下来的意思。

杨：嗯，定下来的意思，定掉了。这阵是，太阳出来了，这样太阳说给你么，太阳出来的定死掉了。

刘：么你咋个想起来用文化的那个"文"字啊？

杨：这个不是么不有了呢，"文"字。［我笑］不有了不是芥？定掉了，定死掉了。

刘：哦，给是"稳稳"的那个"稳"？

杨："稳稳"的那个"稳"了。

刘：哦，我还以为是文化的那个"文"。

\ 外公：我说上前是"稳"么是"文"。"**稳**"这样么还差不多。

杨："稳"么就是定死掉了嘛。

刘："**巴**"有得"**稳**"的意思？哈尼话里面？

杨：是了嘛是了嘛。

刘：除了你现在解释的这个以后就是，就是平时说话的时候那个"**巴**"给有得"**稳**"的意思？不有得吧？

\ 外公："**稳**"这样嘎？

刘：单有得"**抬**"这样吧？

\ 外公：做个事情稳定了这样的那个嘎？

杨：嗯，稳定的"稳"。

刘：嗯，给可以说"**巴**"这样？

\ 外公:嗯,"巴"就是说这个了说,"**稳**"这样这个。

刘:平常说话有得这个意思?"**稳**"这样的?

\ 外公:啊,不有,这种样的么。"稳"这样的么……

杨:[对我外公]说话的稳么不稳了。说话是那个"哈"字上去掉了。说话是"哈"字上去掉了。

刘:哦,"哈"字是说说话的时候,唱的时候?

杨:唱的时候去掉了,说话么。

刘:但是唱出来以后就变成"巴"字这边管了?

杨:那个"巴"字么是各人的手上么各人的去,各人的人么各人上给掉了。

\ 外公:这一条了,这两句话翻译不过来的就是这一条了。

杨:那里在下掉了。"巴"字么那里在下掉了的。这里说一句么那里在下掉了的。[拿起面前的水杯]这个杯了嘛,这个茶叶是,茶叶了嘛,茶什么**好吃**这样的在下掉了的。哦,这样的出来了的。就是"巴"字在下了。

刘:嗯,嗯。

杨:茶叶么,[左手拿起一包烟]如果烟上去唱上去么,烟出来么,[右手抬起茶杯]这个那里在下了,这个不要了。么,么烟上去掉么,哪样去了么,这样了呢。这样不是么不会讲了呢。

刘:太会解释了[笑]。

杨:"巴"字么一句了嘛。这个上唱一句么又"巴"字掺一个了嘛。那里在下了。么那个多想的,"哈"字么就,不会在下的,"哈"字么那里想出来了,那里一套一套的。天上说么天上说,地上说么地上说,这样的在下了的。么那个"巴"字么,那里他会编了,那些脑子会灵的那些,口才好一点的那些,就编出来了。[指着茶杯]这个茶杯是咋个的,还会来,还有**问**一,问了么咋个的,哪个整的,这样一套一套的。么个个"哈"字上带着,"巴"字上带着。"巴"字是那里在下了,那个,"哈"字么不会在。"哈"字么是,

\ 外公:"多"的意思了。

杨:嗯,"多"的意思了——,咋个会想么咋个唱。

刘:所以么,通过这种方法整出来的么都叫哈巴这样的?

杨:嗯,都叫哈巴了。么这个哈巴是哪个的真哪个的假的不会有。

哦，哪个的不有。个个都是，反正爱听的么就是这样的听了。你的么合我
的么不合这样的不会有的了。

　　\ 外公：嗯，公说公有理，婆说理更真的那份了。

　　杨：嗯，*这样的了这样的了，真真的这样的一个都不有。*

　　刘：嗯，你可以跟他争，你可以跟他，他唱的时候你可以打断掉，但
是么不可以说他唱错了这份？

　　杨：嗯，唱错了这样不能说。嗯。

　　刘：嗯。唱得好的……

　　\ 杨：［小外公说了几句听不清的哈尼话，杨摇头摆手］*嗯，不是不
是……*

　　刘：虽然不有得对错，但是么可以说哪个唱得好，就是他，他会发
挥，他，他会，会脑子更灵的那份么……

　　杨：嗯，那个，次级的那个让开掉了，那个。

　　刘：嗯。

　　杨：有些，有些，有些，唱得不对的那个了嘛，那个嘎，［看着我外
公］哈巴唱的时候了嘛，要要要，对象要活（"对"的意思），么就，一
个么是**问**，一个么是**教**，这个样的呢。像，他教我来学么，我就是说，
嗯，晓不得的那个上去掉了。他么认得么，他就教出来了。哦，这样的
呢。［小外公又有点疑问的样子，杨转过去对他］*哈巴啊，这个么教，这
个么学，哦。那个，那个，说着说着么是，那个，最后，最后，那个完了
的时候，他就，他就说给你了，你么可以了可以了这样的。这样的了嘛。
么，这种，人家老实——会的那个么，人，拢来了。哦，人会拢来。哦，
那里，那里，这个，真真的哈巴的时候么_ _ _*

　　刘：嗯，么，唱哈巴，哈尼族唱歌的这种除了哈巴以外给还有其他的
啊？唱出来的？么是所有的唱歌的都叫哈巴啊？

　　杨：哈巴了，所有的哈巴了。

　　刘：所有的都叫哈巴嘎？

　　杨：所有的哈巴了。

　　刘：就，除了哈巴唱的这种以外其他的就只有贝（念诵）的那种，
退鬼的啊，就只有得哪样的这份了嘎？

　　杨：嗯，其他的么---，其他的不有了。

　　刘：反正只要是唱，只要是我们现在认得的唱歌都是哈巴？

杨:哈巴了。

刘:嗯。

\ 外公:山歌家歌都是哈巴了,嘎。

杨:哈巴了哈巴了。

\ 外公:嗯,是了。

杨:将将说的那个,那个退鬼的那个么退鬼的那个,另外一套了嘛,那个。

刘:人死的时候女的女的女的去哭的那种那份不是唱歌嘎,不算唱的……

\ 杨:那个不算唱歌,那个。

刘:是,一面哭着一面说话嘎,一面说……

杨:那个是诵的。

刘:诵?

杨:嗯,诵的。那个么诵的。

杨:么这个么,这个,人死的时候么是,一总的,小娃娃死也好,大人死也好,都是阿爹阿嬷的叫,一总是阿爹和阿嬷。

刘:嗯。

杨:**娃娃**的也不叫了,这个**大爹**的也不叫了,就是阿爹和阿嬷了。

刘:哦。

杨:它的那个。[看着我外公和小外公等人] 就是这样的了。

\ 外公:嗯,是这样的是这样的。

杨:哦,阿爹阿嬷的不是么不叫。[外公点头] 这种就是诵的。么这个,诵了以后 - ,单个咋个在下的,这样的了。

刘:嗯。

杨:哦,单个咋个在下……

刘:么,唱,唱哈巴的时候开头给是要哼一声"嗯 - "么是咋个样的哼一声才开始唱?

\ \ 外公:哼的?

\ \ 刘:就是,哈巴先要叫一声……

杨:"呃 - "的叫的……

刘:要先叫一声才开始唱哈巴嘎?

杨：嗯。

刘：反正一听见这声你就认得是要唱哈巴了?

杨：嗯。

刘：给有的人是不哼也可以开始唱的那种?

杨：可以唱。

刘：哼不哼都无所谓了?

杨：那个是，哈字说，那个是，哈哈的那个是，呃呃地叫的时候，那个是，有对手的……

\ 外公：说话的一样的可以说一两句了……

\ 杨：有对手，那个。

\ 外公：哼出来都得，得么。

刘：要，要哪样?

杨：有一个对手的。

刘：队，队形?

杨：不是，两个!

刘：哦，对手?

杨：哦，两个对手。么呃－这样的得哼。

刘：哦。

杨：么不有对手的那个直接的了。

刘：有对手的话么你先呃－的哼么你唱完掉么那个人又接着你的又开始唱?

杨：嗯，接了嘛。又接过来么又，我上，我上，我的责任啊，么我又唱出来了嘛。

刘：嗯。

杨：么他上不会听的人么，我的责任，我唱也是，哪个上对这样的会唱出来，那个。么会听了嘛，人家。我的责任了嘛这个样的，他就直接的，他就唱出来呃－的唱出来那个。

刘：嗯。

杨：他不有责任的那个么听不出，这样的在下了。

刘：嗯。

杨：一总的了＿＿＿

刘：就是，哈巴有一种就是平时款白（聊天）的时候唱的那种哈巴嘎?

　　杨:嗯。

　　刘:平时我们像这样坐着也是,也可以有人来唱一段了嘛? [杨点头] 这个时候唱的里面唱的那些内容是自己当时编的么还是唱前头的那些,哈巴里面的那种拿一段出来唱啊?

　　杨:哦这个是……

　　刘:我们坐着款白的时候唱的那种?

　　杨:这个款白的唱的那种是……

　　刘:他唱的还是以前的那种内容还是说,他当时可以自己编词?

　　杨:不是,以前的内容以前的内容。

　　刘:都是以前的内容啊?

　　杨:嗯桌子的内容。桌子上了这个。[抬了一下碗]

　　刘:哦。

　　杨:桌子,这个桌子上。桌子和这个菜碗,酒碗 [将酒碗抬起] 这个上唱的了。

　　刘:么在火塘边唱的那种它唱的还是桌子上的事情?

　　杨:那个火塘边的那个是,款白的意思了。

　　刘:么那个时候唱的……

　　杨:教的教的。那个是教的。

　　刘:那个内容是唱哪样啊? 也是固定的内容以前的那种么是自己编的?

　　杨:以前的。

　　刘:它,意思哈巴里面不兴自己编词?

　　杨:嗯,那个是,多想出来的那个么可以编。但是,那个……

　　\ 刘:编的,编的是……

　　杨:但是那个,那个,道理上就不会编了,那个它。[小外公反对,杨转过去] 哎,不会编不会编。

　　刘:哦,意思,它,总的……

　　\ 杨:这个,款白的时候么,多想出来么,他又多想的,那个,那个么,哈,那个么出来了嘛。

　　刘:嗯。

　　杨:不是么那个词不会编,词不会编。

刘：意思，它，大的还是，固定的，以前的。但是么，它可以，比如说，自己给它整了唱长一点啊，内容唱多一点啊，但是么，大道理么还是要顺着以前的?

杨：嗯，一样一样。

刘：一样的嘎?

杨：一样一样。过年么过年的，嗯，祭龙么祭龙的。它的那个唱下来的。

刘：他们说的是，比如说，我问着他们，有人，嗯，比如说两个人可以唱，拿哈巴唱，嗯，款白玩的，呃，你从哪点来的啊，然后么那个人说从哪点来么你叫哪样名字啊，一样样的都可以拿哈巴的那种唱着问出来。给可以啊?

杨：嗯，可以。

刘：么这个时候就是自己编的那种词咯?

杨：那个不是不是。那个它有一个道理的。那个有一个道理的。那个是，从哪里来，先问的。路么三条路，你哪一股上来这样的，么你是哪个寨这样的问下去。哈巴么这样的了。意思么是这样的。[跟小外公说] 叫嘎—图 [ka^{55}thu^{31}] 嘎。嘎－图的叫的。

刘：哪样东西?

杨：嘎－图的叫的。

刘：嘎－图。[我学得不太标准，外公他们在一旁笑]

杨：嗯。

刘：是哪样东西啊?

杨：嘎－图么就是说他就问了嘛。问的意思了嘛。

刘：嘎－图就是款白的时候问这样嘎? 这个算哈巴里面的?

杨：嗯，哈巴的了，嘎－图了。

刘：是了。

杨：一段了，那个。

刘：嘎－图就是款白问你从哪点来你叫哪样哪样专门有一段?

杨：嗯，是了是了，有一段了。

刘：哦－，我还以为这个是单个编出来的怪不得也是有。

杨：单个编的不是。这样的了。

刘：嗯，这个也算哈巴的一种?

杨：嗯，哈巴了。

刘：这个给归在前面的那些哈巴里面？就是……

杨：啊不是，这个是最后的。这个是一般的在，嗯，反正三十岁以下的。

刘：哦，三十岁以下的人唱？

杨：这个么大人，大人不用。三十岁以下的。

刘：哦[恍然大悟状]，这种给是在山上唱情歌的那份的问你从哪点来……

杨：是了是了，那个了那个了。

刘：哦，就是像年纪大一点的人平常不用？

杨：不用不用，这个不用。

刘：这个也算在唱情歌了嘛，这样么？

杨：嗯，情歌了，这个山上唱的，嗯，山上唱的。么这个，人家唱唱玩玩的时候唱的了，这个。

刘：哦。

杨：唱唱玩玩。

刘：是了。

……

附录二

田野研究报告(节选)

田野研究的反思

在到北京上大学之前，我对自己的民族身份还处于一种不自知的状态，几乎不会想到自己还是个少数民族，还是个哈尼族。因为那时身边的同学朋友大多是少数民族，别人不会因为你的族别而觉得你有什么不一样的地方。上了大学后，有了来自五湖四海的同学，第一次班会就要介绍自己是什么民族。接下来几年的生活里，遇到什么新朋友时，人家就算不问你的名字也一定会问你是什么民族；还有许多活动是以民族为单位举行的。时间长了，你就会觉得好像大家都很关注你的民族身份，这就是你和别人不同的地方，结果自己也变成了那种喜欢问别人是什么民族的人。就是从那时起，我渐渐开始有了自觉的民族意识，意识到自己是一个哈尼人，开始关注这个民族各方面的情况。但是我从小在县城长大，只有寒暑假或是过年过节时才会回爷爷奶奶和外公外婆家，而且我一直接受的都是汉语教育，爸爸妈妈也因为支系语言不同在家里不讲哈尼话，导致我母语能力很差。没过过真正的农村生活，加上语言能力不行，使得我虽然对自己的民族很有感情但其他各种感触并不很深。直到读了硕士，有了这几次田野调查的机会，我才对这个民族的方方面面都有了更清晰的了解，真正有了民族身份的认同感。

例如，莫批是我现在主要的访谈对象，我到村子里接触得最多的就是他们。但在做"哈巴"研究之前，我一直都挺畏惧他们的。因为小时候都是家里有什么不好的事情发生了才请莫批来，他们会念着别人听不懂的咒语施展法术，我从不敢靠近一步。自从选择了口头传统，选择了"哈巴"作为我的研究方向后，我才知道原来莫批才是哈尼文化最主要的传承者。因为缺少文字记载，如果没有莫批们代代口耳相传，或许我们今天会不知道哈尼族的历史，不知道先祖们的英雄事迹，不知道家族的兴衰成败。现在我和不少以前采访过的莫批们关系都很好，不再觉得他们可怕了，只会更加尊敬他们。听了他们给我讲的东西后，我对自己民族的传统也越来越有感情了，觉得它们已不再是书本上干巴巴地记载着的东西，而像是我的先祖们做过的活生生的事情。

　　还有那些可爱的村民们，我对于他们来说是个陌生的外来者，可每次见面他们都会非常热情地和我打招呼，有什么事情时他们也是不遗余力地帮我，把我看作自己人，这真是让我很感动。看到村里人和我聊天时很自在地靠在柱子上、坐在门槛上，妇女们忙着手里的活计，不时也会凑过来听听我们在说什么的情景，我就会想到他们到城里人家做客时，虽然穿得很干净整齐，但仍然掩饰不住浑身的拘谨与不自在。这时，你才会真正觉得那里才是他们所熟悉和享受的环境，城里条件再好也不是他们的家，只有在村里他们才能展现出最自然的一面。

　　另外，经过几次田野后，我对自己也有了新的认识。因为家里只有一个孩子，所以我从小没吃过什么苦，家里人都担心我一个人去田野调查能不能行，亲戚朋友都说要帮我联系乡镇领导，让他们派人陪我。最开始时我自己也有些担心，不过还是没走上层路线，外婆家附近的村子就由外公作为主要的协力人一起去，其他地方联系好村里的熟人后就自己去。结果每次田野调查我都挺能融入当地村民生活的，和他们相处得很好，甚至于他们和别人说起我时还经常夸我。所以，我父母现在对我很放心，我也觉得自己的生存能力和适应能力得到了锻炼，就算以后不做学术研究了，我也可以很快地适应其他领域的工作。

　　而关于田野研究本身，即使有了系统的学习，我自己在实际田野中依然走过弯路。基于实践经验，我觉得若要有效地进行田野研究，以下几点值得注意。

　　1. 如果条件允许的话，田野进度最好不要安排得过于紧密，要留出时间让自己消化理解田野中采集到的材料，以明确下一步工作方向。这一点很重要，我在水龙就因为没整理清楚思路而晕头转向地做完了几天的田野，错过了就重要问题进行追问的好时机。田野中所能获得的材料可能会出乎研究者的意料，有时甚至一个小小的细节都至关重要。这时候，如果没时间沉淀，没认识到材料的价值，想清楚它意味着什么，轻则在以后的田野和研究中多绕弯路，重则会导致最后得出错误的结论。

2. 一定要努力真正做到"假设无知"。"假设无知"这四个字说来简单，做起来可不易。切记，田野之前的理论预设仅仅只是一种预设而已，万万不可自以为是，以为自己已经知道了真相，在田野中就是去验证而已。如果有这样的想法，田野时就会很容易不自觉地"过滤"掉某些声音，只对自己想要的特定信息敏感，而这显然可能会造成材料的不客观，直接影响最后的结论。

3. 田野研究告一段落后，最理想的状态就是能在当地将自己研究报告或论文的初稿拟出来。有了从研究全局考量的眼光，研究者便能较容易地发现自己还缺哪些方面的材料，哪个问题当时以为弄懂了问透了，但写作中却认为还可以再继续深挖的，等等。这样，研究者就可以很方便地就后来发现的问题再一次进行回访，不会出现返回自己所在地后才意识到问题，此时又得等待下一次合适的时机才能再到田野点的情况。

结　语

此次寒假田野调查为期 17 天，由于要跑四个地方，所以除了水龙和拉力两地待满了一周外，咪哩我是当天去当天回，小拉史是来回一共两天。虽说就算把我之前所有田野时间加起来也不能和人类学者们最少一年的田野时间相比，可对于我这个刚开始慢慢学习自己做研究的新手来说，在这段时间里还是获益匪浅的。治学之路是十分漫长的，仅凭这区区几次田野调查的所得或许并不能解决什么大问题，因此这种获益不仅仅指的是学术研究方面，还包括田野调查过程中一步步加深的对自己民族传统的理解，对自己研究中所遇到的人的理解，对自身的认识，以及对田野研究的反思。而这篇田野访谈报告的写作，也让我深刻地意识到田野研究是一系列的过程：从进入田野之前的各种案头准备工作到真正进行实地调查，再到最后根据田野中所获得的有效材料进行田野研究报告的写作，都是这个过程的必备环节。

最后，本书所论及的内容仅就我 2006 年冬天的田野研究而言，并未将某些基于之后材料的思考纳入其中。不过，要真正解决我的两个研究目标——"哈巴"一词的释义情况及其文类界定，或许不是一篇田野访谈报告或是硕士学位论文可以做到的。因为遥远时空的阻隔，我们早已习惯某些答案的混沌不清，在这种情况下，要追寻到真相极其不易。况且，这个真相只能像巴莫老师的"走近史诗传统"一样，无法说"昭示"，只能"走近"。所以，即使最后在我这里不能得出什么让大家信服的结论，我也希望自己的田野研究能够为共同探寻哈尼族口头传统、探寻"哈巴"奥秘的同人提供一些第一手田野材料，为"走近真相"献一份力。

图31　山顶上绿树包围的哈尼村寨

田野日志(节选)

······

2006 年 2 月 1 日　晴　有紧张感

虽然明天才正式下到村子里，可此刻我已有田野的心情了，这就算是我的第一篇田野日记吧。

计划不如变化快，这句话真是太适用于田野了。本来是定了明天出发，目的地是外婆出生的那个村子。可晚上八点多钟，一个弟弟，妈妈以前的一个学生给我打来电话，说他们家一个亲戚去世了，明天是最热闹的时候，后天就抬出去了，问我去不去看，我当然只能选这一头了。

收拾好了各种物品，就等明天一早出发了。不是第一次田野，但还是有些兴奋和紧张。希望这次能有所斩获。

2006 年 2 月 3 日　晴　没看到 natural performance······

想好这次一定要坚持每天都记田野日记的，没想到第一天就落下了。

昨天上午不到十点我就到杨晓林家了（羊街乡水龙村），我自己从公路边下车走了一截进村然后找到他们家大门口的。后来晓林跟我说，他妈妈用哈尼话小声跟他们说："这个小姑娘还不错嘛，自己都能找到门。"哈哈。不幸的一点是，跟我想的一样，丧事已经开始好几天了。也许是我以前没说清楚，晓林直到他认为是最热闹的最后两天才通知我。

白天事主家没什么活动，晓林和另一个弟弟（杨德征，也是妈妈的学生，同村）就带我熟悉了村子及周边的情况，又去了几个他们亲戚家串门，算是把我正式介绍给了水龙人。快四点时杨德征的女朋友业江梅从另一个县来他们家玩，我们到公路边接了她，随后几天大多时间都是他们三个陪着我做田野。

有丧事发生时,由于奔丧的亲友众多,还有许多是外村的,所以事主家的亲戚及邻居都要帮忙一起准备伙食。我们被分配到晓林的舅舅家吃晚饭(这里的亲戚关系复杂得很,通常都可以从几个方面亲。像这个舅舅是晓林母亲最小的一个弟弟,可他娶的媳妇又是晓林姑表亲的亲表姐。所以我也随着晓林,一个叫舅舅,一个叫表姐)。晓林爸爸妈妈没跟我们一起,他们几个大人拖了一只黑山羊到另一家吃去了。这只羊叫"当陪"(taŋ⁵⁵phei³¹),是舅舅家要出的份子。这里的关系还有点复杂,晓林给我解释了半天才说清楚。哈尼族老人去世时,儿媳妇娘家要来很多人,要给比较重的礼,例如牛、猪、羊之类的。这次过世的老人是晓林的爷爷(晓林亲爷爷家有五个儿子两个女儿,这个爷爷是小女儿的丈夫,不过,他又是晓林外公的亲弟弟,真是亲戚套亲戚),他有两个儿子(姑娘不计算在内),小儿子三十多岁了还没结婚,晓林家算起来是他舅舅家,既然没有媳妇,就只有舅舅家来出这份礼了。所以,晓林爸爸的几个弟兄凑钱买了这只羊(上午才从集市上买回来的),拉去给事主家。

图32 黑山羊"当陪"

吃过晚饭就要到事主家门前去"打莫搓"了[莫搓(mo³³tsho³³)是我们哈尼族的一种舞蹈,有鼓、号、镲等乐器伴奏,有人去世时跳]。当晚的莫搓要跳通宵。过世的是晓林的爷爷，所以即使其他人不坚持跳，晓林家这边的人也得一直跳到次日清晨，不能让死者家门前冷清下来。

　　快到事主家的台阶上放着一只被打死的小猪，上面撒着一层稻谷，想起了在美姑看到的杀牲场面。

图33　用于祭献的小猪

　　事主家女儿一看我和江梅是跟晓林他们一起去的，就把我们俩拉过去说："晓林家来的人也就是我们亲戚了，来！"说着拿起旁边的孝布就给我们头上腰上各缠了一根，让我们跟着磕头。说实话，我长那么大还从来没戴过孝，当时心情好惶恐，担心这样会不会不好。晓林跟我说戴孝的意思是死者会保佑你，只有亲戚才能戴两根，我这才轻松起来。

　　天渐渐黑下来，鼓手、号手等一众人都到齐了。乐声一起，大家都纷纷开始围成圈打莫搓。人挺多的，一边围了一圈。一圈主要是女的跳，一圈是男的。不过后来也有男的去女的那边跳。我和江梅从没跳过，也硬是被拉了进去，滥竽充数地跟着瞎动。以前看书上写哈尼族舞蹈动作都很古朴，模仿的是熊啊什么的动作，原来真的是这样。不过这种没有章法的舞蹈也能分出好坏，我看晓林他爸爸跳得就很好看，晓林可能遗传到了，在年轻一辈里跳得也算是好的。也许是鼓励我想叫我多跳一会儿吧，我也被小赞了一下，哈哈。

　　跳了一会儿又到吃夜宵的时间了。我们还是到晓林舅舅家吃。下去之前看到了主持这次丧事的莫批,也是晓林的一个爷爷,叫龙浦沙。他好忙的,我抓紧时间做了自我介绍,然后就赶忙问他什么时候会唱哈巴。他说第二天上午10点左右唱。我再三确认了时间,才放心地去吃夜宵。

　　在晓林舅舅家等着开饭的时候,我主动和他们家几个来吃饭的女的聊天,想有可能的话做个一般民众的访谈,可她们都害羞得不愿回答我的问题。其实我也就是正常聊天而已。看来要让别人接受我真需要一段时间,不管我和这里的某些人再怎么熟络,对于大多数人来说我仍然是个外人。要让他们能够很放松地和我聊天还得再努力。

　　吃完夜宵出来,老远就听到乐器声了。等我们到了事主家门前,已经有人在跳着了。我们也很积极地跟着跳起来。

　　打莫搓的同时,有一群妇女在屋门口候着,隔一阵就过来给跳的人灌酒。一般被灌的都是较年长的人。她们瞅准目标后就一拥而上,拉手的拉手推背的推背,根本由不得你反抗就把酒强行灌到你嘴里了。事主家的房子比前面的空地高,进屋要上台阶,她们就一竖排地站在台阶上等着,很好看,我拍了好多张照片。

图34　灌酒的妇女

　　期间曾闪出圈子想跟村里人攀谈一下的,可乐器声音实在太大,讲话很费劲，遂放弃了这个想法，就一直跟着大家跳。半夜有些冷，晓林舅舅他们几个男丁拿了柴火来，在屋门口生了好大一堆火。晓林舅舅吃饭时挺腼腆的，可他看见我拿着相机拍他们，不知怎么突然很放得开地围着火堆跳起来，摆了不少造型，好可爱。

到三点多时，晓林把我叫到一边，说让我和杨德征的女朋友先撤，他们俩随后掩护。我担心走了不好，他说小孩子可以先走的，大人跳着就行。我一看，确实，跟我们一般大的几乎都走了，于是就撤了。

回到家洗洗整整就凌晨 4 点了。我被安排在了他们家最大的一张床上。想着他妹妹会跟我睡的，可那时她已经和妈妈一起睡着了，我就一个人睡了那张大床。躺下后脑海里也闪过了田野日记这个概念，可实在太晚了，只好一边自我安慰一边逼自己赶快睡觉了……

早上醒得很早，7 点多就睡不着了。晓林和晓芬都还没醒，没叫他们。问了晓林妈妈，她说一早确实没什么活动，我就自己在村里溜了一圈。村里的人都好热情啊，会叫我进屋去坐。许是昨天看我跟着大家玩了一天，对我熟悉多了吧。

回来和晓林家的阿黄玩了一阵（阿黄是一只大狗，对我可亲了，他们家邻居都会被咬，但第一次看到我就对我摇尾巴，好得意，嘿嘿），9 点多了，他们还没起，晓林妈妈要上去帮忙，我就跟着去了。路上问她是不是莫批一会儿要唱丧调，她说不唱了，我不相信，到了就赶紧找那个莫批，是他告诉我今早要唱的。可一问，他居然也变卦说不唱了。好失望。明明应该是唱完了才能把人抬出去的，怎么就不唱了呢。莫批跟我说，现在这几年唱也行，不唱也行，主人家叫唱才唱，不唱也照样可以抬人。这两天他要做的仪式很多，毕竟他对我不是很熟悉，我又是个小女孩，一直跟着看可能不太好，所以我就自己坐在边上和人闲聊，了解些情况了。他们告诉我前几天也没唱哈巴。原来真的可以不唱哈巴也办一台丧事了，真可惜了这次机会。

上午大家都没做什么事，三五成群站在事主家门口的空地上聊天。只有莫批在献饭。到吃饭时间了，我们这顿还是到晓林舅舅家。忘了说，吃饭时事主家亲戚要成群结队地挨家挨户到有客人人家的桌子前磕头。我没来的时候晓林他们已经去磕过一次了，今天中午又要去。其实每顿都要去的，他们昨天是偷懒了。我和江梅没去，等到他们磕完回来了才一起吃饭。晓林爸爸妈妈也去磕头了，还磕到了我们这一桌，呵呵。

图35　献饭的莫批

　　午饭完了还要打莫搓,不过这次的地点换到了村子中心的一块大空地上。我们到时空地四周已经围坐了很多村里看热闹的人。晓林家抬来了一箱鞭炮,我都还没反应过来就开始噼里啪啦地放起来。接着乐手们也都吹奏起来,场上分成了两个大圈开始打莫搓。我们待的这个圈大多是中年及以下的人,几乎都是男性,另一个圈子有好多老人、女人,他们中间围着一个身穿鲜蓝色长袍的男的,头上还戴着插了羽毛的帽子。他跳了一会儿就走了,我没看清楚,从帽子上看怀疑是主事的莫批。接着又有一个穿蓝袍的女性长者到在中间跳起来,手里拿着棕扇,不过头上戴的是一般的帽子。我忙着拍照,都顾不上躲避平时很害怕的鞭炮,结果真中招了,脸上被炸到一下,好疼,以为毁容了,还好经证实只是炸红了。

　　跳了一阵,看到一群人拥着莫批来到场子中间。有人专门抬着簸箕,上面放了一些献饭用的东西。莫批拎着一只鸡,嘴里念了一阵咒语就把鸡当场在簸箕上杀了。后面跟着的死者家属这时都跪下磕头。仪式很快就结束了,一众人又返回了事主家。这时我才感到分身乏术。又想看场上的人打莫搓,又怕事主家那边会有什么特殊的仪式。交代了杨德征女朋友帮我盯着场上的情况,我自己就一路小跑到事主家去了。下午两点以后抬人,事主家门前已经堆好了要用到的藤子、树干等东西。有人组织着把藤子结在一起，把树干绑好。没看到主事莫批，倒是有另一个莫批在门口献饭。门前空地边的一棵树上拴着一个大大的篾背箩，里面放着一碗米和一个鸡蛋。四个年长一些的女性从家里抬出用簸箕盛放的几碗饭菜酒水等献饭用的东西，到树下每碗拣一点丢到背箩里，然后将簸箕举三下，把剩下的食物全都倒在树下。这样来回做了三次。我看莫批带着几个人在屋里摆弄供奉着的牛头猪头，想看看他们要干嘛。棺材就摆在门口，我不敢肆意作为，只是凑到门边观望。主人家的女儿见我站在门口就来叫我进去看。我问她我进去会不会有影响，照相什么的应该不太好吧，没想到她连说没关系，还叫我多拍几张，棺材也可以多拍。我有些惴惴不安，可还是没错过这个机会，把棺材和屋子的各个方位都拍了一遍。屋里没什么闲杂人等，我拍完之后也没敢久留，赶紧退了出来。

图36　献饭的妇女

其实这时还是暗自期待会有哈巴演唱的，再问了几个人，都说没有，开始有些死心了。

再四处观望了一阵，发现已经有场上的人陆续回到事主家了。一看时间，已经快下午三点了。事主家人跟我说抬出去时我可以从家里一直跟着拍，我就回到门口等着。可晓芬找到我，说从家里抬出来的时候小孩子不能看，叫我跟他们到隔壁那家门口去等着。一个奶奶也跟我说小孩子看了不好，叫我别看，我就和晓芬他们到隔壁等着了。等了一会儿，看到有人开始放鞭炮了，随后棺材也抬了出来。前面有人抬着纸幡开路，跟着是放鞭炮的，然后就是抬棺材的了。等他们都走过以后我们也赶忙跟上，在后面跟了一截，要出村时就停下折回来了。

这时还没到下午四点，可大家又都开始准备吃下午饭了。我们换了一家，去的是晓林另一个表姐，杨德征的亲姐姐家（忘了交代，晓林的爷爷和杨德征的爷爷是亲兄弟，因此两家也是很亲的亲戚了）。在门口见到一个十来岁的男孩，晓林告诉我这几天的伙食全是他安排的，让我惊异了好一阵。好厉害啊，那么多参加丧事的人，而且经常一顿和一顿吃的地方都不一样，他是怎么安排的啊。

快吃饭前见到晓林爷爷的第三个兄弟，叫杨黑嘎，也是莫批，不过这个爷爷基本不会讲汉话，交流了几句，觉得有些困难，说好了过两天专门去他家拜访他。

哈尼族最重视的就是老人的丧事了，要耗费巨大的人力物力，这几天下来大家都累坏了。因此，虽然吃完饭时间还早，我也没安排正式的访谈了，只是叫晓林带我到龙浦沙爷爷家去约一下时间。我们到时看到两个来帮忙的浪树村莫批刚刚要走。我在事主家看到过这两个人，还给他们拍了

图37　莫批李朗者、李朗吉

照的，但当时并不知道他们是被龙浦沙爷爷请来帮忙的莫批。赶忙了解了一些最基本的情况——李朗者和李朗吉，年龄分别为42岁和45岁，是两兄弟，那诺乡浪树村委会它芒村民小组人，莫批祖传到他们这一辈已经是第15代了。回它芒还要走几个小时的山路，怕耽搁人家，没敢多问了。把准备好的礼物给了李朗者兄弟一份，送走了他们后，约了明天上午采访龙浦沙爷爷，我们也就走了。

　　我们四个沿着村外的公路散了好长一段步，到天很黑了才折回来。晚上的观音山上亮着星星点点的灯光，正好在山腰处排成一个"V"字形，远处看去，就像珠宝店里摆着的戴着钻石项链的模型。而且整座山四周笼罩着一层泛紫色的光晕，看着好梦幻。照了几张照片，没有眼见的那种神韵，不过以后只要看到这些照片一定会让我想到当时的模样的。

图38　左一为田野协力者杨德征，右一为田野协力者杨晓林

　　回到村里，抬头一看，发现星星好亮好亮。又有很久没见过那么漂亮的夜空了。在我的记忆里，漂亮的星空总和外婆家联系在一起。那时我好像已经上高中了，回外婆家过寒假，半夜起来上厕所，不经意间看到天上全是又大又亮的星星，感觉它们离我是那么近，简直伸手就能摘下一颗来。以后虽然每次回外婆家都会贪婪地欣赏满天星星，可那种惊艳的感觉却永远只属于高中的那个寒假。又尝试着想把这漂亮的星空拍下来，带回

去和老师同学分享，特别是小凤，在广州应该看不到吧。始终拍不出来。看来好东西还是得亲自出动才行。

回到晓林家，看着电视聊了一会儿天，我就自己回房间开始写田野日记了。现在终于写完了，好累，感觉比白天还消耗体力。他们好像都睡了，我也赶快睡吧，明天就要正式开始我的访谈了，加油！

2006 年 2 月 4 日　晴　工作稳步行进中

可能熟悉了环境的关系吧，今早我也一觉就睡到了八点半，哈哈。想去吵醒晓林时，想到这里吃饭都是十点来钟，要是我们那时候去龙浦沙爷爷家的话肯定得在他家吃饭了，所以索性让晓林多睡会儿，我再整理一下访谈思路，等吃了饭再去。

杨德征和江梅也在晓林家吃的饭，吃完不到十一点我们就去龙浦沙爷爷家了。家里只有他们老两口，6 个孩子一个都没跟他们过，两个儿子在县城工作，两个儿子在本村，自己盖了房子分家出去过了，还有两个姑娘嫁到了外村。龙浦沙爷爷是晓林爷爷的表弟，做莫批是祖传的，到他已经是第 73 代了。访谈得到的信息和之前我所了解的大致相同，不过我今天才发现他们叫的是"拉巴"（$\mu a^{33} pa^{31}$），而不是"哈巴"（$xa^{33} pa^{31}$）。真是个重大失误。原来我一直说哈巴哈巴的，他们也没人纠正我说他们叫拉巴。而我，看之前的调查中说到羊街时都统一叫作哈巴，也满以为就是叫哈巴了。虽然"哈"和"拉"发音差别不大，可我居然都没注意听他们是怎么说的，真是太大意了。发现这个问题还是在问到"拉巴"这个词的语义时。我问"哈"字是什么意思，龙浦沙爷爷才说他们不叫"哈"，叫"拉"。晓林这时也才说是叫"拉巴"。先入为主的观念真是害人啊。原以为自己还算知道些羊街的习俗，他们不会觉得我什么都不懂，不想跟我聊，现在想想，真羞愧。还有，那诺也应该叫"拉巴"的，可回想起来，当时我问说"哈巴"的时候倪立生也一直跟我讲的是"哈巴"。他就是知道些学者的观点，知道大家都把这个叫作哈巴，所以自己也管它叫哈巴了。假设无知，假设无知，老师提醒了很多次，真正到了田野里还是没做到。以后一定要注意这个问题，多听多看，重要的是这里的说法这里的观点，而不是任何我之前看到的调查资料或是那些自以为是的看法。

聊了三个多小时，要走的时候龙浦沙爷爷很热情地跟我说让我过年的时候一定要再来水龙，他给我唱拉巴，那时候唱个几天几夜都行。那时候的样子比访谈时热情得多。我窃以为可能是因为他前天告诉我抬人时要唱而最后没唱，导致他觉得有些对不住我吧，嘿嘿。

图39　莫批龙浦沙

回来时间不早不晚的，我们就聊天等吃饭了。又发现了一个我的失误，哈哈，当时所有的人都笑死了。原来"当陪"不是像我想的那样就是指那只羊，还可以指送羊的那家人，羊和那家人都叫作"当陪"。我就纳闷儿怎么老听见有人叫晓林他们家的人"当陪"呢，哈哈，被晓林打了。

吃完晚饭去杨德征家玩了一会儿。这段时间是榨季，也是一年中最忙的时候了。好像是糖厂给每个地方发甘蔗票，拿到票的人家就要赶在拉甘蔗的车来之前把自家的甘蔗都砍完。现在元江的农民基本就靠烤烟和甘蔗挣钱了，因此榨季时劳动力几乎都不在村里。杨德征的爸爸妈妈也是这样，两人都去砍甘蔗了，已经好几天了，吃住都在甘蔗地里，家里只有他们两兄弟和奶奶。

晚上本想去采访丧礼上的另一个莫批的，也是晓林的爷爷（他爷爷可真多啊），可到那里时才知道他下午又被请到浪支（离得不远的一个村）去做仪式了。我们就去了昨天吃饭时见过的杨黑嘎爷爷家。这个爷爷是家传莫批的第3代,比较不爱说话,只能讲哈尼语,大多时候还是晓林和杨德征在一旁翻译。信息提供者也有好坏之分吧,杨黑嘎爷爷是我们问一句就说一句,而且经常一句不会说就把我们噎住了。一晚上聊下来,收获甚微。

明天要去拜访传说中的龙浦才了。关于龙浦才,还有一点值得说的东西,嘿嘿,留到明天吧,现在还是先睡觉觉咯!

2006 年 2 月 5 日 晴 见到了龙浦才

因为今天要见的是我寻觅了很久的人,所以颇为兴奋。昨天埋下的伏笔现在可以表一表了。其实就算晓林不告诉我这两天有丧事,我也一定会到水龙的。这源于我之前的一次踩点。当时一个哥哥开着车带我跑了好几个地方,到塘房时得到了一个重要情报:那天我们到了号手杨德行的家,不知说起什么我突然听到了"龙浦才"三个字。我田野大纲里计划采访的两个传承人,一个有详细地址——浪支塘房村的杨伙吉,我在县城就问到说他前两年过世了;一个书上没写是哪个地方的,我打问了很久都没找到,这个人就是龙浦才。那天突然听到他的名字很是高兴,一问,原来他就是杨德行的师父,是水龙村的,现在还在世。真是踏破铁鞋无觅处,得来全不费功夫啊。可惜那天要走的地方还多,没来得及好好采访杨德行,但是定了一定要去水龙的。看这几天可不可能让晓林带我去塘房找找杨德行吧。

还是老样子,吃过中午饭十一点来钟才去找的龙浦才。还真是在。

他比我想象中要年轻得多。虽然晓林跟我说过他只有六十多岁,可我总觉得《哈尼族文学史》上都写过了,而且另一个一起写到的莫批都已经过世了,所以他在我脑海中一直是以一个年迈老人的形象出现的。一见面,63 岁,看上去挺年轻的,在农村正好还算是个劳动力呢。说起他上了《哈尼族文学史》,而我最初也是从书上认识他的,他还是挺高兴的,还跟我说当时宋自华老师到他家调查过好几次。说起我找到他的渊源,大家笑了一阵,之后我感觉距离一下子拉近了许多。访谈进行得还算顺利,只是其间感觉晓林的翻译有时候会有所不妥。龙浦才的汉语说得挺不错的,他用哈尼语说到的一些专门术语我也基本能懂,因此我俩交流还算顺畅。可有时候,当我问了一个问题他在思考时,晓林就会急着用哈尼语把问题再问一遍,这下完了,他就会接着这句话用哈尼语说上半天。我只能听懂他的大致意思，具体还得靠晓林翻译。可他的话待晓林一转述就缩水一大半了。幸好我还算能发现晓林确实漏掉了东西，赶紧叫他再详细说一遍。但这样来回几次，又费时间又费精力。得跟晓林协商一下这件事情了。

图40　莫批龙浦才

　　吃过晚饭后做了两个一般民众访谈。综合前几天的采访情况来看，这里的哈巴演唱传统在三十岁以上的人群中还是挺有生命力的，基本都觉得它非常重要。小一些的，比如晓林他们这一辈，对这种传统也有感情，但自己已经不会唱也不怎么能听懂了。更小一些的，十来岁的，则已经完全无所谓了，认为哈巴这种东西在自己的生活里一点都不重要，不占任何位置。看来传统的衰微的确是阻挡不了的。不过有一点还好，就是莫批传承时会同时教授其演唱哈巴，而且每一辈应当也总会有那么一些发自内心喜欢唱哈巴的人，因此哈巴演唱这种传统应该还是能一直延续下去的。

　　晚上去杨德征姐姐家吃了夜宵。原来他姐姐姐夫也是一直驻扎在甘蔗地里的，家里只留下姐姐的老公公一个人。这次姐姐是因为丧事回来帮忙准备伙食的，明天就又要走了。一起吃饭的还有两个大爹，很可爱，给我唱了好几段哈巴。

去浪支的杨章波爷爷还没回来。我跟晓林说我也想去塘房看看，他还想偷懒，跟我说要走路，远，在我的威逼利诱之下，说好明天杨德征我们四个一起去。

看到这段时间好多人都到甘蔗地里去了，我怕到了塘房扑空，先给那个哥哥打了电话，让他给塘房的人打电话（他老家就是那儿的），叫杨德行明天在家等着我们。

2006 年 2 月 6 日　晴　又见杨德行

今天早上八点多我们就出发了。在公路边搭了一辆车，下车后走了两个多小时，才到塘房。上次自己开车来没觉得有那么远啊。

我所有认路的能力可能都发挥在了这次田野中，进村后我居然自己找到了杨德行家！太不可思议了，一点都不像我的风格。那个哥哥找他堂哥告诉了杨德行我要去的事，杨德行就在家等着我们了。不过我们去到的时候他竟然在睡觉。到了后他就给我们做饭了。他离了两次婚，现在自己带着两个儿子过。听说两个老婆都是因为他太懒所以不愿跟他过的。坐下来时我发现桌上有干了的鸡屎，没有女人的家就是这样。

吃完饭就开始对他进行访谈了。今天很失败的一点是背了笔记本电脑，路上把我们累得要死（当然主要还是晓林和杨德征累），想着他是号手，访谈时还直接在电脑上用了一张老师的"民间艺人普查表"。这是我第一次用老师的表，没有经验，加上访谈开始自己也有些紧绷，就差不多是照着表来问问题了。这样做好费时间啊，一下午过去感觉好像还没问清楚的样子。倒是知道了他的各种师伯师叔和师兄师弟，以后可以去找找。还有，杨德行说他是乡里文艺队的，去过北京、上海等地方表演。这让我想起了倪伟顺，他就是羊街乡文化站的站长、乡文艺队的队长。以前接触过好几次的，他还教我唱了哈尼祝酒歌。现在看来，还得再找找他，有些东西说不定他能说清楚呢。

为了不在他家吃晚饭，我们快四点时赶紧告辞了。往回走的路上更是觉得电脑太累赘了，以后绝对不带了。在公路边等了很久才遇到一辆能让我们搭的班车，回到家都已经差不多八点了。

明天杨章波爷爷就回来了，可以去找他。

累，写不动，睡。

图41 号手杨德行

2006年2月7日 晴 水龙的最后一天

都是吃完中午饭才行动,而且大家昨天都挺累的了,所以今早集体睡到了9点多才起床。

下午见到杨章波爷爷时才发现,原来我在葬礼上见过他的,还给他照了几张相,说好给他带回来的。只是因为是我一个人转悠时碰上的,所以当时并不知道他就是我要找的人。

这几天问到的东西其实都是大致相同的。今天的收获是清楚了"糯比"($lo^{55}pi^{31}$)和"糯美"($lo^{55}mei^{31}$)这两个哈尼支系名称的含义。羊街那诺这一带的哈尼族一般都是糯比和糯美这两个支系的(按发音应该写作"洛比"和"洛美"较好,但目前所有资料上都用的是"糯比"和"糯美")。前几次田野中问起被访者他们属于哪一支时,经常发现他们自己也不是很清楚,要反复几遍才能告诉我一个最后的答案。之前没有细究过这个问题,今天追问了几句,晓林说起来才问明白了。原来糯比和糯美并不是固定的称谓,不是我之前在书上看到的是他称和自称的区别。在这里的哈尼话里,"糯比"指的是"上面的人","糯美"指的是"下面的人",这种称呼是具有方位性质的,是相对而言的。比如水龙人称呼坝木(水龙下方的一个村子)人叫"糯美",相对地,坝木人称呼水龙人就叫"糯比"。这时候,水龙人好像是属于"糯比"的。但当相互称呼的两方换为水龙和那诺（在水龙上方）时，情况就不一样了。水龙人叫那诺人"糯比"，而那诺人则叫水龙人"糯美"。这时候，水龙人又变成"糯美"了。这样看来，糯比和糯美并不是固定不变的称谓，不应该作为支系名称。怪不得那么多被访者会对自己属于哪一个支系这种我认为极其基本的东西感到模糊。知道了这个以后，我也不会再一定要人家告诉我到底是糯比还是糯美了。

图42　莫批杨章波

阿英嬢的车明天 1 点钟左右路过水龙，让我到时候到路边等着，所以，今天就是我在水龙的最后一天了。晚上串了几家门，每家都好热情。待了那么几天，大家也已经慢慢接受我了，知道我明天要走都叫我下次放假再到水龙。我跟晓林学了一句哈尼话：诺阿卡扯沙（no²¹ a³³ kha³³ tʂhə³¹ ṣha³¹）——麻烦你了，今天说了几次，他们很高兴。还是挺喜欢水龙的，四区的哈尼族都比较热情，我妈经常说的。回去一定要把各种照片给他们寄回来，让他们更高兴。

明天上午还可以再做一两个一般民众的访谈。回家怕东弄西弄的写不了田野日记了，现在就先小开脱一下吧。

2006 年 2 月 11 日　晴　会爬楼梯的活闹钟

（因远镇拉力村）

先说一件很搞笑的事，不然这种经历以后忘了好可惜。

昨晚外公和小阿爷睡一楼的房间，我和舅妈在二楼地板上铺开睡的，我睡在靠楼梯口那边。早上迷迷糊糊中被一阵极其响亮的啼叫声吓醒。一睁眼，OMG！一只大公鸡居然就站在我头旁边！而且它还正歪着脑袋打量我！还是有些害怕鸡的，觉得被啄到一定很疼。于是，我赶忙用被子把头蒙住，希望它自己感觉没趣就下楼玩去了。谁知这只鸡脾气也犟得很。见我没理它，就又扯着嗓子大吼了几声。如果没有类似经历，绝对想象不出那声音有多洪亮多刺耳。昨晚我和舅妈聊得很晚，困死了，没办法，只好强忍住惧怕之心，伸出手去赶它。可它脸皮好厚，居然都不怕人的！我都碰到它身子了，它跳了几跳，又回到原地开始大叫。舅妈一点反应也没有，我只好再次蒙住头，祈祷它闹够了快走。今天真是遇到超级顽固鸡了。发现我想采取躲避战术，它就更卖力地叫起来。隔几秒叫一声，隔几秒叫一声，催得我好心慌。唉，实在是没办法，扛不住了，我只好举白旗，乖乖地爬起来。也怪，见我翻身起来作要起床状，它就自己一蹦一跳地下楼去了，那背影，透着奸计得逞的满足之情。会爬楼梯的活闹钟，希望你明天不要再来找我玩了。

今天算是走亲访友天吧，轮着串了几家门。到有太多亲戚的地方田野也有一点弊端，因为大家会一天到晚拉着你说各种以前的事，而且一讲就是半天，所以，一天下来，基本没聊到"哈巴"的问题，只有晚上在二外公家的火塘边让一个舅舅给唱了几段。想想看这样也挺好的，那么亲的亲戚，我几乎都没见过（在外念书多年，小时候见过也没印象了），现在有机会坐在一起给我讲我外婆的事（外婆在我念初一时就因哮喘去世了），讲我妈妈和舅舅姨妈们童年时候的事，讲我爸爸第一次到拉力的事，很有意思。可也许是因为我只有几天的时间，所以心里有些着急。没事，和外公商量好，明天步入访谈了。

2006 年 2 月 12 日　晴　开始访谈

今天开始干活儿了。不过很不幸，MP3 不知怎么了，我看快没电想关掉录音时居然整个关机了，换了电池忐忑不安地再看时，前面那么多的东西果然全没了……那种场境再也不可能重来一次了，欲哭无泪啊……

今天找的是杨里黑爷爷。虽然亲戚里也有做莫批的，但先外后内，自家人什么时候都可以找到，所以我们就先找了没有亲戚关系的杨里黑爷爷。杨里黑爷爷和我外公处得很好，这两年我家里有什么事要做仪式时请的大多是他，我在家时他也来做过几次，因此，我们也还算熟络了。他孙子到地里干活去了，访谈开始前，他坚持要让人把他叫回来一起听，要让他跟着学。

图 43　莫批杨里黑

杨里黑爷爷今年 69 岁了，老伴过世了，只有一个女儿，从红河县招了个姑爷入赘，现在两人育有两男两女。叫回来的孙子叫杨凡龙，跟我同岁，在昆明念了个民办的中专后就留在昆明打工了。现在是回来过年，过一段时间还要回昆明去。接触了外面花花绿绿的世界后，杨凡龙对爷爷搞的这一套很不买账。杨里黑爷爷很想把莫批的这些东西传给他，可他从来不愿学。眼看自己一天天老下去，杨里黑爷爷着急得很，今天也想趁我来采访的机会感化一下他。

杨凡龙叫回来了，我小劝了他一番，给他灌输了一些这个东西有多重要的思想。杨里黑爷爷在一旁高兴得很。刚坐下闲聊时，杨凡龙跟我讲的还是方言，没想到访谈一开始他就跟我说上普通话了。提了几次他就是不改口，只好任他讲了。不过，他那种把"娱乐"读成"吴乐"的普通话听着实在有些别扭，也许他认为这样显得见过世面吧。

问到了"莫批突"和"哈巴"下的分类。不过，在水龙时我就发现了一个情况：要像我原来想的那样掌握一个人的曲库几乎是不可能的。之前红河那边搞的材料都把"哈巴"分为"十二奴局"，每个大的奴局下面还有好多小的"哈巴"。照这样看，一个人能唱的所有那些大大小小的"哈巴"加在一起就是他的个人曲库了。从水龙开始，我就很想问清楚那些莫批爷爷们到底能唱多少段"哈巴"，具体是哪些。可问了几次后，我发现这么做是徒劳的。因为一段大的"哈巴"里是包含有好多好多内容，可这些内容实际上都是紧密相连的，是一个整体，演唱者们并没有把它们单个拿出来叫××"哈巴"，只能告诉我说"对，这一调里有这段内容"。看来，大奴局底下的细分也许是学者根据演唱内容自己给取了些名字弄出来的，民间并没有这样的分类体系。不过或许红河那边的演唱者们真有这样的分法呢？等回去再好好向红河州的学者讨教讨教吧。

2006 年 2 月 13 日 晴 乌竜之行

因远赶的是三八街，也就是逢三和八的日子赶街。今天是街天，小阿爷他们都要去因远赶街，外公我们也一起去了。舅舅他们农科站就在镇上。上午见到舅舅，他说他们要去乌竜看烤烟，那里也有莫批，问我要不要去，我们就一小群地跟着去了。

乌竜全村有 150 多户人家，都是哈尼族，离因远镇很近，开车就十来分钟路程，可是村里除了上过学的年轻人外几乎都不会讲汉语。我大舅妈就是乌竜人，嫁到三合寨那么多年，现在跟我们说汉话还很不习惯。我们在村里转了几转，帮舅舅他们管水的一个叔叔就带我们到了一个莫批家。

这个爷爷叫周者龙，今年73岁了，是祖传的第七代莫批。他对哈巴的分类也和我之前了解到的一样，说只分类不分段，不过今天他很详细地给我讲了丧调里的内容。讲到天地出生传人种时，他自己嘿嘿地笑了一阵，用哈尼话说害羞，不好意思说，好可爱的。原来那一段讲到说天是老妈妈，地是老倌，天下月经落到地上，老母猪去拱，沾到了，所以不能打老母猪；狗咬到猪，所以狗也不能打；人碰到狗，也沾到天下的月经，所以就怀孕了，人种也就这样传下来了。想起原来妈妈跟我说过，她小时候见外婆怀孕时要吃白土，说是哈尼族的风俗，表明自己怀上孩子了。这些都挺有意思的。

到因远街吃的饭。这几天舅舅他们要在网上在线填一些贫困户的名单，上报给省里的，好像政府工作人员每人都被分配了一两百个。正好文化站站长到农科站来用电脑，我就逮住他了解了些因远文化站的具体情况，还得了些资料。趁机也解决了一下个人卫生问题，今晚就住在舅舅家了，明天一早再进拉力。

2006 年 2 月 14 日　晴　小阿爷带来的惊喜

今天采访了一个舅舅——李西龙。他今年62岁了，是莫批，自己喜欢然后拜师学的，没往下传，儿子不会。问到的东西还是大同小异。只要是莫批，就一定能唱所有那些类别的"哈巴"，只是由于个人禀赋问题或是其他各种原因，有的人会唱一些，有的人唱得差一点。这些大的类别我都掌握了，因此总感觉田野没什么太大突破。不过要真是都这样，那论文也有这样的写法了。

不过，今天有一个惊喜，那就是对小阿爷杨仲机的访谈。小阿爷原来当过兵，做过十几年的卡腊大队文书和支书，算是村里有点知识的人。这几天他天天跟着我四处访谈，也差不多明白了我想知道的是什么东西。晚上正式开着 MP3 给他做个访谈。他好会说啊，要是真是对的就好了。所有接受我采访的人几乎都说"哈巴"这个词是不能拆开解释的，根本没法单个说这两个字的意思。但小阿爷说可以，并且给我进行了详细的解释。他说"哈"是"多、多想"的意思，是用在唱的时候，是多想出来的、一套一套的。本来是一个字，但会唱的、聪明的那些人就能想出两个字、三个字，那些不会的一个字就只能唱一个字了。而"巴"则是"稳"的意思，就是定下来，用小阿爷的话说，就是"'哈'字上多想出来的那些东西在'巴'字上给它定下来掉"，"唱出来后就定下来，留下在那儿了"。他还说开头哼的那一句"奢……奢……"要两个人唱的时候才哼，是为对方哼的，意思是"不怕不怕，你赶紧唱"，是为了让整个演唱过程接上不要断才哼的。他说得很生动，很有一套自己的理解方式。不过采访过程中外公和小外公他们经常对小阿爷的话表示怀疑，虽然经过小阿爷的坚持，他们貌似赞成了，可我看得出他这一套东西不是大家都会认同的。他是不是为了迎合我这个在他看来还算有知识的人才编出这些解释的？还是因为他自己有些文化，又很了解这个传统，因此比普通百姓更能提炼出这一套解释？真希望答案会是后者。等回去好好把今晚的录音整理出来，问问妈妈，看她怎么看，有什么问题了再回来找小阿爷。

2006 年 2 月 15 日　晴　采访舅舅李波龙

今天采访了舅舅李波龙，挺有收获的。

上午就开始采访李波龙舅舅了。他今年 50 岁，也是拜师学的莫批，而且也没往下传，师傅就是我昨天采访过的李西龙舅舅。问完问题后，我让他给我唱几段"哈巴"，就是每一类唱一点。回来前老师建议过这个方法，就是除了"哈巴"之外的东西每种录一段，或是"哈巴"里的东西每种录一段，回学校再分析它们音乐性方面的东西，看能否从这个方面找出些分类的依据。在水龙尝试过，今天我想再录一录布孔的。听着听着，我发现李波龙舅舅唱起一段后就总也不换另一段。我跟他说我想结婚的啊过年的啊这些一样录一点，但他坚持必须把"目得咪得得"唱完才能唱别的。我觉得可以好好问问，因此下午又继续采访了他。

原来，"目得咪得得"是一个总开头，里面唱述了天神咪雍阿波和咪雍阿匹游历四方，经过版纳、思茅等地，甚至还去到了贵州，最后又回到天上等内容。咪雍阿波和咪雍阿匹还生了两个孩子——者收和者白。这些东西唱完后，唱到出现了两个大莫批——农玛和奢给。以后的所有莫批都是农玛和奢给的传人，而"哈巴"的唱法也分为两种——农玛唱法和奢给唱法。李波龙舅舅自己是农玛这一路的，据说布孔支系的莫批全属于农玛。农玛和奢给出现了，总开头就算完了，接下来就开始分支了，讨媳妇就唱这个女孩子的出生、成长、出嫁、生儿育女等，最后若是唱到死亡，则又归到了"莫搓搓"，即丧葬时唱的"哈巴"上。讨媳妇和人死时唱的区别就在最后的结尾这儿。盖房子的也是先唱出生、成长、结婚，然后就是盖新房。前面和讨媳妇的一样，只是唱到盖新房这儿就结束了。年节时唱的伙格诺格格，就接着开头唱一年中的节日，要唱到头，所有节日都必须唱完。至于情歌，内容和上面这些就完全不一样了。调子则有两三种。

　　以前从没见有资料上那么写过，这种说法我还是第一次听到。回去看看出版的那些文本，看是不是这样的。

图 44　拉力家人合影

　　明天就要离开拉力了，突然很舍不得。有那么亲的一些亲戚在这儿，我却从来没来过，真是不应该。这几天里，晚上围坐在火塘边听小阿爷、小外公他们聊天，看着我从未见过的表妹，心里老是会一下子就涌起那种特别亲的感觉。给他们照了好多照片，单人的，合影的。也许他们之前都没有照过那么多相吧。过了一遍相机里的照片，看着里面几个老人的合影，除了外公外都不太精神了，有些感伤。二外公去年到山上放牛时摔了一跤，伤到头部，眼睛都快瞎了，还自己一直坚持把牛赶到家来。在他看来，牛要是跑了，比他的命丢了都严重。现在伤势还没完全恢复，脸上还有老大一大块疤。小外公好瘦好瘦，说话不多，看着就是身体不太好的样子。小阿爷呢，前两年小外婆去世了，舅妈也丢下舅舅和表妹跑了，现在家里就只有他、舅舅和表妹三个人，日子一定过得挺艰难的。写着就难过，快掉眼泪了。希望他们都能健健康康的，等我下次放假回来再来拉力看他们。

2006 年 2 月 20 日　阴转晴　咪哩：寻访"惹咕"

爸爸这家伙，隐藏得太深了。他会说好几个支系的哈尼话，也在好多个乡镇待过，所以我知道他应该很了解哈尼族的东西。可我都做了那么几次田野，在家里也谈论了那么多我要做的事情，他居然前两天才给我透露了一个让我很意外的情况：并不是所有地方都叫"哈巴"或是"拉巴"的。他们堕塔支系就叫的是"惹咕"，"哈巴卡"他们叫的是"惹咕卡"。还有二区羊岔街那边的，叫的是"数汁"，唱数汁叫的是"数汁卡"。真是的，早点告诉我就好了。不过也怪我，因为从未见过有地方写着"哈巴"有更多的叫法——包括元江本地的调查资料，也没听任何人说起过，所以我脑子里根本没有类似的概念，这可能也就导致了我给出的导向性太强了，老是问"哈巴""哈巴"的，因此爸爸都是顺着我的方向帮我找线索，没想着要跟我说这些东西。知道这个情况后，我让爸爸赶紧给我联系咪哩和羊岔街这边的人，我得亲自找到传承人问问才行，说不定真能发现什么很有价值的东西呢。至少，也能让我掌握更多方面的资料。先联系了咪哩小学的校长金滔——和爸爸关系很好的一个叔叔，他帮我们找了一个在当地比较厉害的莫批——王毖光。这个莫批是咪哩小柏木的，老是被人请到各个地方做仪式，经常不在家，去家里可能还会遇不到。正好咪哩乡政府有人找到他，请他今天做仪式，所以金涛叔叔让他一早就先到他家，我们再从城里赶上去会面。

我们到咪哩时刚 9 点左右，王毖光爷爷已经到了。一见面聊起来，才知道爸爸和他还一起吃过饭。呵呵，世界真是好小啊。王毖光爷爷比较外向，算是健谈的人，而且在我们来之前金涛叔叔就已经跟他大致讲了我想做些什么，所以我很快就开始访谈了。

王毖光爷爷今年 68 岁，咪哩村公所小柏木村民小组人，就是堕塔支系的，莫批祖传到他已经是第 11 代了。堕塔果然是叫"惹咕"。据王毖光爷爷的说法，"惹咕"的意思是"民族调子""祖先传下来的"。问能不能拆开解释，他也给我解释了："惹"字"代表民族的话口"（"民族在这里其实确指的是堕塔这个支系，"话口""口音"这两个词在访谈中出现多次，听王毖光爷爷的意思，我理解为堕塔支系的方音），"咕"的意思是"出声音"（后来他又解释了另一个含义——"我们民族的故事"）。里面的分类和其他支系的基本相同。但他认为情歌不能归入"惹咕"里面，二者是分开的。他有一个很有趣的分类：大唱和小唱。"惹咕"是大唱，是不会害羞的，规定好内容的；"巴咕"（意为曲子、山上唱的山歌，即我们所说的情歌）是小唱，是会害羞的，别人在时不能唱的。

图45　莫批王毖光

　　整个访谈做下来，感觉王毖光爷爷说的其实最接近红河州学者们的调查所记。比如，之前我采访过的莫批，不管是哪个地方哪个支系的，都将情歌归入"哈巴"中，认为所有唱出来的东西都叫"哈巴"；可在王毖光爷爷这儿就有很严格的区分，说二者是绝对不能混为一谈的。还有一些其他细节，录音整理出来应该挺有意思的。

　　还有，王毖光爷爷唱的"惹咕"好好听啊。虽然我几乎听不懂意思，但还是觉得是我所有听过的"哈巴"里头最好听的。一方面可能是他嗓音好，唱得也很投入，听着就是充满感情地唱的；此外，可能也有音乐性方面的原因。一般的"哈巴"演唱旋律比较单一，音调起伏也不大，多靠其所唱述的内容来吸引受众。而王毖光爷爷唱的就让人觉得旋律特别地高低起伏，就算听不懂内容也会一下子被吸引住。今天在旁边的人几乎都听不懂意思了，只有爸爸能懂，但他也只是大致给我解释了一下。这两天让爸爸再好好听听录音，看王毖光爷爷唱的内容怎么样，会不会因为太重音律方面的东西内容就没那么好了。要是二者都具备，那可以再去多录一些他的唱段。

咪哩的田野只有一天，早上去我们晚上就回来了，时间的确是很仓促。但因为我还想去羊岔街看看，所以也不能再找个村子待下来。这边过的是汉族的农历春节，王毖光爷爷叫我过年时去找他，他给我好好讲好好唱。下次回来再去找他吧。

PS：今天爸爸骑摩托带我去咪哩的。访谈时他负责帮我翻译、拍照、录像，十分尽责。而且他很会听"惹咕"，在旁人都听不懂的情况下还能很好地理解王毖光爷爷的意思。王毖光爷爷特别高兴，不停地说"是了是了，就是你爸爸说的这样了，他最会说了"。吃饭时，爸爸还给我讲了我们家的家谱和来历。他之前真的从来没给我讲过这些，用我当时的话说，就是"今天才跟我交代了"(嘿嘿，我们家很民主的，平时说话也都没大没小的)。回来的路上，爸爸还跟我讲了当年和妈妈的婚恋过程，警告我不能告诉妈妈。好好玩啊，妈妈都没给我讲过那么详细的过程，哈哈，这是今天田野的意外收获。

2006 年 2 月 23 日　晴　小拉史："哈巴"的另一种叫法——"数汁"

今天来了小拉史，羊岔街的一个村子。不懂哈尼语的话听这个名字也许会觉得好笑，看地名志上说，其实"拉史"在哈尼话里是"来啊"的意思，可引申为聚会之意，以旧时几个地方的人到此定居而得名。

到这里来找的是李石龙叔叔的父亲。从小就认识李石龙叔叔，我们两家很熟的，可我之前都不知道他父亲居然是莫批。爷爷叫张绍发，今年75 岁，来上门的，李石龙叔叔他们都随母亲姓的李。爷爷的莫批是师传的，前些年也收过三四个徒弟，不过自己的儿子谁都不愿学，所以在他们家从李石龙叔叔这一辈就会断了。

这一带都是堕塔支系的，"哈巴"在这儿真是叫"数汁"。它也和

图46　莫批张绍发

"哈巴"一样,是一个不可拆分的双音节名词。爷爷告诉我,"数汁"的意思就是"民族的所有调子"。他跟我讲了数汁下面的十个分类,国际音标就不写了,简单列一下吧:结婚时的(分为嫁姑娘和讨媳妇两种)、搬新房的、过生日的、人死时的、叫魂时的(这个照理当归在"莫批突"里,但爷爷说数汁里面也有)、祭龙的、过六月的、过年的、过冬的、平时唱着玩的。其实祭龙的、过六月的、过年的、过冬的这几个应该算作一个大类,因为专门有一个调子是唱一年十二个月的。

爷爷也认为"数汁"和"叶咕"(他自己解释为"山歌")不能归为一类。看来堕塔支系的划分和其他支系是不一样。挺奇怪的,应该是羊街、那诺那边糯比、糯美支系的哈尼族跟红河的更接近才对,因为不管从支系语言还是从风俗习惯等方面来看他们都非常相似,地理位置也是接壤的,但根据目前我所掌握的情况看,在"哈巴"的分类上居然是咪哩、羊岔街这边的堕塔支系跟他们更相似。从资料上看,红河那边的"哈巴"和"阿茨"之间区分极其严格,绝对不允许混错,这是民间歌唱传统中最为基本的分类。但羊街那诺一带却都没有这种分法,只是笼统地将哈尼族所有唱出来的东西都划入"哈巴"这个大的框架内。因远一带的布孔支系也这样。只有堕塔支系,居然是严格分开的。

这个爷爷不太善于言辞，也不是很能表达清楚自己的意思。不太厚道地说，可能是上门的原因，我感觉他在家里都不大能说得上话，访谈中话语权经常会被那个奶奶抢夺过去。还好，奶奶也比较懂这个东西，而且自己也会唱一些，所以也没对我造成太大影响。今晚就住在这儿了，还想着多找几个人问问的，可村里人很少，大多去砍甘蔗了，别的莫批也没在，就只有以后再来了。

对了，今天还被指认了一下我婴儿时待过的地方——南溪和小南溪。当时爸爸妈妈一毕业就被分到这两个村子锻炼，爸爸在小南溪，妈妈在南溪。小南溪比南溪更远，从南溪进去还要走两三个小时的山路。妈妈怀我的时候都是这样分开的哦，爸爸就只有抽空走过去照顾一下妈妈。后来我出生了，爸爸就调到了南溪，再后来调到羊岔街（乡上），然后又辗转了猪街、那诺等地，到我5岁左右时才调到民中的。现在这些地方的人都还记得我爸爸妈妈，对我们特别热情。我也是有过在很多哈尼族地区生活过的经历的嘛，只可惜离开时太小，不然现在哈尼话肯定说得溜溜的。不过爸妈的这些经历给我现在的田野打下了极好的基础，至少爸爸老是很得意地跟我说："哼，像爸爸这样的，走到哪里都会有饭吃。"呵呵，希望等我这几年田野下来也能和他们建立那么好的关系，不用再打着爸妈的旗号到处走。

……

2006 年 8 月 12 日　晴　抵达潘郎壳

今天是那诺的街天，上午我到那诺会合了江燕，逛了一下那诺街就回潘郎壳了。

街天好多人都不在家，江燕和她妈妈已经帮我跟几个我想采访的人说好了，所以我也不着急，今天就逛村子熟悉环境了。

2006 年 8 月 13 日　晴　江燕家聊天

今天还没开始正式访谈，就在家跟江燕和她妈妈聊天。

我们又谈到了"洛比""洛美"的问题。上次晓林说是上边、下边的人之分，江燕说应该是左右之分。因为从羊街那边上来的村子都分布在公路沿线，随着公路的走势居于其左右，所以住在左边的叫右边的一种，住在右边的又叫左边的一种。不过若是这样的话岂不是所有左边的都是一种人，右边的又是一种人？嗯，应该还是按地域范围一段一段地分上来的。

我们还谈到了"哈巴"和"阿白"的关系。以前羊街的被访者都说后者包括在"哈巴"里，所有唱出来的东西都叫"哈巴"，那"哈巴"就当是哈尼族所有歌唱传统的总称了。今天和江燕妈妈说起，她说的意思是这二者还不能归在一起。明天再好好问问倪立生大爹。

江燕说到"阿白"这个名称的含义时有一种有趣的说法：她说这个不好解释，但就像曲牌名一样，你要解释它字面上的意思或许不好说，但它就是起个提示作用，一看这个曲牌名就能知道里面的词是什么类型。"阿白"就是这样，一说大家就都知道它要唱的是什么了，这个名称就起个提示作用。

村子里的生活真是很惬意，就像现在，我就在一片蝉鸣蛙鸣和狗吠声中坐在床上写日记。这里的气候比起元江城里来不知舒服多少倍，连那种混杂着牛屎及火烟味的空气也让人倍感亲切，饭菜也都是真正的纯天然绿色食品。

明天上午约好了倪立生大爹，希望能有和以前不一样的收获。

2006 年 8 月 14 日　晴　计划不如变化快

上午去了倪立生家，他家有客人，说了下午去，但下午去他已经喝得有点晕了，我就约了还是明天白天他清醒了再去吧。

我们去找了其他人，可没事先说好今天要去，人家都不在，连那个阿波都出去玩了，找不到，跑来跑去都到吃饭时间了，所以今天又没正式访谈，只是和几个哥哥、叔叔一起聊天，所得大致如前。

因为这次计划待的时间长，所以就像今天这样，虽然没做什么正事，但我心里也没有很着急。要是放在前几次田野，因为要走的地方多，每个村最多也就是一周左右的时间，所以若是有一天什么没做只是随意闲聊的话我肯定急死了。这次因为定点在一个村，时间也充裕，所以觉得和他们一起过这种生活还是很有意思的。

我的脸已经晒得红红的了，估计马上就要变黑了，等田野完了，我也应该基本像个潘郎壳人了。

2006 年 8 月 15 日　晴　采访倪立生

今天采访了倪立生，这是我对他的第三次访谈了。

倪立生是那诺乡最大的莫批，现年 61 岁，家里共有 7 口人，他们夫妻 2 人，3 个孩子以及 1 个儿媳和 1 个孙女。大儿子今年 40 岁，复员军人，现任村公社社长；二儿子 33 岁，有 1 个 9 岁半的女儿；女儿 29 岁，在昆明打工。倪立生上到过小学三年级，曾于 1998 年和 2001 年以民间艺人身份两次到玉溪师范学院参加哈尼文班的学习，现大致掌握哈尼文读写。他接触过一些学者，或多或少了解一些学界对哈尼族文化的说法。之前我曾于 2005 年 2 月、7 月两次到潘郎壳进行田野研究，倪立生均是我在村里的主要采访对象。

因为了解一些学界的说法，所以总感觉访谈时问不到倪自己理解中最本原的东西，他给出的好像总是靠近学界现有观点的答案。比如我问他"哈巴"这个词的释义问题，他说"哈"就是老虎的意思，代表老虎，某种程度上讲就是我们哈尼族的标志。代表我们哈尼族的勇敢、智慧。说这个毛佑全老师也曾经说过。再问他"哈"字在哈尼话里还有没有其他的意思，他就说其他的那些不用管了，只要说这个意思就是了。我连续追问了几次，但他都没有正面回答其他义项，就认为这个是对的，其余不需要知道了。

2006 年 8 月 16 日　晴　采访阿波李波嘎

潘郎壳分上、中、下 3 个小寨，每个小寨都有自己的寨门。整个潘郎壳村子有 3 个莫批：倪立生、倪的儿子，还有一个 70 多岁的阿波。这个阿波听说也是倪立生家的亲戚。虽说一个村子有 3 个莫批也不算少了，但因为想多了解一些观点，所以我在选择访谈对象时也重点考虑了村里的长者。

今天江燕带我去拜访了一位阿波：李波嘎，76 岁，在村里算是比较懂传统文化的人了。

关于"哈巴"一词，他持不可拆解的观点。而对"哈巴"的内部分类体系，他有 8 种划分：

1. "卡姆咋"（$kha^{21}mu^{31}tsa^{21}$）。"卡"为"庄稼"之意，"姆"是"种"的意思，"咋"也是"种""做"的意思。直译为"种庄稼"，即农事歌。

......

图47　采访阿波李波嘎

我觉得仰吉和仰者是不是有什么关系，有没有什么更大的范畴可以将它们都包括进去，但阿波说没有，说他们相隔了几个朝代的，就是独立的两种"哈巴"了。

阿波兴致很好，给我们讲了仰吉和仰者的故事。旁边的一个叔叔说他是唱"哈巴"能手，但阿波自己说他只会听不会唱，看起来还是有点害羞。等熟了让他给我唱两段。

阿波手疼，被刺戳了后就发炎没好，肿得老高，访谈中他都是一直抬着手说话的，所以问了分类问题后我也没再问其他的了，反正时间还长，他又不去干活，我找他比较方便，可以慢慢问。

2006年8月17日　晴　赶那诺街

那诺赶的是2、7街，今天逢7，又是街天了。这几天村里在搞农村电网改造，一直没有电，今天江燕、江伟、江燕妈妈我们四个都到了那诺，我想到的第一件事就是赶紧把各种充电器拿出去充电。为了等充电，我们下午才回来。哎，没电还真是不方便啊！

图48　那诺街上卖菜的哈尼妇女

……

2010年11月21日　晴　老挝勐赛（乌都姆赛）

今早6点半起床，到勐腊车站赶7：50昆明到琅勃拉邦的过路车到勐赛。这次出行由于是四个人都没到过的地方，所以不确定因素太多。

下午快两点时到的勐赛。路上走走停停，耽误了很多时间。司机居然还是个江川人。在勐赛的大理饭店吃饭时大家都热心地给我们建议，丰沙里要9个小时才能到，每天早上8：30发车，我们要走的话只能租车，100多千米，要1000元人民币左右。讨论了一番，我们决定今天在勐赛休息，明早坐班车，不一定去丰沙里，也可以在勐夸附近找个阿卡寨子做田野。

下午逛了勐赛城，比想象中好多了。老挝女孩子大多长得很漂亮，皮肤也很白、很细腻。小孩子很可爱，房子很漂亮，街道很干净，连车站的公厕都很干净。公厕和宾馆的厕所都有清水自己舀了冲，很特别。

总之挺喜欢老挝的，人们都很热情，生活也很惬意。

明早要坐车到奔怒，到那里再做下一步的打算。人生地不熟，做田野真的很困难。希望明天至少能把点定下来。

2010 年 11 月 22 日　晴　老挝奔怒县

今早从勐赛出发，前往奔怒。

昨天车站的人说 8：30 的车要 7 点去买票，早上小白姐姐去买，到了才发现老挝时间比北京时间晚 1 小时，车站还没人。

8：30 出发，一路颠簸。车上有十来个僧人，估计是从丰沙里被请到勐赛做法事的。主人家的男人对他们很恭敬，上车时给每个僧人拿了盒装牛奶，并一一安排好座位。车上还有 3 个外国人，其中两个法国老太太在中途下车，不知计划的是什么旅行。

经历了几乎下错车的事件，我们在下午 6 点多到达了奔怒。奔怒是中国人的叫法，老挝人叫"bo^{31}naÐ^{51}"，老挝汉族叫"勐塌"。这一路都是走一步算一步，路上遇到两个阿卡女子上车，我们都很高兴。妹土还上前打听了一些情况。在奔怒，我们又在湖南饭店吃饭，其间还偶遇了一个金平人，在这里种橡胶的。车上认识的一个汉家小伙和我们一起吃饭，给我们介绍了一些老挝和奔怒的情况。

图 49　奔怒县城街景

奔怒县城果然像个村子，甚至不如玉溪的许多村子。县城要每晚十一二点才来电，一般有条件的人家就用发电机自己发电。我们住的这家宾馆老板说，从晚上 7 点到 10 点半，发电机大概要 1 公升柴油。在餐馆，金平老板的媳妇说现在这个季节雨水比较多，所以用水力发电的人家还多点，干季时发电的就少了。政府就白天办公，也没有电，都是黑漆漆的，需要用电脑时就发一下电。

晚上 8 点左右我们吃完饭在街上走了一小圈，真是已经空无一人了。在奔怒，我才体会到之前网上查到的信息还是有可信度的。

回到宾馆，和一个老挝老师还有一个汉家姑娘交流后，我们决定明早坐丰沙里开往乌得县的车。据说出去 40 千米左右就是阿卡新寨、旧寨了。本来都打算找其他一个阿卡寨子做田野了，可今晚咨询后得知可以去阿卡旧寨，那也算是没有改变原计划，只是一路因为交通问题耽误了太多时间。

明天就要进村了，不知道会遇到什么情况，不知道会不会得到翔实的资料。希望这次田野能有个好的开头！

PS：汉家姑娘介绍，老挝有一个叫"西斯"的民族，比阿卡还落后。听说我们要去阿卡寨子住一段时间，宾馆的小老板都直咋舌，可以想象那里的条件会有多艰苦。

目前我们的路线是：昆明—景洪—勐腊—勐赛（经磨憨口岸出境）—奔怒

阿卡寨：pan^{33}xo^{33}

宾馆名：si^{33}via^{31}kam^{31}

车费（Kip）：勐赛—奔怒（65000）—丰沙里（75000）

2010 年 11 月 24 日　晴　班或旧寨

昨天早上按指点去寻找农贸市场上交易的阿卡妇女，6 点多起床，走了一大段路，很不幸，走错了。8 点左右到了农贸市场，赶早集的人们都散了。看到几个阿卡妇女，其中一个还是江城搬过去的，会讲汉话。她们还是蛮有经济头脑的，硬要把菜卖给我们。本来打算在市场找阿卡妇女，然后跟她们回村的，可没想到，我们错过了早集，所以决定直接坐车到班或。

图 50　奔怒的集市

　　宾馆的小老板正好开勐埼到乌得的班车，我们坐他的车，9 点出发，下午 1 点来钟到了班或。一到班或就下起了暴雨，我们在路边的一户人家里坐下休息。原来不知道到一个完全陌生的村落会怎么样，想不到接触得很顺利。休息了一会儿，雨停了，来了几辆江城车，原来是江城的县委副书记带几个上海客人来看阿卡人。他们约我们一起到村里转转，我们以为副书记想帮我们联系村里人，想不到他们根本不熟悉情况，只是带了个老语翻译的小伙子，让他叫村长找露乳的阿卡妇女和上海人合影。我们反而还帮他们沟通。阿卡妇女都不愿和他们合影。他们走后，我们联系上了村长。勐当乡政府的工作人员当时到村里搞互助医疗的工作（每家拿一部分钱，政府帮忙保管，生病了可以用里面的钱，过后再还上）。他们走了，村长给我们安排了食宿，吃在他家，住在他岳父家。

　　有个小插曲：我们刚到在路边休息时，小白姐姐穿了几个妇女的服装想照相，后来来了一个妇女，就让她回家拿头饰。最后，谁都没提，只有她说我们是老板，跟我们要 1 万块钱（老币）。小白姐姐掏钱，她又说要 2 万块。最后还是只给了 1 万块。当时我觉得很伤感情，都不太想和她再接触了。旅行和摄影的人把风气都搞坏了。

　　第一天进入很顺利。知道我们是中国阿卡，妹土还会讲阿卡话，村民们对我们都很热情，真像回到了另一个家乡。而且，没来前每个人都说阿卡寨子非常落后，都不能想象我们怎么在这里住下去，但到了村里，发现除了房子是传统样式，路是土路外，村子里有好几辆拖拉机，村长家有电视机和 VCD 机，村里还有三家人有电。总之，比我们想象的好多了。虽然比中国农村差，但也可以接受。

晚上在住的这户人家（男主人叫黑昂 xÈ^{31}Đa Đ^{55}）火塘边聊天，聚拢了一大堆人。傍晚在河边洗脸时也是，一大群孩子围观我们。在村里，我们走到哪里后面都跟着一群孩子和年轻人，人气非凡。昨晚大家都兴致勃勃地热聊，到十点来钟才休息，主人家的柴火都添了无数次。我们休息后，还有不少人在楼板上走来走去，我们笑称在"参观"我们。

早上，五六点就开始有猪、牛、鸡、狗叫，"宁静的乡村清晨"绝对是城市人的臆想，阿卡村寨的清晨沸腾得不行，头都被吵晕了。

今天我们走访了几户人家，主要采访了村里的莫批飘桑（phia Đ^{33}sa Đm^{31}），问了莫批传承情况、他的个人情况、家族迁徙史等问题。

班或阿卡人平时一般称"贝摩"（pO^{33}mo^{31}）较多，很少叫"莫批"，但唱词咒语里又只有"莫批"这一叫法。飘桑属羊，1955 年生，57 岁（虚岁），20 岁开始做贝摩。飘桑一家 5 口人，老两口、儿子儿媳及一个孙女。儿子桑贝（sa Đm^{31}pÈ^{31}）23 岁，儿媳 21 岁，孙女 1 岁。

飘桑做贝摩 37 年了，属家传，是家里的第七代贝摩。飘桑的大哥 66 岁，二哥 60 岁，他是家里的小儿子，当时三兄弟都学了贝摩的，但两个哥哥都没学成，而飘桑是命中带着，所以最终学成了。现在飘桑的儿子学了一点，但没那么感兴趣，接触更多的是外来文化的音乐、录像等。飘桑也可以对外授徒，本村有两个人来学过，学了十来年了，现在年纪已经四十出头了，但还未完全学成，还不能自己单独做仪式。

原来班或村有两个贝摩，2010 年 6 月去世了一个，现在就只有飘桑了。附近村子大概有 6 个贝摩，其中一个叫普罗（phu^{33}lo^{31}）的是级别最高的，可以主持杀牛仪式，其他几个贝摩都还不行的。

飘桑的心愿是想把贝摩的全套东西都传给儿子，可桑贝不想好好学。有其他徒弟来学飘桑也好好教他们，只是他们学不完，所以都是一点一点教，就像一年级二年级三年级一样，一级一级学着来。到目前为止还没有女性学徒，因为女性自己会害羞，觉得要是来学的话脸面上过不去，不过要是想学也可以的，只是因为以前都没有过先例，所以大家可能会不习惯。

这里也有"哈巴惹"，让我十分高兴。这几天或是下次一定要细细询问相关情况，做一个详细的个案。

图51   采访班或旧寨贝摩飘桑

PS：昨晚睡下又忘记写几件事。

1. 这里的男人和大多数女人都能讲汉语，男人讲得好一些，比有些国内的哈尼村子都讲得好。原因是班或附近有汉家人住的村子，以前交通不便，阿卡人来往比较密切的就是汉家人，所以才能讲汉话。现在的小孩反而基本不会讲了。

2. 我发现阿卡话和白宏话好像比较相似，可以录一段回去让妈妈听听看。

3. 村里的人没有什么经济来源，就是卖谷子、苞谷换点盐巴钱。有时上山打到野兽、找到木耳，可以拿去卖，但那是很偶尔的事。

4. 文化传播的速度真是快得让人惊奇：这里没有手机信号，年轻人的手机主要是用来播放音乐和照相玩的，他们手机里播放着《亲爱的姑娘》《有没有人告诉你》等歌曲，我问他们，他们说听得懂，并且很好听。

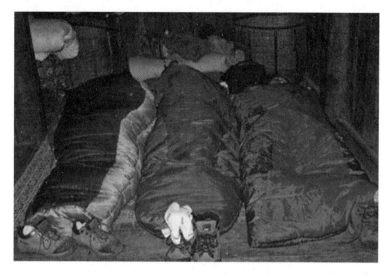

图52 席地而卧的我们（妹土摄）

2010 年 11 月 25 日　小雨转晴

今早在黑昂家吃的饭：一个青菜，一个炒芋头条，一个腌马鹿肉汤。阿卡条件真是比较艰苦，还好饭能管饱。

上午在村里转了一圈，中午到莫批家，坐了一会儿，昨天两个勐当乡派出所的其中一个又来了。在门口看到我们，说"你们还在"，把莫批叫出去，让他告诉我们必须到乌得县去登记一下，登记后想待几天待几天，到时再回来问。看来我们的到来已经引起老挝政府的注意了，跟中国政策一样，我们也都能理解，会配合政府工作的。

被打断了几次，我们访谈的思路都接不下去了。想着老挝政府的人一会儿就会来找我们（莫批又出去帮我们问了一次，回来说让我们等着，他们会来找我们），我们就随意再问了几个问题。我问了下口传的东西，这里没有单独说"拉巴"（$\mu a^{33} pa^{31}$）的，说的时候一定要和"惹"（zi^{33}）连起来。而且演唱场境也很少，现在问到的只有婚礼时会唱。看来还是不一样的。还有没问的，比如口头传统的分类体系等，明后天好好问一下。

下午我们到村口的水管处洗头洗衣服，看到勐当乡政府的那两个工作人员也去洗澡。高个那个还和我们打招呼了。看来我们还是具有一定可疑性的人。他们顾虑的是我们是不是来传教的，昨天检查了护照，今天再好好解释了。晚上一起在村长家吃饭，问我们还需不需要去乌得登记，他们说既然我们不是来搞传教的，那就不用去了。

今天下午黑昂家的女主人叫魂，问哪里不好，说是没病痛，但就是做什么都不顺，染布布不蓝，干活活不好，所以要叫下魂。仪式杀了一头小乳猪、一只半大的鸡，叫了不少亲戚来吃。小乳猪被莫批分去了一半，家里剩下的也不多了。做的菜也很简单，生血我们不敢吃，能吃的也就只有猪肉稀饭。

妹土说按规矩我们应该每人给女主人一点钱，我们每人给了2万老币。村长还让妹土告诉我们，拿给他100块人民币买两只鸡，明天和勐当乡的两个人一起吃。意思是笼络一下他们。上午遇见他们他就跟我们拿了15万老币，晚上又拿了15万。我们看妇女的服装，他在旁边让她们最低要卖四五百人民币。不知道他是出于什么心态，总之觉得对我们还没有以诚相待。

村里的小孩对我们的到来感到很新奇，每天都跟在我们身后，到哪儿都是浩浩荡荡一群人。晚上在黑昂家吃饭，一面喝酒一面唱歌，旁边围了三四十个人，好不热闹。我们真是打破了村子的宁静，给他们带来了许多谈资。

图53　写田野日记时被围观的我（妹土摄）

2010 年 11 月 28 日　阴　班或新寨（pan³³ xo³³ phu³³ si³³）

先补昨天的日记。

昨天上午到一个阿波家采访了口头传统的问题。这里的"拉巴"基本就是结婚时唱了，所以叫他们解释"拉巴"这个词义时说是"讨婆娘唱的那个"。对其他地区其他支系那么重要的东西，在这里好像意义没有多么重大。他们认为"拉巴"最重要的是其中的"祈福歌"部分，迁徙等民族历史反而不是那么重要，祈福时也会唱到一部分，所以"哦得咪得"就不太重要了。我们归在"哈巴"里的生产生活知识、历法等，他们是放在"阿茨咕"里唱，这也是很大的一点不同。而且，这里的许多传统正在渐渐弱化。我们认为绝对不能在老人面前和家里唱的情歌，他们在喝酒后如果唱的人不害羞就可以唱，不算特别违背规矩。婚姻制度方面，也有很多和传统不符的。所以，尽管在服饰、民居等方面还保存了许多传统，但其他很多方面也已经发生变异了。

图 54　阿卡传统民居"组哦"

串寨是导致传统变化、交往扩大、语言多样化的重要原因，也是这里与其他哈尼地区不太一样的地方。可能的话我们会选过年过节串寨时再来一次。

这里的阿卡人跟傣族交往较多，与瑶族、汉家都有来往。普内因为住得远，所以以前来往较少。瑶族是经常到村里买猪、牛，汉家也是会到村里来买牛。傣族中，来往较多的村子名叫"勐岩"（mÈ Ð³¹ ÐPi³¹），过年过节时两村人会互相邀请去做客，平时也会互相做些小买卖，例如阿卡人卖山货给傣族，又买傣族的布料，或是用小猪去换傣族的土布。原来班或搬下来之前住的"觉塞里"就属于勐岩。

在相邻几个民族中，阿卡人和汉家的关系相对较好，因为他们觉得汉家人比较好客和豪爽。像傣族、瑶族等，以前不熟悉时阿卡人去到他们村里还会把门赶紧关上。

汉家："文革"时有汉家人逃难到阿卡村里，父母去世了，孩子就留在了村里，最后和阿卡通婚，就慢慢被同化成阿卡人了。黑昂小时候家里就曾收养过一个汉家人，后来娶了他们家的女儿，变成了他的舅舅。除了逃难来的之外，汉家和阿卡通婚还有两种情况：上门和嫁进来。这样的人家在班或村里有三五家。有的汉家人就是自己以前到阿卡寨子约会后经过父母同意而通婚的。

这次还正好遇到个族际交往的个案。

我们在班或见到了从 11 千米外的勐松村来买牛的一对傣族夫妻。丈夫叫捧勒（phÈ Ð³³ lÈ⁵¹），夫妻俩到班或就住在阿卡朋友飘昂（phia³¹ a Ð³³）家里。他们每年会来班或五六次甚至十来次，买牛不是买卖用，而是自家亲戚朋友娶媳妇之类的场合用。

捧勒夫妻对于汉家话基本会听，部分会讲（男性掌握得更多），到阿卡寨子后基本都用汉家话交流。捧勒的父亲是从中国一个叫马崩（ma³¹ po Ð³⁵）的地方搬到老挝的，在老挝生的他们。马崩距勐松有大约一小时的车程。

捧勒和飘昂是串寨子时认识的，之后便做了亲家，飘昂的孩子让他取名，做老亲爹。这种亲家已经做了 3 年了。每年四五月农闲时他们会互相串寨子，玩的同时也是贸易过程。还有思茅老板到班或收石斛，大多是两三块一斤，也有五六十一斤的，还有一种是 13 块一斤的。思茅老板是汉族，每年来一次。

飘昂串寨子一年有三四次，其他地方去过江城（13 岁就去过，去买东西，路不通，走路走了 4 天）、勐腊（买东西去，20 岁时去的，现在有六七年没去过了），因为晕车，所以更远的地方就去不到了。周围的阿卡寨子、汉家寨子和傣族寨子都去串过，家里活计不忙时就到处串着玩，几乎不在家。周围不认识的村子基本没有。

平时交往使用的语言以汉家话为多，因为周围汉家人多。而往丰沙里方向走就汉话讲得少，傣话讲得多了。

那两个老挝人说我们几天必须走了。昨天登记了一次，昨晚让马三转告我们再去村长家一趟。我们去了，他们也没理会我们的意思，我们就离开村长家了。走之前他们让我们今早再去登记一次，要交点钱。我们之后去了那个热心的阿波家，聊天时黑昂来告诉我们，在哪家坐都不要待长，那样不好，公安会来监听的。还是同胞对我们好，人家国家政府人员的话都不信，来悄悄提醒我们。

商量了让马三今早带我们到新寨一下，找个住处，我们再在新寨待两天，30 号去丰沙里，从丰沙里去勐赛。早上吃了饭给了黑昂家 15 万老币做食宿费，黑昂说让我们告诉马三我们要走了，他有时间就跟我们来，但也不要和我们一起出村，怕对他不好。结果吃完饭就没见到马三了，最后也没和他告别一下。只是昨晚把带着的几个创可贴、薄荷膏和一小桶茶叶给了他。装了山楂片想给他，也没机会给。也许他会来新寨玩，那还可以告别一下。

早上走了一个小时左右到了新寨，背着登山包和睡袋，还是有点累。一进寨子就有几十个小孩围观我们。我们首先就到了莫批家。新寨的莫批岗最（kia Ð[33]tsuei[31]）还比较年轻，属猴，44 岁（虚岁），属于塔帕妈的"布里"（pu[33]li[31]）一支。家里目前一起居住的共 10 口人，他们夫妻俩，老母亲，5 个孩子（3 个儿子 2 个女儿）。其中大儿子 19 岁，已婚，有个妻子和女儿，和父母居住在一起。岗最小的弟弟和他没有分家，家里有 4 口人，现在没有和岗最住在一起了，但说到家庭人口他们的表述都是 14 人。

岗最没有专门学过贝摩，只是自己随便听过一下就会了。他也没有专门学过莫批突，自己就会了。岗最十五六岁时，父亲揪着耳朵想带他去听他都不去，19 岁时父亲去世了，之后岗最自己就会贝摩了。他正式当贝摩是 25 岁，最远去过走路需要一天的村子，也有徒弟。从岗最开始做贝摩就有人来学了，但他没有收过正式的徒弟，就是去做仪式时有人在旁边用心听。

图55 采访班或新寨贝摩岗最

　　旧寨的那两个老挝人肯定很不爽，让我们今早去交钱，我们居然就不告而别了。真是全村人掩护我们逃离乌得了。

　　下午先在寨子里洗了头。这个寨子比旧寨干净点，还有水龙头。不过可能因为人少，才二十几户，而且可能附近村寨的田地都要从这里去，道路修得比较宽且平整，算是机耕路了。

　　我们到了岗最家就自己放下包包，很自然就要落脚在人家家里了。中午也在他家吃的饭，一碗酸笋丝，一小点春的烤青椒，辣，但是挺好吃的。下午又继续问了两个节日的情况，就快6点了，先休息，晚上或者明天继续问。

　　我们到哪儿都融入还挺快的，真顺利。

　　下午采访岗最节日的事，说到"拉巴"，也问了几个问题。这里也有一个人从出生、成长到成家立业生儿育女而后年老病死全过程的唱段。在元江，这个全过程就是"哈巴"的主要内容，但在这里，只有出生、成长和生产生活属于"拉巴"，其他都不是。而且酒桌上没有"拉巴惹"的历史。

　　刚才忘了问，没有"哈巴"，很多民族历史、文化是怎样传承的？老人会不会担心民族文化失传？

　　PS 补问了一下，是在故事讲述中传承的。

附录四

老挝班或旧寨口头传统概况

　　作为跨境族群的阿卡人，分布于中国云南省南部、缅甸东北掸邦、老挝北部、越南西北部和泰国。其聚居区东起越南莱州，西至缅甸掸邦，北起云南普洱，南达泰国达府。在中国，阿卡人被认为是哈尼族的一个支系，他称"爱尼人"，自称"阿卡"，集中居住在云南西双版纳州及普洱市，人口约为27万人（2010年数据）。综合近年的官方数据及田野材料，东南亚阿卡人总人口为50余万人，其中缅甸为30余万人，老挝约为10万人，泰国约为10万人，越南约为1万人。

　　阿卡人是老挝藏缅语族中人口最多的族群，集中分布于老挝北部的丰沙里等省，中部及南部也有少数分布。与其他四国的阿卡人相比，老挝阿卡人支系最为繁多。

　　丰沙里是老挝北部的一个省，西、北邻中国云南，东邻越南，是老挝阿卡人最为集中的地区。该地区交通闭塞，经济落后，因而当地阿卡人传统文化也保留相对完整。班或旧寨行政隶属于老挝丰沙里省约乌县勐当乡。

　　"班或"为老挝语，意为"竹林寨"。在老挝政府推行"下坝子"政策之前，当地阿卡人居住的村子名字叫"觉塞里"（ t » io^{33} se^{33} li^{31} ），搬到现在的地方后阿卡人和汉家人仍然沿用这个名字，但老挝政府重新给村子取名为"班或"。班或现有新寨、旧寨之分，两个寨子距离约4千米，均在中国江城至老挝丰沙里的公路沿线。

　　班或旧寨阿卡人目前仍然保留了较为丰富的口头传统，村民们将其分为十个类别：

图56 班或旧寨下寨 （妹土摄）

（一）"拉巴惹"（ɱa³³pa³¹zi³³）

"拉巴惹"也可称为"汁巴惹"（tɕi³³pa³¹zi³³）、"萨咿咻"（sa³¹ji³³ji³³）或"瑟咿咻"（sÈ³¹ji³³ji³³），当地村民认为它是阿卡人的传统古歌。

从一个人的出生、成长直到死亡，"拉巴惹"可以把所有过程都全部唱完。但是，由于全部唱完需要七八天时间，所以一般只有老人去世时才会唱完整的内容，平时则可以唱里面的生产生活、节庆习俗等内容。

"拉巴惹"以"萨咿哎……"为起始衬词，称呼时必须搭配动词"惹"（zi³³），不单独说"拉巴"，单独说出来大家都反应不过来是指什么东西。这里的"拉"（ɱa³³）与"舌头"（me³¹ɱa³³）中的"拉"相同。

"拉巴惹"主要有以下四类演唱场境：

1. 及玛（t»ii³¹ma³³）①的任职仪式上，由老人唱给年轻人听，唱述待人接物的道理以及万事万物的来历，嘱托村长要管理好村寨。

2. 嫁姑娘"苏咪伊"（su³³mi³³ji³³）时，唱祈福歌"格朗夏"（kÈ³¹laÐ³¹»ia³³）。这是班或阿卡人"拉巴惹"最主要的演唱场境了，提起"拉巴惹"，大家首先说到的便是"讨媳妇唱的那个"。

3. 结婚时唱"苗奢"（miC³¹Ⓒ°³¹）。"苗"指生产劳动工具，包括刀、枪、锄头、箩筐等，"奢"是"领着去"的意思。"苗奢"是代表夫

---

① 即头人，纳入现行的国家行政体制后指村长。

家唱给新媳妇的，在男方家中唱，意为新媳妇从娘家来到夫家，有没有生产用具，以后会不会有更好的发展，要通过"苗奢"来教她如何生产生活，引导她发展。需要注意的是，"苗奢"中包含了许多内容，在婚礼时唱述的只是其中一部分（从一个人出生唱到成年及婚后的生活），其他内容只在葬礼时唱（一个人之后的衰老、生病、死亡等），属于"贝摩托"的内容。不懂的人不能乱唱，唱错了场合就是非常不好的事情了。

4. "拉巴惹"中有一段"哦得咪得"（$o^{31}te^{35}mi^{33}te^{35}$，开天辟地），唱述的是最早的迁徙史。"哦得咪得"可在婚礼时唱述，也有不唱的。在"格朗夏"和"苗奢"唱完后，如果有一群老人围坐着没有其他事就会唱。

"拉巴"里的内容不用一次全部唱完，能唱多少就唱多少，会唱的可以多唱一点，不会的就唱其中一段。目前唱得好的一般都是莫批，其他人唱得少了。嗓子好的可以多唱点，还有不少人觉得自己嗓子不好，所以不想唱。

"拉巴"没有专门学习的，基本是在饭桌上听人家唱，听过多次后自己也就学会了。现在班或的年轻人大多不喜欢听"拉巴"，唱得最多的是三四十岁的人，他们唱起来不会害羞，而老人因为觉得自己声音不好，所以唱得少了。

对于班或阿卡人而言，长期的游耕生活导致他们在一个地方的定居时间不够长，日常生活中没有形成较为固定的社会组织，多以家庭或家族形式居住和交往，因此，除了莫批以外，一般民众对于传统文化的集体记忆存在很大一部分的缺失。这种缺失体现在口头传统方面便是现在班或年节时不唱"拉巴"了，老人聚拢在一起时也不唱，只是相互念些祝福语。在班或新村，除了贝摩岗最外只有一个人会唱"拉巴"，而岗最在平时一般也都不唱，只在主持老人去世7天7夜的仪式时才唱。

当地阿卡人认为，在祈福时，"拉巴"里的"格朗夏"是必不可少的，这也是他们觉得"拉巴"最重要的地方。而例如"哦得咪得"之类的唱段，能唱的就唱，不能唱也没有太大关系。他们觉得"格朗夏"里也有部分讲述民族历史及民族文化的内容，所以就算"哦得咪得"之类的唱段不传承下去也没多大关系。

图57 就口头传统相关问题采访村中阿卡老人（妹土摄）

据被访者黑昂介绍，现在的阿卡年轻人读了老挝的书之后，能不能读出去不管，对传统文化倒是越来越不感兴趣了，只喜欢玩手机，唱中国、老挝和泰国的流行歌曲。寨子里的老人对此现象都非常担忧。黑昂的父亲在世时是村里数一数二的"拉巴"能手，但因为黑昂自己也赶上了读书的年代，对"拉巴"也不太感兴趣了，所以就没能传承下来。

（二）"阿期枯"（a³¹t»hi³³khu³³）

"阿期枯"即唱曲子，只能在山间野外唱，而且有老人在的场合会害羞，不能唱。但现在班或旧寨的传统有所变异，喝了酒后如果不害羞的人也可以唱，也不算违反规矩。

"阿期枯"时，会把姑娘比喻成花、果，唱述每个月到何时播什么种，何时开什么花、结什么果。唱述内容类似"十二月生产调"。不分细类，根据场境和对象即兴发挥。不过目前19岁以下的班或年轻人大都不会"阿期枯"了。

（三）"阿尼咕内"（a³¹ni³³ku³³ne³¹）

"阿尼咕内"即儿歌，没有特别固定的内容，小孩子知道调子后根据场境随意演唱发挥，如：

1．"嘀波啰搓"（ti³³po⁵⁴lo³³tsho³³）：字面意思为"跳舞"，是小女孩晚上出去玩耍时唱的儿歌。在二月、四月天气转热时大家围着唱，是边跳边唱的游戏歌。

2．"啰啰咕"（lo³¹lo³¹ku³³）：12 岁以下女孩唱的儿歌。

3．"巴拉拉东得"（pa³³la³³la³³to Đ³¹tÈ³³）：字面意思是"月亮圆又圆"，通常是月亮出来时唱的儿歌，以顶真形式串联歌词，演唱各种生动的生活场景。一般女孩子更会唱。

4．"其恰比耶"（t»hi³¹t»hia³¹bi³¹jÈ³³）：丢沙包时边玩边唱的儿歌。

（四）"哆嗒"（to³³¹ta³¹）

"哆嗒"即古理话、俗语。完整的表达为"阿卡哆嗒"（a³¹kha⁵⁴to³¹ta³¹）。

如"嘎果玛且习塞，及嘎玛且余栽"（ka⁵⁵ko³³ma⁵⁴t»hie³³»i³¹se³¹，t»i³³ka³¹ma⁵⁴t»hie³³jO³¹tse²²）：意为布谷鸟叫的时候就是插秧的时候，再隔一个月，"及嘎"鸟叫的时候就是栽秧的时候了。"嘎果"和"及嘎"都是鸟的名字，"且习"是"谷子"之意，"塞"是"撒"的意思，"且余"指"秧"，"栽"就是"栽"的意思。

（五）"哆阔咋"（to³³kho³¹tsa³¹）

"哆阔"指话语、古语、俗语，"咋"是"接起来"的意思，"哆阔咋"就是"接古话"。现在班或阿卡人过节时饭桌上一般不唱"拉巴"了，只是大家一起说几句"哆阔咋"。

（六）"贝摩托"（pO³³mo³¹tho³³）

也称"莫批托"（mo³¹phi³³tho³³），贝摩在仪式时使用，分为六个类别：

1．"拉枯枯"（µa³³khu⁵⁵khu⁵⁵）：叫魂时使用。

2．"搓哈西"（tsho³³xa³¹»i⁵⁵）：人死时使用。

3．"纽嗒嗒"（nio Đ³³ta²²ta²²）：搬新房请客时使用。

4．"哈迷"（xia³³mi²¹³）：种田地时水源等有问题就会使主人生病，这时就要请贝摩到田地里去"哈迷"。

5．"咋咪"（tsa⁵⁴mi³³）：新房搬进去几天后（有的人家住了几年后也可以）在新房外杀鸡做仪式时使用。可防止家庭成员患上病痛或做事不顺，可使房子更好更适宜人居住。

6. "内哈托"（ne³¹xa³³tho⁵⁵）：退鬼时使用。据被访者说，对于当地阿卡人而言，一个贝摩的作用可以抵得上一个县长了。

（七）"哆莫哆诶戛"（to³¹mo³¹to³¹O³³ t»ia⁵⁴）

"哆莫哆诶戛"即讲故事。讲述的内容有故事情节，时间、地点、人物均齐全。"哆莫哆诶戛"随时随地都可以讲，一般为老人讲给孩子听，例如孩子哭闹了，老人哄孩子时会讲。但年轻人也可以讲。故事里包括了天地的起源、火种的来历等内容，但与唱述的东西相比不是很正式，在讲述中可以自己改动某些情节。故事内容包括天地的起源、火种的来历、动物故事、机智人物故事等，如：

1. "阿贴波作作"（Ða³¹thie³³po³¹tso²²tso²²）："阿贴"为野猪之意，"波作"是"捣洞"的意思。

2. "甲咪阿苗"（t»ia³¹mi³³a³¹mi³¹）："甲咪阿苗"是一个人的名字，很聪明，会骗人，这个就是以他为主人公的机智故事，类似"阿凡提"的故事。

（八）"阿尼切"（a³¹ni⁵⁵t»ie³¹）

"阿尼切"即背娃娃，是大人哄孩子时哼唱的歌，一般是背娃娃的人才唱。

（九）"搓威威"（tsho³³we³³we³³）

"搓威威"是丧事时女人的哭唱。

（十）"阿威威"（a³¹we³³we³³）

"阿威威"丧事时男人的哭唱。

搭配各类口头传统名称使用的动词如下：

"惹"（zi³³）：只用在"哈巴"上，为"吟诵"之意。

"枯"（khu⁵⁵）：大声唱、高声唱，只能在屋外、野外唱。也只用于山歌"阿期"。

"托"（tho^{33}）：即"咒"，只用于"贝摩托"。

"戛"（t》ia^{54}）：意为"讲"，除了"讲故事"用作"哆莫哆诶戛"外，日常生活中的"你讲……""讲话"等也都可用"戛"。

图 58　阿卡老年妇女（妹土摄）

附录五

云南省元江县羊街乡水龙村哈尼族
"十月年"调查报告*

前　言

　　元江哈尼族彝族傣族自治县位于云南省中南部，隶属于玉溪市，东与石屏县毗邻，南与红河县相连，西与墨江县接壤，北与新平县紧邻。元江是哈尼族聚居的县域，全县共辖 4 镇 6 乡 3 农场（不含省属元江农场）：澧江镇、东峨镇、因远镇、青龙镇、洼垤乡、龙潭乡、羊街乡、那诺乡、咪哩乡、羊岔街乡、红光农场、红河华侨农场、甘庄华侨农场。共有 70 个村民委员会、5 个居民委员会，705 个村民小组，644 个自然村。第六次人口普查数据，全县总人口 217392 人，其中哈尼族 89510 人，占全县总人口的 41.17%。除元江县外，玉溪市所辖的其余 7 县 1 区均有哈尼族分布，其中新平县哈尼族有 12600 人，主要分布在漠沙、建兴、平掌等地；峨山县哈尼族共 12054 人；易门县哈尼族共 3384 人，分布在浦贝乡、绿汁镇及小街乡；红塔区哈尼族共 7486 人；通海县哈尼族主要分布于通海西部，共 2296 人；江川县哈尼族共 1070 人；澄江县哈尼族共 471 人；华宁县哈尼族共 528 人。在以上地区的哈尼族中，据目前所知情况，都已经不过哈尼族传统节日"十月年"，而改过春节了。

　　元江一带的哈尼族中，那诺、羊街和因远清水河一带的糯美、糯比支系过的是"十月年"，当地哈尼语称为"麦奢扎"。"十月"在哈尼历法

---

　　* 执笔：白岩松、刘镜净。

中为岁首，"麦奢扎"一般在农历十月的第一个属龙日开始，至申猴日结束，节期为5—6天。咪哩、羊岔街和因远的堕塔、布都、布孔等支系哈尼族过的是汉族的春节，不过他们的过法与汉族不同，更具自己的民族特色，称呼也不尽相同，如"麦奢扎""福收扎""年收扎勒特""策腊虎什扎""米色扎"及"克努扎"等。据因远卡腊一带的布孔老人介绍，以前当地哈尼族过的也是"十月年"，从九冲村开始，按自东往西的顺序一个村子接一个村子顺着过，要过十天半个月。但元江气候较热，"十月年"期间正值小春生产时节，当地群众忙着过节，对田间农事管顾不暇，对来年的收成影响颇大，所以自1995年开始，咪哩、羊岔街和因远政府规定当地哈尼族改过春节，当地的堕塔、布都、布孔等哈尼人的"十月年"传统便逐渐消失了。

此外，在我们的实地调查中，还遇到了一个有意思的事件。如果没有固定的节期，自治县的民众便不能享受民族节日放假的权利。2010年10月27日，《元江哈尼族彝族傣族自治县人民政府关于提请审议决定哈尼族十月年彝族火把节傣族花街节放假时间的议案》通过，决定全县统一将哈尼族"十月年"放假时间定为每年农历十月初十、十一、十二。以往按民间习惯择日而过的十月年，因为客观原因而被统一到了这三天之内集中欢庆。我们调研时正是此规定实行的第一年，而2010年的农历十月第一个属龙日是初九那天，按当地哈尼族习俗，在属兔日就有仪式要做了，也就是初八那天就开始"十月年"的准备工作了。因为今年突然有了新的规定，所以民众都不清楚到底该怎样安排节期，直到初六、初七时都还一直在观望。据当地基层干部介绍，因为是第一年统一过"十月年"，而且11月22日就是元江县庆30周年的日子了，所以政府提前两个月将所有那诺、羊街一带在县城工作的人员都集中起来开会，让大家带头执行新规定，回家动员村里的百姓也按时间统一过年，就在那三天之内结束节日，不要像往年一样过个十天半个月的，影响接下来的县庆准备工作。政府怕老百姓不接受这个时间安排，还给基层干部们下了命令，如果哪个村提前过年，哪家提前就罚款300块钱。干部们不希望自己的工作出差错，老百姓也担心被罚款而不敢第一家过年，所以那几天大家都在互相打听，不敢做领头羊，又怕将祖祖辈辈传下来的过年时间错过了，直到初七那天，也就是11月12日，照常理第二天就该有仪式了，过年时间还是定不下来。我也跟着心急不已。13日一早，不知是谁家先行动的，村民们陆续开始做过年前的准备工作了。"十月年"结束后，也没有人家因为提前过年而被罚款的。这次政府力量与民间习惯的博弈，最终还是以民间习惯的胜利而告终。

在本次关于元江县哈尼族"十月年"的调查中，我们选取了元江县哈尼族传统文化保存最为完好的地区之一——羊街乡垤霞村委会水龙村民小组作为调查点，在当地进行了为期五天的实地田野研究。

一　羊街乡及水龙村的基本情况

羊街乡位于元江县东南部，地处元江西岸哀牢山余脉峨崀（莫朗）山、观音山山区，距县城 46 千米。"羊街"一名，因距村西北 20 千米的观音山腰草坪上，逢农历羊日赶集故名，后集市又改在村内逢星期日赶集。如今已改为三八街，即每逢 3、8、13、18、23、28 号为街天。羊街乡南北长 13 千米，东西宽 17 千米，总土地面积 161 平方千米。总耕地面积 24997 亩（田 7840 亩，地 17157 亩），人均耕地面积 1.4 亩；复种指数 184%。最高海拔 2580 米，最低海拔 600 多米；乡政府驻地海拔 1822 米。气候属温带、亚热带气候；年平均气温 18°C。年平均降水量 1200 毫米—1300 毫米。主产水稻、玉米、甘蔗、烤烟、蔬菜、核桃、竹子等作物。全乡共辖戈垤、坝木、党舵、羊街、垤霞、浪支 6 个村民委员会，54 个小组，59 个自然村。2008 年末，全乡总户数 4113 户，总人口 17887 人，其中男 9229 人，女 8658 人；农业人口 17395 人，非农业人口 492 人；少数民族（以哈尼族为主）人口 16098 人，约占总人口的 90%；农村劳动力 10489 人，其中从事第二、第三产业的 833 人，占 7.94%。人口自然增长率负 0.06%，人口密度 111 人每平方千米①。

水龙村位于元那（元江至那诺）公路中段，距离元江县城 54 千米，距离乡政府驻地羊街 8 千米，距离村委会驻地垤霞 2 千米。水龙，哈尼语"Shullhanl"，"Shul"指的是"Shulpeel"，即"剪刀草"；"Lhanl"为"寨子"，合在一起意为"有剪刀草的寨子"。白氏和杨氏先祖最先落居此地，后有张氏、龙氏和李氏居住此地。根据口传谱系（家谱）叙述其历

---

① 《元江年鉴》（2009），云南民族出版社 2010 年版。

史已有 17 代，按一代 25 年计算，共 400 多年的历史。

水龙是一个有 223 户、856 人的纯哈尼族寨子，四面群山围绕，寨子正前方的观音山，是一座被视作庇佑羊街的"吉祥山"，而背靠的则是与之对望的"韶甫"山。在当地的民间传说中，这两座山是一对夫妇化身而成的。寨脚下方有一个小水库（水龙水库），左右两边都是哈尼族村寨，这些村寨围绕水龙水库错落有致地定居，构成一幅"山—水—梯田—人家"的典型哈尼族村寨画卷。水龙村所属的垤霞村委会共有 13 个自然村，全是哈尼族村寨，属羊街乡哈尼族人口最多的纯哈尼族村委会，而水龙村又是在垤霞村委会中哈尼族传统文化保留最为完整的村寨。无论是"麦奢扎"（Meiqsheel zal）、"苦扎扎"（Kulzaq zal）、"昂玛突"（Hhaqma toq）等重大节日，还是平时生活中的"哦多巴"（Hhoqdoq bal，谷穗节）、"牛拉咕"（Nollhal guq，叫牛魂）等各种节日习俗，在水龙村都有着完整的承传。特别是哈尼族最盛大的传统节日——"十月年"，周围村落因各种原因均有不同程度的简化和演变，可水龙村的"十月年"节庆活动习俗仍然保留得比较完整，从一定意义上讲，形成了"水龙哈尼文化中心圈"。其原因主要有三点：一是交通相对闭塞，不便与其他村落和其他地域的人群交往。水龙北面只有一条路可以通往县城，而且距离县城较远。南面就是崇山峻岭，没有村落，如绕小径走山路六七个小时可到达红河县的哈尼族腊米人聚居的一些村落，但两地来往较少。二是民间艺人荟萃。水龙村里的哈尼歌手和莫批①较多，村里 50 岁以上的人几乎都是民间歌手，只是很多人名不外露；村里大大小小的莫批有 10 人，其中还有 1 人被云南省文化厅和云南省民委命名为"云南省非物质文化遗产传承人"。三是水龙的村寨规模适中，人口和户数不多也不算少，为村民统一认识提供了思想基础。再结合其所处的地理位置，此村子像一个"台灯"辐射了这一带的哈尼族寨子。要了解研究元江羊街乡的哈尼族文化，水龙村是不可越过的寨子。

水龙村主要以烤烟和甘蔗为经济作物，附带茶叶、水稻、玉米、豆类

---

① 　莫批（mo³³phi³³），即哈尼族祭司，元江汉语方言将其称为"贝玛"（pɛ³¹ ma²¹）。《哈尼族文学史》中有论述说"莫批"和"贝玛"是莫批体系中的不同等级，一批莫批学徒中最后继承师傅衣钵的，学艺最精的那个才叫"贝玛"，其余学徒都叫"莫批"。元江哈尼族群众认为"莫批"和"贝玛"就是一回事，不同的是前者是哈尼语表述，后者是汉语的叫法。

等作物和家养畜物，目前尚无专业的养殖种植户。水龙人所使用的语言（哈尼族语）属汉藏语系藏缅语族彝语支。水龙人自称 Haqnq（哈尼），在民族内部他称"Loqbil（洛比）"兼"Lolmeil（洛美）"①。"Loqbil（洛比）""Lolmeil（洛美）"是在民族内部根据地域方位的不同而区别称呼。以水龙村为参照物，水龙村东南方的哈尼族（主要指那诺乡和红河县一带的哈尼族）称水龙人为"Lolmeil（洛美）"，而西北方的哈尼族（主要指羊街乡党舵、戈底、坝木和因远镇一带的哈尼族）则称水龙人为"Lolbil（洛比）"。

二 水龙村哈尼族传统节日

水龙村哈尼族的传统节日主要有以下几个：

"豪奢奢"（Haolsheel sheeq）：布谷鸟节（黄饭节），农历三月属猪日过。"豪奢"（Haolsheel）指一种植物，染黄饭时用其花泡出的水来蒸糯米；和"奢"（sheeq）合意就是指"过染黄饭节"。

"劳木咋黑黑"（lhaol'ml zaqheq heq）："劳木"（lhaol'ml），坟墓；"咋黑"（zaqheq），祭献。"劳木咋黑"即清明节，四月四日或五日过，和汉族一样。

"窝搓搓"（wo'coq coq）：栽插节，即开秧门。水龙村哈尼族有这个节日，但相较其他节日而言不是那么重要。

"矻扎扎"（Kulzaq zal）：六月年，农历五月第一个属羊日过，这一天人们要砍磨秋、打磨秋②。

"策波巴"（Ceiqbo bal）："策"（Ceiq），粮食，谷子；"波"（bo），树；"巴"（bal），拿来。"策波巴"即谷穗节，农历六月属龙或属狗日过，各村自己选，水龙村是属龙日过。

"策奢扎"（Ceiqsheel zal）："策"（Ceiq），粮食；"奢"（sheel），

---

① "洛比""洛美"即"糯比""糯美"。后者是此前一直沿用的音译词汇，但前者更贴近田野点的原始发音。

② 磨秋，哈尼族传统的秋千样式。一般把一截坚硬的栗木顶端削尖栽在地面作轴心，再将数丈长的松木中间段凿凹架上作为横杆即成。打磨秋时，横杆两端骑坐上相等的人，轮流以脚蹬地使磨秋起落旋转，形如跷跷板，但可以转动。又因转起来像磨一样，所以叫磨秋。

新；"扎"（zal），吃。"策奢扎"即吃新米节，农历八月底属龙或属狗日过，一个村统一选一天，大家约好一起过，水龙村还是属龙日过。

"麦奢扎"（Meiqsheel zal）：即"十月年"，农历十月第一个属兔日开始有仪式。属牛、虎、兔、龙的日子等都可以过，以前村里的老祖先定下来什么时候过就什么时候过，不固定。"麦奢扎"是当地哈尼族一年中最为隆重的节日。

三　水龙村"十月年"的节庆过程

十月年的节日庆典过程是一个繁杂的过程，有仪式性很强的活动，比如"伙取查"（祭姑妈魂仪式），也有兼具娱乐性的内容，比如"伙扭批"（送粑粑）。这些活动中，有些按照时间顺序进行，有些则是不同空间交错进行，总之，是一个较为繁杂的过程。根据其事件（活动或者内容）发生的时间和发展顺序，节庆过程大致可分为 8 个部分，详细记录如下①。

（一）"伙学扎勒勒"（Hol xyul zhaqleiq Leiq，辞旧仪式）

"伙学扎勒勒"（Hol xyul zhaqleiq leiq），哈尼语，"伙"（Hol）指"年、岁"，"学"（xyul）指"旧、旧的"，"扎勒"（zhaqleiq）指汤圆（大，无馅，用米粉和糯米粉混合而成），"勒"（leiq）指"做"。合意就是指为告别旧的岁月而做汤圆。2010 年 11 月 13 日，辰兔日，这天下午，我们刚进村，就看见家家户户忙碌的身影，其实他们吃过早饭就开始忙碌了，家庭主妇们三五成群地开始磨米粉、推糯米粉、做魔芋等准备过年。下午 4 时左右，开始做汤圆，然后举行"伙学扎勒勒"仪式。不过，如果家庭里有辰兔生辰的人的话，哈尼语叫"搓扭早"（Colnoq zol），此仪式就要提前一天或次日早晨举行这个仪式。

---

① 此次主要采访的家庭有 4 户，分别是白努、白岩松、白生发、龙白者。进行深度访谈的人员有 2 人，分别是白努与龙白者：白努，女，现年 65 岁，知晓哈尼族历史、文化，民间歌手；龙白者，男，现年 45 岁，村落莫批，家传世系莫批。

图59　哈尼妇女做汤圆

举行此仪式的过程是这样的：在堂屋的火塘边做好汤圆后，在一个簸桌（哈尼语叫"阿堂""Hhaqtanl"）上摆放三对碗筷，每个碗里放有三个汤圆，另外加一个碗，倒少许酒，然后当家的人（一般是家里长辈，男性）抬着簸桌向堂屋的供台"舞昂"（Wul'hhanl）方向举三次，而后转向与"舞昂"相对的另一个供台"帮给"（Banglgel），又举三次，再朝家门口举三次，最后回到堂屋，这个过程哈尼语称"咋黑黑"（Zaqheq heq）。"咋"（zaq）指吃的东西，"咋黑"（Zaqheq）指专献给老人、长辈或祖先的吃的东西，最后一个"黑"（heq）指"祭祀、祭献"。合意相当于汉语的"献饭"仪式。这种仪式在哈尼族社会地区普遍盛行，几乎逢节必做。

你看，大妈正在"咋黑黑"，她口里不住地念着祷词，其词如下：

Mal mee holxyul baq chaq beiq

马　么　伙学　吧　查　备

不　好　年旧　过　去　了

旧的一年过去了

Mee e　holsheeq laoq keeq laq beiq

某　额　伙　奢　老　可　来　备

好　的　年　新　到　来　了

新的一年到来了

Zhalnaq sumq siil nei holxyul laoq baq chal beiq

咱　那　苏　思内　伙　学　老　吧　查　备

高粱（汤圆）三个　年　旧　过　去　了

用三个高粱汤圆辞旧

Zhalpul sumq siil nei holsheeq laoq ceiq laq beiq

咱　普　苏　思内　伙　奢　老　才　来　备

白米（汤圆）三个　　年　新　到　来　了

用三个白米汤圆迎新

Zaoqtal sumq peiq coq diq bil loq laq

早　塔　苏　陪　草　地　比　咯　来

世上　　三　代　人　也　让　齐　全

让我们人丁兴旺

Zaoqwol sumq peiq zeil diq bil loq laq

早　喔　苏　陪　栽　地　比　咯　来

楼　下　三　类　牲口　也　让　齐　备

六牲齐备

Deil'hhal kaq diq bil loq laq ……

带　昂　卡　地　比　咯　来

田　地　庄稼　也　让　丰　足

五谷丰登

其大意是，旧的一年过去的时候，把一切不好的东西通通带走，用三个高粱汤圆告别旧年，用三个白米汤圆来迎接新的一年，祈求来年人丁兴盛，六畜齐备，五谷丰登。

之后，从三个放有汤圆的碗里各取一点汤圆放到酒碗里，将取下的汤圆抛出大门外，然后先取一碗给家里的老者先享用，享用时老者也会先念诵一些祷词，与前面念词大意相同，最后全家共享汤圆。

（二）"伙奢扎勒勒"（Holsheeq zhaqleiq leiq，迎新仪式）

"伙奢"（Holsheeq）中的"奢"（sheel）指"新、新的"。11月14日，属龙日早晨，天还没亮家里就开始热闹起来了，蒸糯米，准备舂粑粑、做汤圆，举行"伙奢扎勒勒"仪式。此仪式过程和内容与辞旧仪式"伙学扎勒勒"相同，此处不再赘述，只是所代表的意义不同："伙学扎勒勒"表示辞旧，"伙奢扎勒勒"表示迎新。

（三）"伙取查"（Holqyuq chal，祭姑妈魂仪式）

"伙取"（holqyul）中的"伙"（hol）指的是"阿伙"（alhoq），即姑妈或者嫁出去的女儿，"取"（qyuq）指"贫穷、困苦"；"查"（chal）是"煮"的意思。合意就是为贫穷、地位卑微的或者客死在外的姑妈（魂）所祭祀的活动。这是在杀年猪前必须做的一种仪式。关于此仪式，有个传说：相传很久以前，有个姑妈为了保护其侄子的性命而奔波流浪在外，后来客死在异地，变成游魂，回不到祖宗魂处（《阿波仰资》的故事里叙及过）。现在哈尼族社会里有句俗话叫："Milssaq ngalceil keq laq baoq zalduq shalpoq mal ngel, shiiqdul shalpoq sheeq（迷然阿才可拉包扎都沙坡马俄，史都沙坡首）。"这是一句告诫女人的话，意思是说，女人到了五十岁，无论年轻时如何风流或者漂浮不定，这时都不是选择对方家庭的贫富好坏而入嫁的时候，而是该寻找一个安息之地的时候了。所以，出嫁的姑娘绝不能客死在娘家，这是最忌讳的事情。因此哈尼族祭祖仪式前要先给这个客死在野外的姑妈魂献祭，扫净先祖回来的路。"伙取查"（Holqyuq chal）仪式的具体做法如下：

1. 举行仪式的地点：可在侧房或堂屋外，也可在院坝内，用临时搭的支架或用三个土基支立来做饭。

2. 仪式需用的祭品：鸭蛋一个，三个分别装有少许米饭的碗，三双筷，一个小篾桌。

3. 仪式过程：把鸭蛋破壳倒入涨水的锅里，然后倒入米饭一起煮，煮熟后分别装到三个碗里，然后口念祷词，抛少许的鸭蛋和米粒在篾桌上，祭祀那些不能回到堂屋内享用的野鬼野魂，剩下的食物抬回家，一般由家主和小孩食用。

4. 仪式的目的意义：为"兰尼阿伙"（lanl'nl alhoq）备食，她因迷失野外找不到回家之路而变成野魂。"兰尼"（lanl'nl）指"房子外边"；"阿伙"（alhoq）指"姑妈"。哈尼族有个传统禁忌：就是嫁出去的女儿绝对不能死在娘家，若死在娘家了，其魂回不到祖宗那里去，她的魂只能逗留在房屋外边。所以现在哈尼族过"十月年"或者"矻扎扎"节时，在把祖先的魂请回到屋里之前，要先举行"伙取查"仪式，给这个客死在娘家的"孤魂"先吃，以清洁祖宗们回家的路。

图60　杀猪当天早上主妇在屋外做饭

（四）"舞昂阿哈塞"（Wul'hhanl aqhaq seil，祭舞昂）

"舞昂"（wu'lhhal）指"供台"，"阿哈"（aqhaq）指"鸡"，"塞"（seil）指"杀、宰"，意即宰杀一只鸡来祭献给"舞昂"神。一般哈尼族认为"舞昂"神为阳（公），与之相对的"帮给"神，属阴性（为母），所以"舞昂"上献的粑粑为父系亲戚家送来的粑粑，"帮给"上献的是母系亲戚家的，但也没有那么清晰的界限。从关系的亲疏程度来区分的话，送来的粑粑摆上"舞昂"的亲戚关系更亲近。"舞昂阿哈塞"的具体做法如下。

在堂屋火塘边，摆放一个竹篾，上面放着三个碗，分别装有少许米粒。然后选好一只公鸡，准备宰杀。杀鸡前用瓢舀少许冷水抛洒在鸡身上，拔几撮鸡毛和米粒在篾桌上，然后宰杀（放血），鸡死后，又拔几撮鸡毛和米粒放在篾桌上，最后把鸡清理干净，整只煮熟。煮熟后，把整只鸡夹入一个大碗中放在竹篾上，另加三套盛好饭的碗筷，一碗茶和一碗酒，进行献祖仪式。献完后，把少量的鸡肉与鸡汤、米饭和酒合在一个碗里，将其抛洒出大门外，这个过程哈尼语叫"户哈哈"（Hhumhal haq），意思是把食物先给那些不干不净的野魂食用，以使先祖们有个安静的食用环境。之后要进行一项叫作"咋和其"（zaqhel qil）的敬老仪式，为长辈尽孝。"咋和其"意为"献给长辈"（特指在世的长辈），一般是把几块鸡肝、嫩肉等放在一个小碗里并盛少许鸡汤向长辈家逐个登门敬献，长辈在享用敬献时要祝祷代谢。同一家族或者相邻的晚辈都需向长辈敬献，这是哈尼族地区衡量一个家庭或者一个人是否有孝心的标准之一。例如笔者白岩松家是此村辈分最大的户主，此家族共有 12 户人家，其他 11 户人家都一一到白岩松家敬献食物。做完"咋和其"仪式后，各家要把鸡的内脏切好放在一个碗里，先敬献给家里或者家族中的长辈，长辈边祝祷，边象征性地吃一口肉，喝一口汤，此仪式又称"咋和和"（zaqheq heq）。最后全家人共享美食。

图61 辈分小的人家把煮好的鸡肉或猪肉等送到辈分大的人家中

其仪式（内容）的目的意义：此鸡的宰杀主要是为祭献祖宗，不过虽然名义上是献祖，但实质上是专备给出嫁的女儿回娘家（送粑粑）时享用，以示女儿不管远嫁何方，家里的祖宗都会时刻庇佑着她。如果女儿因事不能回来，也要把鸡腿专门送到她家或者等候她回来时再宰杀鸡食用。

(五)"代卡哦阿塞"(Deiqkal oq'aq seil,祭祀野魂孤魂)

"代卡"(Deiqkal)指"院子,房子外边";"哦阿"(oq'aq)指"鸭子";"塞"(seil)指"杀、宰"。即宰杀鸭子来祭献的仪式或活动,其做法如下。

在侧房或院坝(实际上与"伙取查"地点相同)内,也是摆放一竹篾桌,上面放有三个碗,并分别装有少许米粒,准备一只鸭子,如无鸭,也可用鸡代替。其过程与前面祭舞昂仪式相似,杀鸭前用瓢舀少许冷水抛洒在鸡身上,拔几撮鸡毛和米粒在篾桌上,然后宰杀(放血),再拔几撮鸡毛和米粒放在篾桌上,最后把它清理干净,整只煮熟。煮熟后,把整只鸭夹入一个大碗放在篾桌上,另加三套盛好饭的碗筷、一碗茶和一碗酒,进行献祖仪式。献完后,把少量的鸭肉与汤、米饭和酒放在一个碗里,将这些食物抛洒出大门外,之后,把鸭的内脏切好放在一个碗,先给家里的长辈祝祷,长辈象征性地吃一口肉,喝一口汤,最后全家人共享美食。

图 62　宰杀祭献的鸭子

此仪式中有两点禁忌值得注意:(1)食用时要在正堂屋或者侧屋,绝不能带到火塘屋里吃,也不能和祭舞昂的鸡肉混着吃,即使摆在同桌也是分别用不同的蘸水；（2）不能同餐吃两家的鸭肉（Deiqkal oq'aq），意思是，你在自己吃鸭肉，就不能再到第二家去吃了，认为这样会不吉利。

此仪式（活动）的目的意义："代卡哦阿塞"（Deiqkal oq'aq seil）仪式是为祭献那些客死在野外的孤魂和野魂（指的是所有非正常死亡者的魂，包括一切没有在堂屋里病死和老死的魂及夭折之魂），这些魂都不能回到祖先居住之地，也就不能在堂屋里和祖宗一起（专设在"舞昂"和"帮给"）享用"祭献"。所以祭献仪式只能设在堂屋外，以拦住其入屋，以扫净祖宗魂的归来之路和净化堂屋。

（六）"美阿塞"（**Meilhhal seil**，杀年猪）

"美阿"（Meiqhhal）指"年猪"，"塞"（seil）指"杀、宰"。这是过年时最大的活动或者仪式了。整个节日就是用这个年猪来祭献先祖，招待宾客，有余部分留着来年一年享用。

吃过早饭后，村里开始三五家结成一伙撵猪，抓猪，杀猪。在猪的嘶叫声和鞭炮声中节日的气氛渐渐推向高潮。亲朋好友也开始陆续登门拜年过年，其场面好不热闹。宰杀年猪时还有一些仪式要做。

1. 杀年猪前的仪式

三五个人把猪逮稳后，主妇用瓢舀冷水泼洒在猪身上（从猪头到猪脚），然后左手抬一碗盛好米粒并放有一个鸡蛋的碗，右手拿一枝栗树叶，从猪头到猪尾顺着比画一下，再洒几粒米在猪身上，之后，掐几根猪毛与碗和栗树叶一同放回供台（"舞昂"和"帮给"）。

2. 杀年猪过程

做完以上仪式后，宰猪手（一般由年长的男性担任）拿起刀子霍霍向猪刺去，随着猪的嘶叫声，旁边小孩赶紧点燃备好的鞭炮，大人小孩都在鞭炮声中展露出乐融融的笑意。猪杀死后，先从杀刀口灌一些冷水进去，然后用大汤圆堵住以免余血外流。之后就是自家人热热闹闹地拔猪毛、剖猪肚、理肠子，直到清理完毕。然后准备丰盛的晚餐。

清理年猪过程中有几点必须做：（1）砍下的猪头要献到供台（舞昂）上；（2）剖开猪肚后先把猪肝取出放在盘子上，然后要专门请人来看猪肝卦（一般由莫批看），猪肝可以显示此家庭来年的财富、凶吉等情况，之后，要割少许猪肝给看猪肝卦的人；（3）要献给杀猪人一个猪腰子和

图 63　杀年猪

少许肉（里肉一块）。

　　3. 享食年猪肉

　　等把猪清理好后，要及时选一些五花肉、肥肠和猪肝下锅煮，煮熟后，要先敬献祖宗，即"咋和和"；然后敬献长辈，即"咋和其"；之后就可以与亲朋好友尽情吃喝享乐。不管饱饿，不分你我，进门便是客，来客就得吃喝，通宵达旦，十分热闹。在之后的几天里，桌上摆满了美味佳肴，迎接四方来的贵客和朋友，谁家客人多，谁家的面子就大。客人走了一拨又来一拨，桌上的菜吃了一碗又添一碗，主人家不觉疲倦充满喜乐地款待客人。所以有些人家在短短的三五天时间里就把三百余斤的年猪肉一扫而光。还有，过年期间，主人家会象征性地割一块年猪肉和取若干块糯米粑粑赠给前来做客的每一位亲朋好友，表示欢迎和祝福。随着生活条件的改善，现在有些人家过年时干脆宰杀两头过年猪。当然，过年宰杀的这个猪肉（简称年猪肉）在哈尼族心目中有特别的意义，来年所有祭祖仪式都需用这个年猪肉，比如四月清明、乔迁新居、迎亲嫁娶等。有远方贵客入席时，若能够端上一碗年猪肉，那将会使主人家脸上大增光彩。

（七）"伙扭批"（Holnoq piq，送粑粑）

　　"伙扭"（Holnoq）指"糯米粑粑"，"批"（piq）指"送、背"。粑粑已成为哈尼族每逢过节时的必需品，无论是祭献老祖宗，还是招待宾朋，都不可或缺。

1. 粑粑的制作

制作粑粑的原料主要是糯米。做粑粑前，先要把糯米煮熟，然后将煮熟的糯米饭放入一个木槽，一人或两人（一般为男性）站着用木棒舂木槽里的糯米饭，一人（一般为女性）蹲着配合翻糯米饭，边翻边往手上蘸香油，以免沾手。这样边舂边翻，直到将糯米饭舂成一整团粑粑，而后再将这整团粑粑分别捏成圆形的小粑粑。刚出炉的粑粑很香，你可以尽情享用，饱食一餐。

制作粑粑还很有讲究，根据亲戚的亲疏程度不同，粑粑的最后捏制也不同。一般的粑粑比成年人巴掌稍大点，呈不规则的圆形，厚1—2厘米不等，用芭蕉叶裹住；但送娘舅家（或者至亲上辈）的粑粑需附一个小粑粑在上面，表示关系非同一般。有些还有附上两个小粑粑的，这是重孙辈（已经成家）给祖爷辈送的粑粑。

2. 送粑粑的时间、对象及礼节

送粑粑的具体时间：从属龙日早上到第二天（属蛇日）的晚饭前，这段时间内完成送粑粑活动。

送粑粑这一活动中的收授关系非常明晰，一般地，娘舅家的所有家族以及长辈家庭都要送粑粑。哈尼族的娘舅关系有些复杂，这里所说的都是直系亲属为例。长辈指的是亲戚关系中的长辈和在平时生活中结盟关系（如结拜弟兄或姐妹，结认干爹或干娘等）的长辈。

在给亲人送粑粑之前，要先把舂好的粑粑分别放三个在"舞昂"和"帮给"上，然后最先要送到娘舅家，方可送其他亲戚和朋友家。如果娘舅家较远而不能及时送的话，可以第二天（属蛇日）再送。如若你是今年刚出嫁的人回娘家送粑粑，娘家以及娘家至亲兄弟都要赠给你一只鸡（哈尼语叫"哈车""haqcheel"）或者是过年猪的一只猪腿，以示关心和祝福。此外，当接到一个粑粑时你同时要回赠给对方一个鸡蛋或一些糖果，所以送粑粑备受小孩们的青睐。十月年期间，哈尼族村子从属龙日天亮至第二天属蛇日的中午都在你来我往的祥和气氛中送粑粑，这是走亲串门的好时机，也是年轻男女寻亲觅友的好时机。

这一天，在羊街乡尼戈寨会举行每年一度的哈尼族"棕扇舞"庆典活动（羊街乡的棕扇舞已申报为国家级非物质文化遗产项目），方圆几十

图 64　送粑粑的小男孩

里十村八寨的人们会聚此地，在古朴的锣鼓声中，人们唱起古老的歌谣，跳着欢快的棕扇舞，尽情地沐浴在节日的氛围里。

哈尼族送粑粑不但在过十月年时送，在其他重大节日里也要送，如"豪奢奢"（Haolsheel sheeq）、"矻扎扎"（Kulzaq zal）。其内容程序都类同。

3. 送粑粑的目的和意义

送粑粑最主要的意义是确认亲缘关系。如果连续三年没有相互送粑粑，说明亲戚关系已破裂。此外，哈尼人之间如果发生矛盾冲突时，以绝送和绝收粑粑来表示。

（八）"阿舞普"（Hhalwuq pul，献猪头）

"阿舞"（Hhalwuq）指"猪头"；"普"（pul）指"煮"。用猪头祭献祖宗的仪式（或活动）。到了过年的第三天（即属马日），把过年猪的猪头洗净后整个煮熟，之后举行"咋和和"仪式（其过程与前面相同）。哈尼族把这一天惯称为"阿舞普"（直译即"祭猪头"）。然后，全家人或亲朋好友一起共享美食。

吃过早饭后，把"舞昂"和"帮给"上的所有祭物统统卸下，把芭蕉叶等物品丢弃到村外，一般在"昂玛"处。

图 65　准备供猪头

至此，哈尼族十月年作为庆祝丰收和辞旧迎新的仪式已经结束，但亲朋好友相聚娱乐的时光才刚开始，节日的氛围仍要持续十天半月才慢慢消退。这期间，当地哈尼族百姓总会唱起"拉巴"（lhaqbal）。"拉巴"，民间通常释为"山歌""曲子"或"调子"，被广泛地应用于哈尼族的民俗生活场合。由于历史上没有形成过自己的民族文字，哈尼族丰富多彩的文学艺术形式大都以口头传承的方式保存下来，许多重要的民俗文化、民间智慧和地方知识都承载于各种口头传统中。"拉巴"就是其中最为重要的一种口头艺术形式。水龙村的"拉巴"涵盖了当地所有的歌唱传统，而其中的"伙好拉伙好"则是专门在过年过节时唱的。"伙好拉伙好"主要唱述天地万物怎么产生，各种年节的来历是什么，人们要在什么时节做什么事，怎么进行生产劳作等内容。它在什么节日里都可以唱，六月年、十月年、清明节等都可以。不过有一点，"伙好拉伙好"的内容十分多，把一年到头的节日都串在一起了，但一般是到什么节就先唱什么节那部分，然后再接着往下唱。整个"伙好拉伙好"的内容都可以循环，不计较开头结尾。因为唱完所有内容需要很长时间，所以人们通常都只选取与当时节日相关的内容来演唱。而且，现在能演唱所有内容的人已经很少了，大多人都只能唱点片段。比如"豪奢奢"时，一般一来就唱到万物已经产生了，然后到了布谷鸟节，从燕子唱起，接着是人们怎么种地怎么收获，到了"十月年"怎么过年等内容。在演唱形式上，一般两人对唱的、比赛式的情况比较多。如果一个人单独唱的话就直接内容唱完了就行，但这样听起来就有些干瘪。

我们本想属蛇日离开调查点，可是村里的乡亲们一再劝阻挽留，还用哈尼古理向我们讲明，说是哈尼族属龙蛇日不宜出门：

Alnan hhoq laoq taq doq
啊南　哦　老　踏　朵
属龙日 出门　　别　出
属龙日不宜出门

alsheil eq laoq tal guq
啊晒　饿老　踏 古
属蛇日河　　别　过
属蛇日不宜过河

哈尼族人出远门选择吉日时常常用这句话作指导标杆，属龙、蛇日绝不出远门。因此课题组等到第二天（属马日）上午吃过饭后才离开调查点，在家人和亲人的祝福声中开始了新一年的生活和工作。送别时大家也送上了传统的哈尼祝福语——

Yaqnee nee mee alzhaq manl deiq qiq nee
牙 呢　呢　么　啊扎　芒　呆 其　呢
今天　日子好　的　属马　　一　天

Naoq haqba li e diq
闹　哈吧 里饿 地
你　哪里 去的 也

Nee laoq zhalsal kaq biq,
呢 老　照沙 卡 比
白天　舒服　　给

Qil laoq ssulsal doq biq,
其老　入沙　朵比
黑夜　睡好　　让

Shiiqyiq Lhaqshaq baq liq e diq noq e milhhuml yaq,
市 义　拉沙　吧 里俄地　诺俄 米亩　牙
城市　元江　到 去的也　你的 份额　有

Nanlmanl Yiqceiq baq liq e diq noq e zalduq yaq,
南　芒　义才　吧里饿地　诺俄扎都　呀
大城市　玉溪昆明　去　也　　你的饭碗　有

Lalseq wulduq baq puqshal noq,
拉瑟　屋都　吧　普沙　诺
手指　上面　也　金银　沾

Lalnyul wulduq baq pulsheel leeq,
拉女　屋都　吧　普首　楼
手指　上面　也　金银　缠

Neema haq nyul meiq zheilshal laq……
呢麻　哈　女　梅　怎沙　拉
心　　怎么　想　都　生意　来

其大意为：
今天是个属马的好日子
不管你去哪儿
白天过得好
夜晚睡得香
去到元江县城也有你立足之地
去到玉溪昆明（大城市）也有你的饭碗
勤劳致富
天道酬勤
心想事成……

附 录 六

哈尼族国家级非物质文化遗产名录及国家级
非物质文化遗产项目代表性传承人

国家级非物质文化遗产 5 项，推荐项目 1 项

第一批国家级非物质文化遗产名录

民间文学	24	Ⅰ—24	四季生产调	云南省红河哈尼族彝族自治州
民间音乐	61	Ⅱ—30	哈尼族多声部民歌	云南省红河哈尼族彝族自治州

第二批国家级非物质文化遗产名录

民间文学	553	Ⅰ—66	哈尼哈吧	云南省元阳县

第三批国家级非物质文化遗产名录

民间文学	1064	Ⅰ—120	洛奇洛耶与扎斯扎依	云南省墨江哈尼族自治县
传统舞蹈	1092	Ⅲ—103	棕扇舞	云南省元江哈尼族彝族傣族自治县

第四批国家级非物质文化遗产名录

传统舞蹈	铓鼓舞	云南省建水县

国家级非物质文化遗产项目代表性传承人 5 人

朱小和，男，哈尼族，国家级非物质文化遗产项目"四季生产调"

"哈尼哈吧"代表性传承人。1940 年 9 月 15 日出生，云南省红河哈尼族彝族自治州元阳县攀枝花乡硐蒲村委会硐蒲村人。

朱小和出身当地"莫批"（祭祀仪式主持者）世家，自幼跟随祖父学唱哈尼族民歌。1954 年拜元阳县胜村乡（今新街镇）高城村普科罗为师，学习演唱哈尼族民间歌谣。1973 年开始收徒传授哈尼古歌等哈尼莫批文化技艺，培养了多位民间艺人。1985—2002 年先后受邀至广东、深圳、昆明等地演唱"哈尼阿培聪坡坡""哈尼古歌"等哈尼族口头传统作品。2002 年 5 月被云南省文化厅、云南省民族事务委员会命名为"云南省民族民间音乐师"。2007 年 6 月被文化部确定为第一批国家级非物质文化遗产项目代表性传承人。根据其演唱内容整理出版的作品主要有长篇迁徙史诗《哈尼阿培聪坡坡》、创世古歌《窝果策尼果》《普亚德佐亚》以及神话传说《神的古今》《神和人的家谱》《塔坡取种》等。其中《窝果策尼果》于 1995 年获第二届云南省文学艺术创作奖一等奖。他的演唱内容丰富，语言生动，情节引人入胜，深受哈尼群众喜爱，对哈尼族历史文化研究具有重要价值。

车格，女，哈尼族，1965 年出生，红河哈尼族彝族自治州红河县阿扎河乡普春村委会罗么村人。"哈尼族多声部民歌"传承人。

车格 1974 年开始拜马阿楼为师学艺，主要学习哈尼族山歌和哭丧、婚嫁歌。1985 年开始学习哈尼族多声部民歌的各种曲目和技法，并主唱哈尼族多声部音乐"吾处阿茨""欧楼兰楼"等，担任女高音主旋律的主唱和"梅巴"（野姜叶）乐器的伴奏，是传唱哈尼族多声部民歌不可或缺的骨干传承人。车格还精通哈尼族传统的哭丧歌和婚嫁歌，在当地具有广泛的影响力，曾多次应邀到国内外参加交流演出。2003 年参加中央电视台"西部民歌大赛"，同年被红河州文化局、州民族事务委员会命名为民间艺人，目前带有多位女徒弟。

2008 年 2 月被文化部确定为第二批国家级非物质文化遗产项目代表性传承人。

陈习娘，男，哈尼族，1965 年生，红河哈尼族彝族自治州红河县阿扎河乡普春村委会罗么村人。"哈尼族多声部民歌"传承人。

陈习娘 1975 年拜张和阿、张明呼等师傅学习哈尼族的"贝玛"、山

歌、乐器、舞蹈等，在哈尼族多声部音乐"吾处阿茨"演唱中，他主要
担任主旋律演唱和小三弦的伴奏，且可载歌载舞。多年来，陈习娘通过努
力刻苦学习，掌握了哈尼族多声部民歌吹、拉、弹、唱的各种技艺，无论
是声乐还是器乐，都能表现出哈尼族多声部民歌的传统旋律、调式、音
色、技法等特色，逐步成长为哈尼族多声部民歌最有代表性的传承人。
1989 年，陈习娘参加哈尼族多声部合唱在昆明为"世界文化考察团"展
演；1997 年参加红河县哈尼族民间艺术团到海南宣传展演；2000 年参加
红河民间文化表演团到中国香港、台湾地区进行文化交流活动；2003 年
参加中央电视台西部民歌大赛；2003 年被红河州文化局、州民族事务委
员会授予"民间音乐艺人称号"。陈习娘的传承活动在当地具有广泛的影
响，获得许多国内外专家的赞扬和认可，目前带有大小徒弟二十余人。

2008 年 2 月被文化部确定为第二批国家级非物质文化遗产项目代表
性传承人。

张桂芬，女，哈尼族，1944 年 11 月 24 日出生，小学文化，农民，
普洱市墨江哈尼族自治县联珠镇新发社区回回冲组人。国家级非物质文化
遗产项目"洛奇洛耶与扎斯扎依"代表性传承人。

张桂芬 7 岁时师从老艺人鲍李氏和母亲李琼学习歌舞技艺，并随同鲍
李氏参加各种文艺活动，成年后成为墨江县和周边地区家喻户晓的知名歌
手。多次参加当地和云南省内外各类民间文艺演出，曾因演唱"洛奇洛
耶与扎斯扎依"获云南省农民文艺调演三等奖，成为此项目的重要传承
人。她演唱的"洛奇洛耶与扎斯扎依"节奏优美，内容丰富，语言生动
活泼且通俗易懂，在当地有较大影响力。她多年来悉心授徒，是"他郎
民族民间文艺队"的组织者和骨干成员，并坚持利用农闲时间向村里的
儿童教唱"洛奇洛耶与扎斯扎依"，是当地传承哈尼族传统文化的重要力
量。2010 年 6 月获得云南省第四批非物质文化遗产项目代表性传承人称
号。2012 年 12 月被文化部确定为第四批国家级非物质文化遗产项目代表
性传承人。

龙正福，男，哈尼族，1943 年 9 月生，小学文化，农民，玉溪市元
江县羊街乡人。"哈尼族棕扇舞"传承人。

其 16 岁开始向爷爷龙保扎、父亲龙德嘎学习哈尼族棕扇舞和"阿牙

赛"舞，学会了哈尼族小三弦、二胡、吹树叶等技艺，擅长制作哈尼族小三弦、牛皮鼓、牛角号等乐器。棕扇舞有独特的动律、形式和高超的技巧。龙正福传承谱系清晰，上有师承，下有徒弟。他掌握完整的棕扇舞动作和套路，熟悉棕扇舞的各种动作技巧，使用的舞步主要有"猴子作揖""猴子抱瓜""猴子搂腰""鹭鸶寻雨""老鹰叼小鸡""老熊搂腰""老熊洗脸""老熊穿裤"等。他的舞蹈动作直观生动，技巧多样，惟妙惟肖，是周边哈尼族村寨群众公认的棕扇舞带头人，在当地有较高名望。长期以来，他一直坚持在民间开展传承活动，带有龙福宝、龙海然等徒弟 15 人，文艺队 3 支。并多次带领徒弟参加乡、县组织的各种棕扇舞文化活动，在哈尼族"十月年""矻扎扎""黄饭节"等民族节庆中展示棕扇舞，进行传承。作为棕扇舞重要传承人，还应邀参加元江哈尼族彝族傣族自治县成立二十周年、三十周年活动，并到省内的红河县、新平县、墨江县以及北京、天津、上海、郑州等地演出，深受观众喜爱。

2010 年 6 月被命名为国家级项目"哈尼族棕扇舞"省级代表性传承人。2012 年 12 月 20 日被文化部确定为第四批国家级非物质文化遗产项目代表性传承人①。

---

① 云南省非物质文化遗产保护网：http：//www.ynich.cn/Article/ShowClass.asp？ClassID = 5。

附 录 七

哈尼族省级非物质文化遗产名录及省级
非物质文化遗产项目代表性传承人^①

云南省第一批非物质文化遗产名录

口述文学

哈尼族歌谣"四季生产调"　　　　　　　　　　　红河州

音乐

哈尼族多声部音乐"栽秧山歌"　　　　　　　　　红河县

舞蹈

哈尼族棕扇舞　　　　　　　　　　　　　　　　　元江县

工艺

哈尼族九祭献　　　　　　　　　　　　　　　　　元江县

哈尼族梯田农耕礼俗　　　　　　　　　　　　　　红河州

哈尼族长街宴　　　　　　　　　　　　　　　　　红河州

传统文化保护区

大羊街乡车普村哈尼族（奕车）传统文化保护区　　红河县

---

　　① 由于资料所限，"云南省非物质文化遗产项目代表性传承人"名录目前只能整理出第四批
及第五批。

民族民间传统文化之乡

乐作舞之乡 　　　　　　　　　　　　　　　红河县

增补名单

民间文学

哈尼族创世史诗"哈尼哈巴" 　　　　　　　元阳县

传统手工技艺

普洱茶传统制作工艺　　汉、佤、布朗、傣、哈尼等民族　　临沧市、宁洱哈尼族
彝族自治县、西双版
纳普洱茶研究所、勐
海茶厂

云南省第二批非物质文化遗产名录

民间文学

叙事长诗"洛奇洛耶与扎斯扎依" 　　　　　墨江县

传统舞蹈

铓鼓舞 　　　　　　　　　　　　　　　　　建水县

传统礼仪与节庆

哈尼族服饰 　　　　　　　　　　　　　　　红河县、西双版纳州
祭寨神林 　　　　　　　　　　　　　　　　元阳县

云南省第三批非物质文化遗产名录

民间文学

迁徙史诗"哈尼阿培聪坡坡"　　　　　　　　　　　元阳县
叙事史诗"都玛简收"　　　　　　　　　　　　　　绿春县
创世史诗"敏编咪编"　　　　　　　　　　　　　　墨江县

传统舞蹈

地鼓舞　　　　　　　　　　　　　　　　　　　　红河县
同尼尼舞　　　　　　　　　　　　　　　　　　　绿春县

民俗

矻扎扎节　　　　　　　　　　　　　　　　　　　元阳县

扩展项目名录

民俗

哈尼族服饰　　　　　　　　　　　　　　　绿春县、墨江县

云南省第四批非物质文化遗产名录

传统音乐

哈尼族民歌"阿茨"　　　　　　　　　　　　　　　绿春县

传统舞蹈

哈尼族"莫蹉蹉"　　　　　　　　　　　　　　　　绿春县

传统技艺

猪肉腌制技艺（哈尼族腊猪脚）　　　　　　　　　元阳县

民族传统文化生态保护区

塔朗村哈尼族传统文化生态保护区	元江县

扩展项目名录

传统技艺

酒制作技艺（哈尼族紫米封缸酒）	墨江县

民俗

哈尼族服饰	澜沧县

云南省第四批非物质文化遗产项目
代表性传承人

民间文学

张桂芬	女	哈尼	1944 年	洛奇洛耶与扎斯扎依	墨江县

传统音乐

车克三	男	哈尼	1959 年	哈尼族多声部民歌	红河县

传统舞蹈

龙正福	男	哈尼	1943 年	哈尼族棕扇舞	元江县

传统技艺

苏照祥	男	哈尼	1957 年	竹乐器制作技艺	玉溪市

民俗

卢文学	男	哈尼	1954 年	祭寨神林（哈尼族昂玛突节）	元阳县
李和牛	女	哈尼	1962 年	哈尼族服饰	红河县
申　杰	女	哈尼	1975 年	哈尼族服饰	景洪市

龙 坡 女 哈尼 1939 年 哈尼族服饰 勐腊县

云南省第五批省级非物质文化遗产
项目代表性传承人

民间文学

陆波才	男	哈尼	1945 年	叙事史诗"都玛简收"	绿春县
马建昌	男	哈尼	1955 年	迁徙史诗"哈尼阿培聪坡坡"	元阳县
白桂英	女	哈尼	1951 年	洛奇洛耶与扎斯扎依	墨江县
胡 飞	男	哈尼	1943 年	洛奇洛耶与扎斯扎依	墨江县
刘绍祥	男	哈尼	1947 年	创世史诗"敏编咪编"	墨江县

传统舞蹈

陈义兴	男	哈尼	1948 年	同尼尼舞	绿春县
陈保克	男	哈尼	1972 年	地鼓舞	红河县
李阿胖	女	哈尼	1963 年	乐作舞	红河县
龙卜才	男	哈尼	1945 年	棕扇舞	元江县

民俗

李玉福	男	哈尼	1952 年	哈尼族九祭献	元江县
张学才	男	哈尼	1963 年	普洱祭茶祖习俗	宁洱县
蔡凤英	女	哈尼	1962 年	哈尼族服饰	墨江县
白玉收	女	哈尼	1954 年	哈尼族服饰	绿春县
朱生则	男	哈尼	1942 年	哈尼梯田农耕礼俗	元阳县
李正林	男	哈尼	1944 年	矻扎扎节	元阳县

图 66　独具特色的元江哈尼族棕扇舞

主要参考文献

一 哈尼学研究参考书目

白学光：《哈尼族丧葬及其音乐》，载李子贤、李期博主编《首届哈尼族文化国际学术讨论会论文集》，云南民族出版社 1996 年版。

白学光：《论哈尼族哭嫁歌及其功利目的》，载戴庆厦主编《中国哈尼学》第二辑，民族出版社 2002 年版。

李永燧：《哈尼语概况》，《民族语文》1979 年第 2 期。

李永燧：《试论哈尼语汉语动宾词序的异同》，《民族语文》1984 年第 8 期。

李元庆：《论云南少数民族说唱音乐的改革创新》，载民族音乐编辑部编《探索神奇土地上的说唱艺术之花》，云南民族出版社 1986 年版。

李元庆：《哈尼哈巴初探》，云南民族出版社 1989 年版。

李元庆：《哈尼族的哈巴》，载红河哈尼族彝族自治州民族研究所编《哈尼族研究文集》，云南大学出版社 1991 年版。

李元庆：《哈尼族传统音乐的多元功能》，《民族艺术》1996 年第 4 期。

李元庆：《哈尼族传统音乐的审美观念》，载戴庆厦主编《中国哈尼学》第一辑，云南民族出版社 2000 年版。

李泽然：《哈尼语植物名词的语义分析》，《中央民族大学学报》（哲学社会科学版）2004 年第 3 期。

李泽然：《从语言学解释哈尼族的族称》，《中央民族大学学报》（哲学社会科学版）2005 年第 3 期。

毛佑全：《哈尼族的支系称谓》，载元江哈尼族彝族傣族自治县文化馆编《元江民族民间文学资料》第三辑，1983 年 12 月。

毛佑全：《试论哈尼族风俗歌》，载元江哈尼族彝族傣族自治县文化馆编《元江民族民间文学资料》第三辑，1983 年 12 月。

毛佑全：《哈尼族民间歌谣探析》，载元江哈尼族彝族傣族自治县文化馆编《元江民族民间文学资料》第五辑，1985 年 12 月。

毛佑全：《哈尼文化初探》，云南民族出版社 1991 年版。

史军超：《哈尼族文学史》，云南民族出版社 1998 年版。

孙官生：《论哈尼族说唱艺术发展的历史分期》，载《民族音乐》编辑部编《探索神奇土地上的说唱艺术之花》，云南民族出版社 1986 年版。

孙官生：《哈尼说唱文学——美学的聚光镜》，载《民族音乐》编辑部编《探索神奇土地上的说唱艺术之花》，云南民族出版社 1986 年版。

王尔松：《哈尼族族名初探》，《中央民族学院学报》1978 年第 4 期。

王尔松：《哈尼族文化研究》，中央民族大学出版社 1994 年版。

杨万智：《哈尼族南迁叙事诗在各地的流传》，载云南省社会科学院民族文学研究所编《民族文学研究集刊1》，云南省建筑工程总公司印刷所印装，内部刊物，1987 年 3 月。

杨万智：《爱尼口头文学浅述》，载云南省社会科学院民族文学研究所编《民族文学研究集刊2》，云南新华印刷三厂印装，内部刊物，1988 年 3 月。

元江哈尼族彝族傣族自治县哈尼文化学会编：《元江哈尼文化》（第一辑），玉溪日报印刷厂印装，内部资料，2004 年 10 月。

元江县哈尼文化学会、元江县史志编纂办公室编：《元江哈尼族古歌集》，玉溪日报印刷厂印装，内部资料，2005 年 12 月。

云南民族学会哈尼族研究委员会编：《哈尼族文化论丛》（第二辑），云南民族出版社 2002 年版。

云南民族学会哈尼族研究委员会编：《哈尼族文化论丛》（第三辑），云南民族出版社 2005 年版。

赵官禄：《试论哈巴的源流、形式及发展》，载民族音乐编辑部编《探索神奇土地上的说唱艺术之花》，云南民族出版社 1986 年版。

中国科学院民族研究所云南少数民族社会历史调查组编：《哈尼族简史简志合编》初稿，内部刊物，1994 年 6 月。

二　汉文文献关联目录

巴莫曲布嫫：《史诗传统的田野研究：以诺苏彝族史诗"勒俄"为个案》，北京师范大学，博士论文，1998 年。

巴莫曲布嫫：《叙事语境与演述场域——以诺苏彝族的口头论辩和史诗传统为例》，《文学评论》2004 年第 1 期。

巴莫曲布嫫：《口头传统·书写文化·电子传媒体——兼谈文化多样性讨论中的民俗学视界》，《广西民族研究》2004 年第 2 期。

巴莫曲布嫫：《神图与鬼板——凉山彝族祝咒文学与宗教绘画考察》，广西人民出版社 2004 年版。

巴莫曲布嫫、朝戈金：《民族志诗学（Ethnopoetics）》，《民间文化论坛》2004 年第 6 期。

［美］威廉·巴斯科姆：《口头传承的形式：散体叙事》，载［美］阿兰·邓迪斯主编，朝戈金等译《西方神话学读本》，广西师范大学出版社 2006 年版。

［美］阿兰·邓迪斯主编：《西方神话学读本》，朝戈金等译，广西师范大学出版社 2006 年版。

朝戈金：《口传史诗诗学：冉皮勒〈江格尔〉程式句法研究》，广西人民出版社 2000 年版。

朝戈金、巴莫曲布嫫：《口头程式理论（Oral-Formulaic Theory）》，《民间文化论坛》2004 年第 6 期。

朝戈金、巴莫曲布嫫：《民俗研究的行为视角：迈克尔·欧文·琼斯教授访谈录》，《民间文化论坛》2005 年第 2 期。

陈泳超主编：《中国民间文化的学术史关注》，黑龙江人民出版社 2004 年版。

［英］戴维·克里斯特尔编：《现代语言学词典》，沈家煊译，商务印书馆 2004 年版。

［法］丹纳：《艺术哲学》，傅雷译，安徽文艺出版社 1999 年版。

董晓萍：《民间文学体裁学的学术史》，《北京师范大学学报》（社会科学版）1999 年第 6 期（总第 156 期）。

董晓萍：《田野民俗志》，北京师范大学出版社 2003 年版。

［美］托马斯·杜波依斯：《民族志诗学》，朝戈金译，《民族文学研究》2000 年增刊。

段宝林、祁连伟主编：《民间文学词典》，河北教育出版社 1988 年版。

冯春田、梁苑、杨淑敏撰稿：《王力语言学词典》，山东教育出版社 1995 年版。

[美] 约翰·迈尔斯·弗里：《口头诗学：帕里—洛德理论》，朝戈金译，社会科学文献出版社 2000 年版。

[日] 高桥哲哉：《德里达解构》，王欣译，河北教育出版社 2001 年版。

[美] 古塔、弗格森编著：《人类学定位：田野科学的界限与基础》，骆建建、袁同凯、郭立新译，华夏出版社 2005 年版。

[美] 埃里克·哈夫洛克：《口承—书写等式：一个现代心智的程式》，巴莫曲布嫫译，《民俗研究》2003 年第 4 期。

何英玉编：《语义学》，上海外语教育出版社 2005 年版。

[美] 克利福德·吉尔兹：《地方性知识》，王海龙、张家瑄译，中央编译出版社 2000 年版。

[美] 克利福德·吉尔兹：《文化的解释》，韩莉译，译林出版社 1999 年版。

[日] 井口淳子：《中国北方农村的口传文化——说唱的书、文本、表演》，林琦译，厦门大学出版社 2003 年版。

[英] 杰弗里·N. 利奇：《语义学》，李瑞华、王彤福、杨自俭、穆国豪译，上海外语教育出版社 1987 年版。

联合国教科文组织：《保护和促进文化表现形式多样性公约》，巴黎，2005 年 10 月 20 日。

刘魁立：《刘魁立民俗学论集》，上海文艺出版社 1998 年版。

罗安源：《田野语音学》，中央民族大学出版社 2000 年版。

[美] 阿尔伯特·贝茨·洛德：《故事的歌手》，尹虎彬译，中华书局 2004 年版。

吕骥：《中国民间音乐研究提纲》，载《民间音乐论文集》，东北书店 1948 年版。

梁庭望、张公瑾主编：《中国少数民族文学概论》，中央民族大学出版社 1998 年版。

梁耀武编著：《新编玉溪风物志》，云南人民出版社 2000 年版。

廖明君、巴莫曲布嫫：《田野研究的"五个在场"——巴莫曲布嫫访谈录》，《民族艺术》2004 年第 3 期。

[英] 马林诺夫斯基：《西太平洋上的航海者》，梁永佳、李绍明译，华夏出版社 2002 年版。

马名超、王彩云主编：《中国民间文学大辞典》，黑龙江人民出版社 1996

年版。

马学良:《素园集》,中国民间文艺出版社 1989 年版。

马学良:《民族语言研究文集》,中央民族大学出版社 1999 年版。

马学良、梁庭望、张公瑾主编:《中国少数民族文学史》下册,中央民族
　学院出版社 1992 年版。

马清华:《语义的多维研究》,语文出版社 2006 年版。

孙官生:《实事求是地认识云南少数民族的原始说唱艺术——与黄林同志
　商榷》,《民族艺术研究》1995 年第 1 期。

陶立璠:《民俗学概论》,中央民族学院出版社 1987 年版。

陶立璠:《民族民间文学理论基础》,中央民族学院出版社 1990 年版。

[英]维克多·特纳:《仪式过程——结构与反结构》,黄剑波、柳博赟
　译,中央人民大学出版社 2006 年版。

[法]涂尔干、莫斯:《原始分类》,汲喆译,上海世纪出版集团 2005
　年版。

[美]巴瑞·托尔肯:《美洲本土传统(北方)》,巴莫曲布嫫译,《民族
　文学研究》2000 年增刊。

汪宁生:《文化人类学调查——正确认识社会的方法》,文物出版社 1996
　年版。

[意]维柯:《新科学》,朱光潜译,商务印书馆 1997 年版。

[美]伊曼纽尔·沃勒斯坦:《知识的不确定性》,王昺等译,山东大学出
　版社 2006 年版。

[美]瓦尔特·翁:《基于口传的思维和表述特点》,张海洋译,《民族文
　学研究》2000 年增刊。

吴超:《中国民歌》,浙江教育出版社 1995 年版。

伍国栋:《中国民间音乐》,浙江教育出版社 1995 年版。

[日]西村真志叶:《反思与重构——中国民间文艺学体裁学研究的再检
　讨》,《民间文化论坛》2006 年第 2 期。

[日]西村真志叶:《作为日常概念的体裁——体裁概念的共同理解及其
　运作》,《民俗研究》2006 年第 2 期。

徐万邦、祁庆富:《中国少数民族文化通论》,中央民族大学出版社 1996
　年版。

徐效:《少数民族曲艺长短谈》,载《民族音乐》编辑部编《探索神奇土

地上的说唱艺术之花》，云南民族出版社 1986 年版。

杨利惠、安德明：《理查德·鲍曼及其表演理论——美国民俗学者系列访谈之一》，《民俗研究》2003 年第 1 期。

杨利惠：《表演理论与民间叙事研究》，《民俗研究》2004 年第 1 期。

杨亮才主编：《中国民间文艺辞典》，甘肃人民出版社 1989 年版。

叶舒宪：《文学与人类学》，社会科学文献出版社 2003 年版。

尹虎彬：《古代经典与口头传统》，中国社会科学出版社 2002 年版。

元江哈尼族彝族傣族自治县人民政府编：《云南省元江哈尼族彝族傣族自治县地名志》，内部资料，1983 年 12 月。

中国社会科学院民族文学所主办：《民族文学研究》，中国文联出版公司，2000 年增刊。

钟敬文：《民俗学概论》，上海文艺出版社 1980 年版。

钟敬文：《民俗文化学：梗概与兴起》，中华书局 1996 年版。

钟敬文主编：《民间文学概论》，上海文艺出版社 1998 年版。

钟敬文：《中国民间文学讲演集》，北京师范大学出版社 1999 年版。

钟敬文：《谣俗蠡测》，巴莫曲布嫫、康丽编，上海文艺出版社 2001 年版。

周发祥：《西方文论与中国文学》，江苏教育出版社 1997 年版。

周凯模：《云南民族音乐论》，云南大学出版社 2000 年版。

周青青：《关于汉族民歌体裁的分类问题》，《中央音乐学院学报》1993 年第 3 期。

［英］奥斯汀编著，顾曰国导读：《如何以言行事》（当代国外语言学与应用语言学文库，原版影印），外语教学与研究出版社 2002 年版。

［美］杜兰蒂：《语言学的人类学阐释》（西方语言学丛书，原版影印），北京大学出版社 2002 年版。

三　英文文献关联目录

Bauman, Richard, *Verbal Art as Performance*, Prospect Heights. IL: Waveland, 1977.

Bauman, Richard, *Story, Performance, and Event: Contextual Studies of Oral Narrative*, Cambridge: Cambridge U. Press, 1986.

Bernard, H. Russell, *Research Methods in Cultural Anthropology*, Newbury Park, CA: Sage Publications, 1988.

Bradbury, Nancy Mason, "The Aesthetic Power of Oral Traditional Structures", In *Teaching Oral Traditions*.

J. M. Foley ed. , NewYork: Modern Language Association of American, 1998, pp. 136 – 150.

Feintuch, Burt, "Common Ground: Keywords for the Study of Expressive Culture", In *Journal of American Folklore*, 1995, pp. 108, 390 – 549.

Fine, Elizabeth C. , *The Folklore Text: From Performance to Print*, Bloomington and Indianapolis: Indiana University Press, 1984.

Finnegan, Ruth, *Oral Tradition and the Verbal Arts: A Guide to Research Practices*, London and New York: Routledge Publish Press, 1992.

Foley, John Miles, "Traditional Referentiality: A Receptionalist Perspective", In Foley's *Immanent Art: From Structure to Meaning in Traditional Oral Epic*, Bloomington: Indiana University Press, 1991, pp. xvi – 278.

Foley, John Miles, *How to Read an Oral Poem*. Urbana and Chigago, University of Illinois Press, 2002.

Foley, John Miles, *Teaching Oral Traditions*, NewYork: Modern Language Association of American, 1998.

Foley, John Miles, *The Singer of Tales in Performance*, Bloomington: Indiana University Press, 1995.

Hymes, Dell, *Foundations in Sociolinguistics: An Ethnographic Approach*, Philadelphia: University of Pennsylvania Press, 1974.

Hymes, Dell, "Ways of Speaking", In *Explorations in the Ethnography of Speaking*, Richard Bauman and Joel Sherzer eds. , New York: Cambridge University Press, 1989, pp. 433 – 451.

Hymes, Dell, "*In Vain I Tried to Tell You*": *Essays in Native American Ethnopoetics*, Philadelphia: U. of Pennsylvania Press, 1981.

Ives, Edward D. , *The Tape-Recorded Interview: A Manual for Field Worker in Folklore and Oral History*, Knoxvilles, Tennessee: The University of Tennessee Press, 1980.

Jones, Micheal Owen, *Studying Organizinational Symbolism*, Thousands Oaks, CA: Sage Publications, 1996.

Lewis, Paul W. , *Akha Oral Literature*, Bangkok: White Lotus Press,

2002.

Lewis, Paul W. and Bai Bibo, *Hani Cultural Themes*, Bangkok: White Lotus Press, 2002.

Lewis, Paul W. and Bai Bibo translated, *51 Hani Stories*, Bangkok: White Lotus Press, 2002.

Maanen, John Van, *Tales of the Field: On Writing Ethnography*, Chicago: University of Chicago Press, 1988.

Oring, Elliott, "Ethnic Groups and Ethnic Folklore", In Elliott Oring's *Folk Groups and Folk Genres*, Logan: Utah State University Press, 1986, pp. xi – 384.

Spradley, James P. , *Participant Observation*, Knoxvilles, Tennessee: The University of Tennessee Press, 1980.

Stoeltje, Beverly J. and Worthington, Nancy, "Multiculturalism and Oral Traditons", In *Teaching Oral Traditions*. J. M. Foley ed. , New York: Modern Language Association of American, 1998, pp. 423 – 436.

Tedlock, Dennis, "On the Translation of Style in Oral Narrative", *Journal of American Folklore*, 1984, pp. 114 – 133.

Whyte, William Foote, *Learning from the Field: A Guide from Experience*, Beverly Hills, CA: Sage Publications, 1985.